ÚN1CA FILHA

Janete 13/02/2023

ANNA SNOEKSTRA

ÚN1CA FILHA

SEU LAR PODE SER O LUGAR MAIS **PERIGOSO** DE TODOS

Tradução de
Marconi Leal

HarperCollins

Rio de Janeiro, 2017

HarperCollins PUBLISHERS Since 1817

Título original: ONLY DAUGHTER

Contato:
Rua da Quitanda, 86, sala 218 – Centro – 20091-005
Rio de Janeiro – RJ – Brasil
Tel.: (21) 3175-1030

CIP-Brasil. Catalogação na Publicação
Sindicato Nacional dos Editores de Livros, RJ

S651u

Snoekstra, Anna
Única filha / Anna Snoekstra; tradução Marconi Luiz Melo Leal Júnior. – 1. ed. – Rio de Janeiro: HarperCollins, 2017.
256p.: il.

Tradução de: Only daughter
ISBN: 9788539823550

1. Ficção australiana. I. Leal Júnior, Marconi Luiz Melo. II. Título.

17-39843 CDD: 828.99343
CDU: 821.111(94)-3

Sempre fui boa para interpretar um personagem: o da sedutora misteriosa de vagabundos, a de quem vira olhinhos inocentes para um protetor. Tentei fazer ambas as coisas com o segurança e nenhum dos dois parecia estar funcionando.

Eu estive tão perto de conseguir. As portas do supermercado já haviam se aberto para mim quando a grande mão dele segurou meu ombro. A estrada principal estava a apenas quinze passos de distância. Uma calma rua flanqueada por árvores salpicadas de amarelo e laranja.

Sua mão apertou mais forte.

Ele me levou até um escritório nos fundos. Um pequeno quadrado de cimento sem janelas, tão pequeno que quase não cabia nele o velho arquivo, a mesa e a impressora. Ele tirou o pão, o queijo e a maçã de minha bolsa e os colocou na mesa que ficava entre nós dois. Vê-los largados ali, daquele jeito, deu-me uma pontada de vergonha, mas eu tentei o melhor possível manter os olhos fixos nos dele. Ele disse que eu não iria a lugar algum até que lhe desse alguma identificação. Por sorte, eu estava sem carteira. Quem precisa de carteira quando não tem dinheiro algum?

Usei todas as minhas velhas jogadas com ele, deixando lágrimas caírem quando as insinuações não surtiram efeito. Não foi minha melhor performance. Eu não conseguia tirar os olhos do pão. Meu estômago começava a ter câimbras. Eu nunca tinha sentido uma fome como aquela antes.

Eu posso ouvi-lo agora, falando com a polícia do outro lado da porta trancada. Eu olho para o quadro de anúncios que fica acima da mesa. A lista de funcionários desta semana está lá, ao lado de um memorando sobre uso do cartão de crédito corporativo com uma carinha sorridente desenhada embaixo e algumas fotografias de saídas de funcionários após o trabalho.

Nunca quis trabalhar em um supermercado. Nunca quis trabalhar em lugar algum, mas, de repente, fico com uma tremenda inveja.

— Desculpe incomodar vocês com isso. A vagabundinha não me deu nenhum tipo de identificação.

Eu me pergunto se ele sabe que eu posso ouvi-lo.

— Tudo bem. A partir daqui é com a gente.

Outra voz.

A porta se abre e dois policiais olham para dentro em direção a mim. São um homem e uma mulher. Ambos têm provavelmente a minha idade. Ela tem o cabelo castanho puxado para trás, formando um belo rabo de cavalo. O cara é pálido e magro. Eu posso dizer de antemão que ele vai agir feito um babaca. Eles sentam do outro lado da mesa.

— Eu sou o policial Thompson e ela é a policial Seirs. Pelo que sabemos, você foi pega roubando artigos da loja— diz o policial, sem ao menos se preocupar em esconder o tédio em sua voz.

— Não, na verdade, não — falei, imitando a educação perfeita de minha madrasta. — Eu estava indo para o caixa quando ele me agarrou. Aquele homem tem algum problema com mulheres.

Eles me olharam em dúvida, seus olhos percorrendo minhas roupas sujas e meu cabelo oleoso. Eu me pergunto se estou fedendo. Meu rosto machucado e inchado não contribui. Foi provavelmente o motivo por que fui pega antes de mais nada.

— Ele me ofendeu com todo tipo de nome feio quando me trouxe aqui para trás — e baixei a voz. — Tipo, *vagabunda* e *puta*. Meu pai é advogado e eu espero que ele queira processá-lo por comportamento impróprio quando eu lhe contar o que aconteceu aqui hoje.

Eles olharam um para o outro e eu pude perceber imediatamente que não acreditaram no que eu disse. Eu deveria ter chorado.

— Escute, querida, vai acabar tudo bem. Você só precisa nos dar seu nome e endereço. Você vai estar de volta a sua casa no fim do dia — a policial disse.

Ela tem minha idade e está me tratando carinhosamente como se eu fosse uma criança.

— A outra possibilidade é a gente fichar você agora e levá-la para a delegacia. Terá que esperar numa cela enquanto a gente tenta descobrir quem você é. Vai ser muito mais fácil se você simplesmente nos der seu nome agora.

Eles estão tentando me assustar e está funcionando, mas não pelo motivo que pensam. Uma vez que tirem minhas digitais, não vai demorar para que me identifiquem. Vão descobrir o que eu fiz.

— Eu estava com tanta fome — digo eu, e o tremor no tom da minha voz não é falso.

O que o provoca é o olhar deles. Um misto de pena e nojo. Como se eu não valesse nada, fosse apenas outro mendigo que eles precisavam limpar. Uma lembrança de repente me vem e eu me dou conta de que sei exatamente como me livrar dessa.

A força do que estou prestes a dizer é imensa. Ela corre pelo meu corpo como uma dose de vodca, removendo a rigidez de minha garganta e fazendo as pontas dos meus dedos pinicarem. Não me sinto mais desamparada. Sei que posso me sair bem. Olhando para ela, depois para ele, eu me deixo saborear o momento. Observando-os atentamente para contemplar o exato instante em que seus rostos vão mudar.

— Meu nome é Rebecca Winter. Onze anos atrás, eu fui sequestrada.

1

2014

Eu me sento na sala de interrogatório olhando para baixo, meu casaco apertado ao redor do corpo. Está frio aqui. Esperei por quase uma hora, mas não estou preocupada. Imagino que alvoroço eu causei do outro lado daquele espelho. Eles estão provavelmente ligando para a unidade de pessoas perdidas, olhando fotografias de Rebecca e comparando-as atenciosamente comigo. Isso deve ser suficiente para convencê-los. A semelhança é anormal.

Percebi meses atrás. Eu estava de rolo com o Peter, um envolvimentozinho aconchegante. Normalmente, eu fico chorosa quando estou de ressaca e passo o dia todo escondida no meu quarto escutando música triste. Era diferente com ele. A gente acordava ao meio-dia e ficava no sofá o dia inteiro, comendo pizza e fumando cigarros até começar a se sentir melhor. Isso no tempo em que eu pensava que o dinheiro de meus pais não importava e tudo o que eu precisava era de amor.

Nós estávamos assistindo a um programa idiota chamado *Wanted*. Nele, se falava de uma série de assassinatos em uma clínica de repouso chamada Holden Valley, em Melbourne, e eu comecei a olhar para o controle remoto. Velhinhas esquartejadas definitivamente acabariam com meu bom humor. Quando estava prestes a mudar de canal, a história seguinte começou e uma fotografia apareceu na tela. Ela tinha meu nariz, meus olhos, meu cabelo cor de cobre. Até minhas sardas.

— Rebecca Winter acabou seu turno no McDonald's que fica ao sul de Camberra, no interior, num subúrbio chamado Manuka, em 17 de janeiro de 2003 — disse um homem com uma dramática voz enquanto a fotografia era mostrada. — Mas, em algum lugar, entre o ponto de ônibus e sua casa, ela desapareceu para nunca mais ser vista de novo.

— Puta merda, é você? — perguntou Peter.

Os pais da garota apareceram dizendo que a filha estava sumida havia uma década, mas que ainda tinham esperança. A mãe parecia prestes a chorar. Outra fotografia: Rebecca Winter usando um vestido verde-claro, seu braço ao redor de outra adolescente que tinha o cabelo loiro. Em um momento de tolice, tentei me lembrar se alguma vez eu já tinha tido um vestido como aquele.

Um retrato de família: os pais parecendo trinta anos mais novos, dois irmãos sorridentes e Rebecca no meio. Idílico. Não seria de admirar se eles tivessem uma cerca de estacas branca ao fundo.

— Putz! Você acha que é uma gêmea sua perdida há muito tempo ou o quê, hein?

— É, vai nessa!

A gente começou a brincar sobre as fantasias nojentas de Peter com gêmeas e ele se esqueceu do assunto bem rápido. Nada permanecia por muito tempo na mente dele.

Eu tento me lembrar de cada detalhe do programa. Ela era uma adolescente de Camberra, talvez com quinze ou dezesseis anos quando foi dada como perdida. De certa forma, eu tinha sorte pelo fato do meu rosto estar machucado e inchado. Isso mascarava as sutis diferenças que nos distinguiam. Eu já terei dado o fora daqui para valer quando os ferimentos sumirem. Só preciso conseguir algum tempo para sair da delegacia, ir para o aeroporto, talvez. Por um momento, minha mente divaga sobre o que eu faria depois disso. Ligar para o papai? Não falo com ele desde que parti. Já peguei o fone de um telefone público algumas vezes, até digitei o número do celular dele. Mas aí, o apavorante som de peso leve batendo contra o metal enche minha cabeça e eu desligo com as mãos trêmulas. Ele não iria querer falar comigo.

A porta se abre e a policial espia para dentro e sorri para mim.

— Não vai demorar muito mais. Quer que eu pegue alguma coisa para você comer?

— Sim, por favor.

A leve vergonha na voz dela, a maneira de ela me olhar e então desviar os olhos... Eu os tinha.

Ela me traz uma caixa de macarrão do restaurante vizinho. Ele está oleoso e pegajoso, mas eu nunca gostei tanto de uma refeição. Finalmente, um detetive entra na sala, põe uma pasta sobre a mesa e puxa uma cadeira. Ele parece brutal, com um pescoço grosso e pequenos olhos. Posso dizer pela maneira como se senta que devo apostar minhas melhores fichas em seu ego. Ele parece estar tentando ocupar tanto espaço quanto possível, seu braço descansando na cadeira a seu lado, suas pernas bem abertas. Ele sorri do outro lado da mesa.

— Desculpe por isso estar levando tanto tempo.

— Está tudo bem — digo, olhos esbugalhados, voz miúda. Viro o rosto de leve para me certificar de que ele olhe para o lado ferido.

— Nós vamos levá-la para o hospital em breve, certo?

— Eu não estou machucada. Só quero ir para casa.

— É o procedimento. Estamos ligando para seus pais, mas até agora ninguém atendeu.

Imagino o telefone tocando na casa vazia de Rebecca Winter. Era melhor assim. Os pais dela apenas complicariam as coisas. O detetive entende meu silêncio como desapontamento.

— Não se preocupe. Tenho certeza de que vamos conseguir entrar em contato com eles em breve. Eles precisam vir aqui para fazer a identificação. Então, vocês podem ir para casa juntos.

Isso é a última coisa que eu preciso: ser chamada de farsante no meio de uma sala cheia de policiais. Minha confiança começa a esmaecer. Eu preciso mudar essa situação.

Eu falo com a cabeça sobre meu colo: — Eu quero ir para casa mais do que tudo no mundo.

— Eu sei. Não vai demorar muito mais. — A voz dele é como uma carícia na cabeça. — Você gostou? — Ele olha para a caixa vazia de macarrão.

— Estava muito bom. Todo mundo tem sido tão legal — digo, continuando no papel de vítima tímida.

Ele abre a pasta de papel-manilha. É o arquivo de Rebecca Winter. Hora do interrogatório. Meus olhos correm pela primeira página.

— Você pode me dizer seu nome?

— Rebecca. — Mantenho meus olhos baixos.

— E onde você esteve esse tempo todo, Rebecca?— pergunta ele, inclinando-se para frente para me ouvir.

— Eu não sei — sussurro. — Eu estava tão assustada.

— Havia alguém mais lá? Alguém mais preso com você?

— Não. Só eu.

Ele se inclina para mais perto, até que seu rosto fica a apenas polegadas do meu.

— Você me salvou — digo, olhando bem nos olhos dele. — Obrigada.

Posso ver seu peito inflar. Camberra fica a apenas três horas. Só preciso dar um empurrãozinho a mais. Agora que ele está se sentindo o tal, não será capaz de dizer não. É minha única chance de sair daqui.

— Por favor, você me deixa ir para casa?

— A gente realmente precisa interrogá-la e levá-la ao hospital para fazer exames. É importante.

— A gente pode fazer isso em Camberra?

Deixei as lágrimas começarem a cair naquele momento. Homens detestam ver garotas chorarem. Por alguma razão, faz com que se sintam desconfortáveis.

— Você será transportada de volta a Camberra em breve, mas existe um procedimento que a gente precisa seguir primeiro, certo?

— Mas você é o chefe aqui, não é? Se disser que eu posso ir, eles têm que fazer o que você mandar. Eu só quero ver minha mãe.

— Tudo bem — diz ele, saltando do assento. — Não chore. Deixe eu ver o que posso fazer.

Ele volta para dizer que mexeu os pauzinhos para mim. Eu serei levada de carro para Camberra pelos policiais que me prenderam e, então, o detetive da unidade de pessoas perdidas que trabalhava no caso de Rebecca Winter assumiria a partir dali. Eu balanço a cabeça afirmativamente e sorrio, olhando para cima e o encarando como se ele fosse meu novo herói.

Eu nunca chegarei a Camberra. Um aeroporto seria mais fácil, mas tenho certeza de que ainda posso fugir deles de alguma maneira. Agora que eles me veem como uma vítima, não será tão difícil.

À medida que saímos da sala de interrogatório, todos se viram para olhar para mim. Uma mulher está com o telefone pressionado contra a orelha.

— Ela está aqui agora. Deixe eu perguntar. — Ela coloca o telefone contra o peito e levanta os olhos para o detetive. — É a senhora Winter. A gente finalmente conseguiu localizá-la. Ela quer falar com Rebecca. Tudo bem?

— Claro — diz o detetive, sorrindo para mim.

A mulher estica o braço com o receptor. Eu dou uma olhada ao redor. Todos têm as cabeças baixas, mas posso garantir que estão escutando. Pego o telefone e o colo à orelha.

— Alô?

— Becky, é você?

Abro a boca, precisando dizer alguma coisa, mas não sei o quê. Ela continua.

— Ai, querida, graças a Deus. Mal posso acreditar. Você está bem? Eles ficam me dizendo que você não está ferida, mas eu não acredito. Eu a amo tanto. Você está bem?

— Eu estou bem.

— Fique onde está. Seu pai e eu estamos indo pegá-la.

Droga.

— Nós já estamos de saída — digo, num quase sussurro. Não quero que ela perceba que minha voz não é a correta.

— Não, por favor, não vá a lugar algum. Fique onde você está segura.

— Vai ser mais rápido desse jeito. Está tudo arranjado.

Posso ouvi-la engolindo em seco, pesado e grosso.

— A gente pode chegar aí bem rápido.

A voz dela soava estrangulada.

— Eu tenho que ir — digo. Então, olhando ao redor para todos aqueles ouvidos atentos, eu completo: — Tchau, mãe.

Escuto seu soluço ao entregar o telefone de volta.

O último brilho da luz do sol desapareceu e o céu está cinza pálido. Estamos no carro há cerca de uma hora e a conversa se esgotou. Posso dizer que os policiais estão se coçando para me perguntar onde estive todo esse tempo, mas eles se contêm.

O que é uma sorte, na verdade, porque, muito provavelmente, eles teriam uma ideia melhor do que eu de onde Rebecca Winter passou a última década.

Paul Kelly canta suavemente na rádio. Pingos de chuva batucam no teto do carro e escorrem pelas janelas. Eu poderia pegar no sono.

— Você quer que eu aumente o aquecedor? — pergunta Thompson, olhando para meu casaco.

— Eu estou bem — respondo.

A verdade é que eu não poderia tirar meu casaco, ainda que estivesse começando a sentir um pouco de calor. Eu tenho uma marca de nascença logo abaixo do cotovelo. Uma mancha cor de café aproximadamente do tamanho de uma moeda de 25 centavos. Quando criança, eu a odiava. Minha mãe sempre me disse que era a marca deixada por um beijo de um anjo. É uma das poucas lembranças que eu tenho dela. À medida que crescia, eu meio que comecei a gostar da marca, talvez porque ela me lembrasse minha mãe, ou talvez simplesmente porque ela era uma parte grande de mim. Mas ela não era uma parte de Bec. Eu duvidava que qualquer um desses idiotas tivesse olhado o arquivo de pessoas perdidas de perto o suficiente para ver a palavra *não* abaixo de *marca de nascença*, mas não valia a pena o risco.

Tento me forçar a planejar minha fuga. Em vez disso, tudo em que consigo pensar é na mãe de Rebecca. Na maneira como disse "Eu a amo" para mim. Não foi como meu pai dizia quando alguém estava observando ou quando ele estava tentando me fazer ser boazinha. A maneira como ela falou foi crua, tão gutural, como se viesse do seu cerne. Essa mulher à qual nos dirigíamos realmente me ama. Ou ama quem ela pensa que eu sou. Fico imaginando o que ela está fazendo agora. Ligando para seus amigos para contar a eles, lavando lençóis para mim, correndo ao supermercado para comprar comida extra, preocupando-se com o fato de que ela não vai dormir porque está muito animada? Imagino o que vai acontecer quando ligarem para ela para dizer que me perderam no caminho. Esses dois policiais vão enfrentar muitos problemas. Quanto a eles não me preocupo, mas e ela? E a cama limpa e forrada esperando por mim? A comida na geladeira. Todo aquele amor. Vai tudo se perder.

— Preciso ir ao banheiro — digo, vendo uma placa para uma área de escape.

— Tudo bem, querida. Tem certeza de que não quer esperar por um posto de gasolina?

— Não.

Estou cansada de ser polida com eles.

O carro entra no acostamento de terra e para diante da casinha de tijolos aparentes que é o banheiro. Ao lado dele, há uma velha churrasqueira e duas mesas de piquenique, e atrás, um denso matagal. Se eu conseguir um bom arranque, eles não vão conseguir me achar ali.

A policial desata o cinto de segurança.

— Não sou criança. Posso fazer xixi sozinha, muito obrigada.

Saio do carro, batendo a porta, sem dar chance para discussão. Pingos de chuva caem sobre meu rosto, gelo contra minha pele suada. É bom me sentir fora daquele carro sufocante. Olho para trás antes de me dirigir ao banheiro. Os faróis brilham através da chuva, e por trás dos limpadores para-brisa, posso ver os policiais conversando e se mexendo nos assentos.

As privadas são nojentas. O chão de concreto está inundado, e bolos de papéis amassados boiam como icebergs em miniatura. O lugar fede a cerveja e vômito. Uma garrafa de Carlton Draught está atirada perto da privada e a chuva martela no telhado de estanho. Imagino como minha noite será, escondendo-me na chuva. Terei que perambular até encontrar uma cidade, mas aí vou fazer o quê? Estarei com fome de novo em breve e eu ainda não tenho dinheiro. A última semana foi a mais terrível da minha vida. Eu tive de pegar homens em bares só para ter um lugar para dormir, e uma noite, a pior de todas, não tive opção a não ser me esconder num banheiro público em um parque. Apavorando-me a cada barulho. Imaginando o pior. Aquela noite parecia infindável, como se a luz do dia nunca fosse chegar. O banheiro de tijolos aparentes se parecia um pouco com este.

Por um momento, minha resistência se esvanece e imagino uma alternativa: a cama quente, o estômago cheio e os beijos na testa. É o suficiente.

A garrafa se quebra contra o assento da privada. Eu pego um caco grande. Sentando sobre os calcanhares dentro do cubículo, seguro meu braço entre os joelhos. Percebo que comecei a chorar baixinho, mas não há tempo para ser fraca agora. Mais um minuto e aquele tira virá checar como estou. Quando faço o vidro correr para baixo sobre a marca marrom, a dor é aterrorizante. Há mais sangue do que eu esperava, mas não paro. Minha pele cai, como a casca de uma batata.

O forro do meu casaco cobre a ferida aberta quando eu o puxo de volta ao lugar. Jogo a evidência ensanguentada dentro da lixeira e lavo o sangue de minhas mãos. Minha visão está começando a ficar embaçada e o macarrão oleoso gira em meu estômago. Agarro-me à pia e respiro firmemente. Eu consigo fazer isso.

A batida da porta de um carro é seguida de passos.

— Você está bem? — pergunta a policial.

— Fiquei um pouco enjoada da viagem — digo, verificando se a pia está suja de sangue.

— Ah, querida, a gente está quase chegando. É só dizer que a gente encosta o carro, caso você fique enjoada.

A chuva está mais pesada agora e o céu é de um denso preto. Mas o frio congelante do ar ajuda a combater a náusea. Eu engatinho até os fundos do carro e fecho a porta com um puxão de meu braço bom. Nós nos dirigimos de novo para a estrada. Ponho meu braço pulsante para repousar perto do descanso de cabeça, com medo de que o sangue comece a escorrer para o meu pulso, e encosto minha cabeça na janela. Não me sinto mais enjoada, apenas tenho um sentimento de suspensão. As batidas uniformes da chuva, os tons suaves do rádio e o calor do carro me embalam a ponto de me deixarem em um quase sono.

Não tenho certeza de quanto tempo permanecemos viajando calados quando eles começam a falar.

— Eu acho que ela está dormindo.

A voz do homem.

Escuto o chiar de couro quando a mulher se vira para olhar para mim. Não me mexo.

— Parece que sim. Deve cansar muito ser uma puta desse tipo.

— Onde você acha que ela esteve todo esse tempo?

— Meu chute? Fugiu com algum homem, provavelmente casou. Ele deve ter se cansado e dado um pé na bunda dela. Acho que ele era rico também. Aliás, ela tem um olhar superior para todo mundo.

— Ela disse que foi sequestrada.

— Eu sei. Mas não está agindo como se tivesse sido, está?

— De fato, não.

— E ela parece estar em ótimo estado, considerando tudo. Se foi mesmo sequestrada, o cara devia gostar muito dela. Só digo isso. O que você acha?

— Não sei. Ela não deveria estar em um hospital ou alguma coisa do tipo? Não sei se o escrotão deveria realmente ter deixado que ela saísse assim, bastando ela estalar os dedos.

— Qual é o protocolo, então? Eu sei o que a gente deve fazer quando esses garotos somem, mas e quando eles reaparecem?

— Porra, sei lá. Devia estar de ressaca nesse dia.

Eles riram, e o carro voltou a ficar em silêncio.

— Sabe, eu estive pensando o dia todo sobre quem ela me lembra — disse a policial, de repente. — Acabei de me dar conta. Era uma garota do ensino médio que disse para todo mundo que tinha um tumor no cérebro e passou uma semana sem ir à escola para fazer a operação. Nós começamos uma campanha para levantar fundos para ela. Eu acho que todos nós pensamos que ela iria morrer. Mas ela voltou rápida como um raio, e por algumas horas se transformou na menina mais popular do colégio. Então, alguém percebeu que nada do cabelo dela tinha sido raspado, nem uma polegada. Toda a coisa havia sido pura enrolação, do começo ao fim. Aquela garota olhava para a gente exatamente como nossa princesinha aqui olhou para nós dois quando a encontramos. A maneira como ela engana, estuda a pessoa com aquele brilho frio nos olhos, como se a cabeça dela funcionasse a milhões de quilômetros por hora, tentando encontrar a melhor maneira de foder você.

Após algum tempo, parei de escutar a conversa deles. Eu me lembro que tenho que falar com o detetive quando chegar a Camberra, mas me sinto tonta ao tentar planejar minhas respostas. O carro encosta na estrada principal.

Acordo com o solavanco do freio e com a luz acesa enquanto a policial abre a porta dela.

— Acorde, mocinha — diz ela.

Tento me sentar, mas meus músculos parecem ser feitos de gelatina.

Escuto uma voz nova.

— Vocês devem ser os policiais Seirs e Thompson. Eu sou o inspetor sênior Andopolis. Obrigado por fazerem hora extra para trazê-la.

— Sem problema, senhor.

— É melhor começarmos. Eu sei que a mãe dela está desesperada, mas preciso fazer um monte de perguntas para ela primeiro.

Escuto-o abrir a minha porta.

— Rebecca, você não pode imaginar o prazer que eu tenho em ver você — diz ele. Então, ele se ajoelha ao meu lado. — Você está bem?

Tento olhar para ele, mas meu rosto está girando.

— Sim, estou bem — grunho.

— Por que ela está tão pálida? — ele pergunta rispidamente. — O que aconteceu com ela?

— Ela está ótima. Ela só fica enjoada quando anda de carro — diz a policial.

— Chamem uma ambulância! — fala Andopolis num estalo para ela, enquanto estica o braço e desata o meu cinto de segurança.

— Rebecca? Você me escuta? O que aconteceu?

— Machuquei meu braço quando estava escapando — escuto a mim mesma dizendo. — Está tudo bem. Só dói um pouco.

Ele puxa minha jaqueta de lado. Há sangue coagulado que sobe até minha clavícula. Ver aquilo faz minha visão perder o foco ainda mais.

— Seus idiotas! Seus completos idiotas de merda!

A voz dele soa distante agora. Não consigo ver a reação dos policiais. Não posso vê-los empalidecer. Mas posso imaginar.

Sorrio enquanto meu último fiapo de consciência se apaga.

2

Bec, 10 de janeiro de 2003

Meses atrás, Bec havia decidido viver sua vida como se estivesse sendo observada. Quem sabe havia uma equipe de filmagem escondida ao redor da esquina ou o espelho dela era um daqueles espelhos falsos, do tipo de delegacia. Isso significava que ela não mais bocejaria sem cobrir a boca com a mão ou cutucaria o nariz no banheiro. Ela queria parecer sempre e exatamente como uma garota bonita e feliz de dezesseis anos deveria parecer.

Mas aquilo parecia diferente, aquelas cócegas na sua nuca. Parecia que havia realmente alguém observando-a. Já tinha alguns dias que ela vinha percebendo aquilo, mas toda vez que ela girava a cabeça ao redor, não havia ninguém por perto. Talvez ela estivesse ficando doida.

Seria apavorante se seus piores medos virassem realidade e todos simplesmente não acreditassem e a tratassem como louca. O vizinho do lado deles, Max, costumava gritar à noite. A mãe de Bec disse a ela que ele devia estar discutindo com alguém ao telefone, mas Bec tinha espiado através das cortinas de casa quando ele a acordara às quatro horas da manhã. E lá estava ele, berrando para ninguém, no escuro. Ele atirou uma pedra pela janela da cozinha deles algumas semanas depois. O pai dela fez uma ligação aquela noite e Max foi levado embora. Quando voltou, não gritava mais. Apenas se sentava nos degraus da entrada de casa e olhava a média distância, ficando gradualmente mais gordo.

Seria melhor sentir medo o tempo todo ou sentir absolutamente nada? Ela ainda não havia se decidido.

O sol brilhava sobre ela através da pele leitosa das nuvens. Bec ficaria queimada se permanecesse ali fora por mais tempo. Mas ela gostava dessa imagem de si mesma: deitada de costas na piscina de Lizzie. Biquíni verde, braços sardentos espichados, umbigo se enchendo de água quando respirava. Ela se perguntava se estaria sendo observada naquele momento. Os quartos do irmão e do pai de Lizzie, no primeiro andar, davam para a piscina. Bec pegara ambos olhando para ela algumas vezes no ano anterior. Ela devia ficar enojada, mas não.

O som de pés tocando o concreto, um momento de silêncio dilatado e então a superfície da água explodindo quando Lizzie deu um mergulho-bomba. Ela subiu para respirar rindo como uma louca, o cabelo colado sobre o rosto.

— Quase peguei você.

— Você é uma idiota.

Bec riu, tentando afundá-la de volta. Lizzie a pegou pela cintura e elas berraram e gargalharam enquanto lutavam, membros escorregadios como enguias se entrelaçando. Bec afundou Lizzie com força e ela voltou à tona cuspindo água.

— Pazes?

Lizzie estendeu o dedinho ainda tossindo. Elas agarraram uma o dedinho da outra e Bec nadou rapidamente para longe, antes que Lizzie mudasse de ideia. Bec se inclinou sobre a borda azulejada da piscina, tomando fôlego. Ela queria que ali fosse a casa dela e que Lizzie fosse sua irmã, embora elas não se parecessem nem um pouco. Enquanto Bec era magra e relativamente sem peito, o corpo de Lizzie era todo suave e curvilíneo nos lugares certos. Às vezes, quando Lizzie punha batom vermelho, Bec achava que sua melhor amiga ficava igualzinha a Marilyn Monroe, mas ela nunca lhe disse isso.

— Ai, agora minha cabeça está rodando de novo. — Gotinhas d'água se juntaram nos cílios de Lizzie enquanto ela mirava intensamente Bec.

— A culpa é toda sua. — Bec descansou a cabeça no braço. Sua ressaca estava passando. A tontura tinha ido embora e o estômago estava começando a se acalmar.

— A noite passada foi fantástica, não foi? — Um perigoso e pequeno sorriso se abriu no rosto de Bec quando ela disse isso. Lizzie nem ao menos sabia das melhores partes.

— A gente tem tanta sorte. — Lizzie suspirou e empurrou o corpo para longe da borda. — É melhor você ir. Vai dar merda com a Ellen.

— Putz! Que horas são? — Bec saiu da piscina, o concreto fervente queimando os pés nus enquanto ela dava pulinhos em direção à sala de estar. Ela pegou o telefone de cima do banco da cozinha. Eram 14h30. Bec só chegaria a tempo se corresse. Ela recebeu um SMS. Era dele. *Acabei de acordar. Minhas noites são sempre maravilhosas com você.*

Bec estava feliz por Lizzie não estar ali para ver o sorriso pateta estampado em seu rosto quando ela correu escadas acima para pegar a roupa do trabalho. A mensagem passava e repassava na cabeça dela. Devia significar que ele gostava dela. Ela tinha certeza agora. Bec deu um encontrão em Jack, o irmão de Lizzie, no patamar da escada. A porta dele estava aberta e o som estridente do *heavy metal* saía de seu quarto. Ele estendera a mão instintivamente. Bec a sentiu quente em seu cóccix. Por um quarto de segundo, eles estiveram tão próximos que era como se estivessem se abraçando. Ela podia sentir sua respiração, seu cheiro. Ele tirou a mão com um puxão.

— Desculpe!

Jack olhou desajeitadamente para o chão, seu rosto enrubescendo. Ela percebeu de repente que estava basicamente nua e soltou um guincho à guisa de riso ao correr para o quarto de Lizzie. Tirando o biquíni, Bec deixou-o como uma massa verde e molhada no carpete e pôs o uniforme. Ele fedia a óleo de fritadeira e grudou em sua pele molhada. Ela queria ter tempo para tomar um banho e lavar o cabelo. Bec nunca ia a lugar algum sem ajeitá-lo. Pegando seu estojo de maquiagem, ela pincelou o corretivo, espalhou a grossa base, passou blush em cima, então pôs rímel. Também gostava de usar delineador líquido, mas era muito fácil errar, especialmente se estava com pressa. Ela fora à escola parecendo um panda certa vez e não queria repetir a experiência nunca mais. Colocando as sapatilhas ao caminhar, ela apanhou a bolsa e desceu as escadas, dois degraus por vez.

— A gente se vê, vadia — gritou ela para Lizzie, que levantou o dedo do meio de dentro da piscina.

O portão bateu, fechando-se, e Bec correu rua abaixo. Agora eram 14h43. Ela devia chegar a tempo. Seus passos diminuíram. Estava quente demais para correr. O ar parecia pesado, empurrando-a para o chão. Aquele verão estava sendo uma porcaria. Dia após dia fazendo mais de 40 graus. Ela passou os dedos pelo cabelo. Já estava quase seco. Com sorte, não iria embolar.

Domingo era o dia dele de folga. Bec desejava que ele estivesse lá mesmo assim. Eles podiam comparar ressacas, repassar os eventos da noite anterior e rir. Os polegares dela correram através do teclado: *No caminho para o trabalho. Ah! Queria que você estivesse lá. :)* Lendo a mensagem outra e outra vez, ela não estava tão segura. Bec não queria soar muito óbvia, embora ela tenha lido numa revista que o óbvio era bom. Você tem que dar a eles a confiança para tomarem uma atitude. A carinha sorridente tinha que sair, ela resolveu; era muito infantil. Seus dedos hesitaram sobre o botão de enviar, seu coração disparado. Fechando os olhos, Bec se forçou a pressioná-lo. O pequeno sorriso privado se abriu em seu rosto de novo e ela se perguntou se Lizzie fazia alguma ideia. Bec gostava de ter aquele segredo. Parecia algo perigoso como brincar com fogo.

Por um momento, o outro segredo assomou a sua mente. A lembrança dele era como metal em brasa, abrasante e violento. Ela tentou afastar o pensamento. Não deveria estar pensando sobre isso.

Folhas de eucalipto se esmigalharam sob seus pés quando ela dobrou a esquina para pegar a estrada principal. O cheiro daquelas folhas assando era pungente. Fazia seus olhos se encherem d'água. As folhas ficavam crocantes e pretas nas bordas, como se o calor no ar as tivesse queimado. Por um segundo, ela se perguntou se vomitaria, se a cerveja da noite passada reapareceria, afinal. Bec parou de andar e se segurou num galho para se equilibrar, apertando os olhos para fechá-los.

A noite anterior tinha sido divertida. Valia a pena se sentir um pouco enjoada hoje. As melhores noitadas sempre aconteciam na base da surpresa. Ela estava fechando a loja. Limpando o chão e lavando a fritadeira, dois dedos tapando o nariz. Matty estava na grelha. Seus dedos grossos estavam negros de gordura. Ela não entendia por que ele nunca usava luvas. Bec tinha tido um pouco de medo de Matty, com seu corpo avantajado e braços tatuados, mas então percebeu que ele era um dos homens mais doces que jamais conhecera. Mais para um ursinho de pelúcia do que para um motoqueiro.

— Vou me encontrar com Ellen e Luke no *pub* depois daqui. Você quer vir?

— Você acha que a gente pode colocar a Lizzie nessa também?

Ele dissera que sim, mas ela teria ido mesmo que ele não tivesse dito.

Os cinco jogaram sinuca, Matty e Luke se revezando para comprar tulipas de cerveja para ela. Bec odiava cerveja, mas não queria pedir sidra; ela adorava se sentir como um dos rapazes. O *pub* estava escuro e cheirava a almíscar. Quando ela abrira a porta do banheiro, viu suas próprias pupilas dilatadas no espelho, antes de reagirem às fortes luzes fluorescentes. Bec pôs um pouco mais de maquiagem, desejando ter trazido algo para se trocar. Mas ela não deixaria aquilo estragar a noite.

Bec tentara não fitar Luke. Mas ela queria que ele viesse, aproximasse-se. Por fim, ela deixou de participar de um jogo e ele também.

— Como vão indo as coisas, parceira? — Ela adorava quando ele a chamava assim, como se eles fossem completamente iguais. Não tinha nada que Bec odiava mais do que ser tratada como uma menina pequena.

Quando ele sentou perto dela, ela pôde sentir o calor irradiante de seu corpo. Eles contaram piadas obscenas observando os outros jogarem; ela ficou encantada quando conseguiu fazê-lo rir. Luke contou segredos a Bec. Ela escutou. Bec queria que ele a beijasse. Luke não a beijou. Mas ele pegou em sua mão uma vez e a apertou, seus olhos a fitando intensamente. Ele não precisava dizer nada; ela podia adivinhar o que Luke estava pensando. Bec era nova demais. Quando eles estavam trabalhando até tarde, certa noite, ele lhe contara que um amigo dele tinha uma regra. Podia namorar alguém que tivesse metade da idade dele mais sete anos. Namorar qualquer pessoa abaixo dessa idade era errado.

— Aí, quando é que você faz dezessete anos? — perguntara Luke, como se fosse uma piada. Faltavam três meses então. Agora, apenas um. Ela teria que ter paciência, apenas isso.

A base de Bec estava começando a derreter. Ela se forçou a andar um pouco mais rápido. O McDonald's tinha ar-condicionado. Não que isso fosse de grande ajuda no *drive-through*. Tomara que ela ficasse apenas no caixa principal hoje. Então, ela sentiu de novo aquela sensação de cócegas. Bec se virou. Não havia ninguém atrás dela. A rua estava estranhamente vazia. Todo mundo estava trancado, aproveitando o ar-condicionado. Ela apurou o passo, sua nuca ainda formigando.

Quando ela saiu do ônibus depois do trabalho, o céu estava preto. O ar ainda estava pesado e quente. O subúrbio onde Bec morava estava sempre silencioso quando ela chegava em casa tarde. Quando caminhava perto da casa de Lizzie à noite, era como se aquela rua respirasse: luzes acesas, janelas abertas, pessoas rindo, música tocando. Havia o cheiro receptivo de jantares quentes bafejando através das portas de tela.

No subúrbio de Bec, todo mundo fechava as cortinas bem fechadas, de maneira que só se via o brilho azul das televisões nos cantos.

Ela mal podia esperar para chegar em casa, abrir a porta da frente e entrar numa casa legal. Sua família sentada diante da televisão, rindo junto com uma série boba. Sentir o alívio de estar confortável, incluída e a salvo. De estar em casa.

Ao menos ela desejava que as coisas fossem assim. Mas aquela era a família de outra pessoa. Não a dela.

Seus membros começaram a doer enquanto subia o monte que levava a sua rua. Tinha sido um turno duro. Ellen ficou com raiva dela; no final das contas, ela acabara chegando dez minutos atrasada. Quando Bec vira seu reflexo no aço imaculado, ela viu sua maquiagem se desfazendo e o cabelo embolado e não havia nada que ela pudesse fazer. Sentando na janela do *drive-through*, ela podia sentir o antebraço começando a arder. Não havia ao menos posto protetor solar.

Aquela sensação de Juízo Final começou a tomar conta dela. Aquela sensação que aparecia quando ela estava tão cansada que tudo começava a parecer errado. Bec tentou não pensar em Luke. Se pensasse, começaria a se criticar, a se preocupar. A perceber que ele não gostava dela, que estava agindo como uma idiota e todos estavam rindo dela.

Bec se aproximou lentamente de sua casa. Estava escuro. Todas as janelas pretas como breu.

3

2014

Um tubo de luz branca emerge no espesso negrume. Fecho os olhos de novo. É muito claro. Minha garganta está seca e minha cabeça lateja. Gemendo, eu esfrego meus olhos. Alguma coisa bate em meu rosto. Piscando os olhos para afastar o embaçado, olho para meu pulso. Ao redor dele está enrolada uma fita plástica de hospital com as palavras *Winter, Rebecca* em negrito. Olhando ao redor, grogue, vejo o policial da noite anterior dormindo em uma cadeira aos pés da cama.

Meu Deus. Isso vai ser muito mais difícil do que eu pensara.

De pé, no escuro banheiro de tijolos aparentes, o frio, o medo e a exaustão pareceram os maiores de dois males. Mas agora, acordando nesta cama de hospital com um detetive dormindo e bloqueando a porta, percebo que, talvez, tenha cometido um erro. Fui tão tola ao pensar que poderia simplesmente começar uma vida nova, que seria assim tão fácil.

O quarto está em silêncio. Ouve-se apenas o som da respiração do sono do policial e a conversa abafada de alguns quartos adiante. Há uma janela a minha direita. Talvez eu consiga.

Tão silenciosa quanto possível, empurro meu corpo e sento. Meu braço está com bandagem e fede a antisséptico, mas mal dói. Deve ser por causa do que quer que seja que eles colocaram no tubo ligado a minha mão. Olhando para baixo, percebo que não estou usando nada além de uma fina bata de hospital e roupa de baixo. Alguém me despiu. Por um minuto, eu podia rir: quantas vezes tinha acordado numa cama estranha sem minha roupa?

O detetive emite um ronco alto, acordando a si mesmo.

— Bec — diz ele, esfregando os olhos e sorrindo.

Eu o encaro. Agora não tem mais jeito de sair por aquela porta.

— Você se lembra de mim, da noite passada? Vincent Andopolis.

Ele me olha cuidadosamente. As coisas estão acontecendo muito rápido. Não tenho ideia de como responder.

— Tudo está meio confuso.

Minha voz ainda está grossa por causa do sono e dos analgésicos. É melhor manter tudo da forma mais simples enquanto eu tento descobrir o que fazer.

Eu me lembro dele. Ele é o detetive da unidade de pessoas perdidas que chamara os dois policiais motoristas que estavam comigo de "idiotas". Não fora capaz de distinguir muito dele na noite passada. Ele parece diferente na luz fria e estéril do hospital. Seus olhos cinza e ombros largos dão uma dica do homem atraente que um dia ele deve ter sido, mas sua barriga fica apertada atrás da camisa e seu cabelo tem mais fios brancos que pretos.

— Você passou a noite toda aqui? — pergunto.

— Não poderia deixá-la desaparecer de novo. Sua mãe já está prestes a processar a gente — fala ele, com um sorriso torto. — Como é que está? — Ele apontou para meu braço.

— Está bem — falo, embora o braço esteja latejando dolorosamente. Então percebo uma pequena pilha de coisas na cadeira ao lado da dele. O detetive segue meu olhar.

— Seus pais estão conversando com meu parceiro. — Ele limpa a garganta. — Há algumas coisas que a gente ainda precisa fazer antes de vocês poderem se ver.

Há um par de calças de pijama, uma camiseta e alguma roupa de baixo, tudo organizadamente dobrado sobre a cadeira, com uma escova em cima.

— Eles já estiveram aqui?

É certo que não.

— Eles não conseguiam acreditar de verdade até verem você.

Minha mente vacila. Eles estiveram aqui. Eles me observaram dormindo. E, no entanto, ainda acreditam que eu sou a filha deles. Acho que o machucado no meu rosto funcionou com eles também. O maior obstáculo já havia sido ultrapassado e eu não estava consciente para ver. Não consigo me segurar, sorrio. Andopolis sorri ardentemente em resposta.

— Preciso ser honesto, Bec. Não poderia estar mais contente de ver você. É como se fosse um milagre.

Um milagre. Que babaca. Como esse cara podia ser um detetive da unidade de pessoas perdidas? O pânico que senti alguns segundos antes desaparece. Talvez não seja tão difícil ir adiante com isso.

— É um milagre — digo, abrindo para ele um sorriso cheio de satisfação interior.

O detetive nada diz, apenas me fita. Acho que ele pensa que nós estamos compartilhando um momento só nosso.

— Quando podemos sair daqui? — pergunto.

— Provavelmente, no fim do dia. Só temos que fazer algumas coisas e então você estará pronta.

— Como o quê?

— Bom, eu tenho mais algumas perguntas urgentes para lhe fazer. Depois há alguns exames, apenas para a gente se certificar de que você está bem.

Tento não piscar. Estou perdida.

Ele tira um caderninho do bolso.

— A polícia de New South Wales me informou que você afirmou ter sido sequestrada.

Balanço a cabeça afirmativamente. Quanto menos eu disser, melhor, até eu descobrir o que eu vou fazer.

— Você conhece a pessoa ou pessoas que levaram você? Conhecia, antes de ser sequestrada, eu digo.

Posso ver a avidez nos olhos dele. Abano minha cabeça.

— Você se lembra de onde foi mantida? Qualquer detalhe seria útil.

— É tudo confuso. Não consigo realmente me lembrar — digo lentamente.

Ele me observa calmamente, como se esperasse que eu contasse mais. O silêncio cresce entre nós.

Por fim, ele desvia o olhar, fechando o caderninho e devolvendo-o ao bolso.

— Vou lhe dar algum tempo. E a gente pode retomar a conversa depois dos seus exames ficarem prontos.

— Aí eu posso ir para casa?

Seus olhos fixos nos meus, como se ele esperasse alguma coisa.

— É ir para casa o que você quer? — pergunta ele, finalmente.

— Sim, claro.

Tento sorrir de maneira tranquilizadora, e após alguns instantes, o sorriso torto dele retorna.

— A enfermeira virá em breve.

Ele sai e fecha a porta, e eu salto fora da cama. Minha cabeça flutua, mas eu ignoro. Deixando o rastro de líquido atrás de mim, vou primeiro até a janela. É apenas um quadrado de vidro, selado em todos os lados, não há como abrir. Acho que têm medo que as pessoas pulem; mesmo três andares ainda podem causar algum dano. Do lado de fora, pessoas circulam pela entrada. Doutores e paramédicos entram; doentes saem caminhando com dificuldade. Há carros, táxis e ambulâncias. Mesmo se eu pusesse as roupas que os pais de Rebecca deixaram, seria muito difícil sair daqui.

Vou até a cadeira e seguro a minha frente a camiseta rosa e as calças de pijama com estampa de gato que os pais deixaram. Parece que eu sou mais ou menos da mesma altura e peso dela. Eles couberam quase que perfeitamente. Sortuda. Apanho a escova. Fios de cabelo cor de cobre cintilantes estão presos entre as cerdas.

* * *

Quando a enfermeira entra para me levar para fazer os exames, estou de volta na cama, inocente como um filhote de cordeiro. Se eu conseguir passar por essa, terei adquirido uma nova identidade. A recompensa desse jogo é grande demais para desistir.

Mantenho os punhos cerrados enquanto o doutor me examina. Ele inspecionou meu corpo, procurando qualquer tipo de lesão. Agora, fala alto comigo, por entre as minhas pernas.

— Isso vai ser um pouco frio.

— Pode fisgar um pouco.

— Estou quase terminando agora.

Visto uma expressão de humilhação, mas na realidade, já me acostumei a homens me tocando cegamente lá embaixo.

— Obrigado, Rebecca. Você se comportou direitinho — diz ele. — Pode se levantar agora.

Ele fecha a cortina, como se eu tivesse alguma decência sobrando para preservar. Eu coloco minha calcinha de volta, ouvindo o que ele fala com a enfermeira.

— Você pode preparar o *swab* para a mitocôndria? Também vamos precisar de três frascos para a seringa.

Nem pensar. De jeito nenhum eu vou dar a eles meu DNA ou meu sangue, e não apenas porque vão saber que não sou Rebecca Winter. Mas porque aí podem descobrir quem eu realmente sou. A cortina se abre.

— Pronta, então, Rebecca? — pergunta o doutor.

A enfermeira me encara ao se aproximar às pressas de volta, depois desvia os olhos.

— Preciso ir para casa agora.

Baixando minha cabeça, deixo o cabelo cobrir meu rosto. Estou me preparando.

— Eu sei que é tudo muito intrusivo, mas estamos quase acabando. Só precisamos de uma amostra do lado de dentro de sua bochecha e um pouco de sangue.

— Não quero mais dor, por favor.

Minha voz tem o tom perfeito, toda ela pânico e estridência.

Enrolados entre meus dedos está um chumaço de fios de cabelo da escova dela. Eu puxo meu próprio cabelo, nem de perto forte o suficiente para que nada saia.

— Isso é o suficiente? Eu não aguento mais.

Levanto minha mão, o chumaço de cabelos dela oscilando para baixo. Não olho para cima, mas escuto o mais leve respirar da enfermeira.

Então começo a chorar. Berrando mesmo, como uma criancinha. Deixando os soluços rolarem uns sobre os outros. Meu corpo inteiro treme. Não é difícil, uma vez que eu começo; tive muito sobre o que chorar nas últimas semanas. A enfermeira avança, cuidadosamente pegando o cabelo da minha mão com luvas de plástico.

Fácil.

O carro sobe o monte escarpado da rua de Rebecca Winter, e finalmente, posso vê-los: um casal de classe média que parece totalmente comum. Minha nova mãe e meu novo pai. Suas costas estão apoiadas, suas cabeças estão baixas. Estão em pé, num rígido silêncio, em frente de sua grande casa branca. Um velho eucalipto perto da garagem lança luz multicolorida sobre a fachada. Vida de subúrbio e classe média esperam por mim.

A mãe lança a cabeça para cima ao ouvir o carro. Meu coração martela no peito. O hospital pode ter sido um golpe de sorte. Inconsciente, com o rosto machucado, talvez eles tivessem visto o que quiseram ver. Agora que meus olhos estão abertos, agora que estou me movendo, andando e falando, não há como enganá-la. Posso sentir os olhos de Andopolis colados no retrovisor, olhando para mim. Ela vai perceber minha trapaça no momento em que puser os olhos em mim. Não importa quanto tempo se passou. Com certeza uma mãe conheceria sua única filha.

— Normalmente, teríamos um agente aqui para dar suporte a uma coisa desse tipo — diz ele. — Mas seus pais não quiseram.

Eu balanço a cabeça afirmativamente. Estou muito nervosa para me mostrar agradecida, embora isso quase certamente tornará as coisas mais fáceis. Convencer os pais seria já um feito e tanto. Não seria nada bom ter um liberal de coração mole, com um sorriso desenhado no rosto convencido, tentando "ajudar". Eles sabem como vítimas realmente agem nesse tipo de situação.

— Você vai precisar conversar com um orientador psicológico em breve, certo, Bec? Mas vamos dar um passo de cada vez.

Sorrio fracamente para ele. Não vou falar com um orientador psicológico de jeito nenhum.

Estacionamos na entrada da garagem. Por um momento, eu desejo poder ficar ali. Desejo poder me esconder no banco de trás só por um pouquinho mais. Andopolis sai e dá a volta até minha porta, abrindo-a para mim. Agora que os vejo, não tenho tanta certeza de que posso fazer isso. Rebecca — Bec — era uma pessoa, não uma personagem, e eu nunca me encontrei com ela. Nunca ao menos ouvi sua voz.

Não consigo olhar para a mãe quando saio do carro. Mantenho o rosto voltado para baixo, meus olhos focados nos gerânios brancos florescendo no caminho.

— Becky? — diz ela, aproximando-se. Ela toca meu braço, hesitante, como se eu pudesse não ser real.

Eu levanto a cabeça, tenho que levantar a cabeça. Seus olhos miram os meus. Eles estão cheios de um amor tão selvagem que é como se o resto do mundo tivesse desaparecido. Ela me envolve em seus braços e eu posso sentir seu coração contra minhas costelas, seu calor se misturando ao meu. Ela tem cheiro de baunilha.

— Obrigado, Vince — escuto o pai dizer por sobre o ombro dela.

— Não há de quê. Mesmo — fala Andopolis. — Traga Bec por volta das 15 horas.

— Então nos vemos lá, parceiro.

Escuto a porta se abrir e Andopolis entrar no carro. Então, o motor é ligado e ele vai embora. A mãe me solta e o pai me olha de cima a baixo. Ele é a quintessência do trabalhador de colarinho-branco, com seu paletó e camisa aberta, olhos escuros e rosto barbeado. Ele deve ter se vestido para o trabalho, mesmo sabendo que não iria, ainda em choque por estar tirando o dia de folga, porque sua filha sumida há longo tempo estava voltando para casa.

— Eu não sei o que dizer, Becky.

Ele me puxa para dar um abraço. É diferente da mãe, um pouco desastrado. Posso sentir o cheiro de sua loção pós-barba e, por trás dela, um estranho cheiro de podre.

A mãe se vira e abre a porta. Eu acho que a vejo enxugar o rosto.

— Entre, Bec.

A voz dela falha e eu percebo que passei no teste. Estou dentro. Esta é minha casa, minha vida.

De agora em diante, eu sou Rebecca Winter.

Havia esquecido como é maravilhoso um banho quente. Poder lavar meu cabelo e raspar minhas pernas é uma sensação fantástica, ainda que tenha que fazer isso com meu braço ferido posto para fora da ducha. Enrolo uma toalha ao redor de mim e respiro alegremente o vapor. Se tivesse feito a outra escolha, estaria com frio e sozinha em algum lugar agora, vestindo minhas roupas sujas, que provavelmente estariam úmidas da chuva. O pensamento me faz estremecer.

Saindo do banheiro, percebo que não sei qual é o quarto de Rebecca. Abro a porta que fica perto do banheiro. É um armário cheio de roupa de cama dobrada. Abro lentamente a porta que fica em frente, com a esperança de que não me ouçam da cozinha. Este é um quarto, sem nada nas paredes e nenhuma mobília, exceto por duas camas de solteiro. Ele tinha sido preparado para ser meu? Há mais uma porta, então resolvo tentá-la, andando de mansinho sobre o carpete para que não ouçam minhas pisadas lá debaixo.

Pôsteres de Destiny's Child e Gwen Stefani enchem meus olhos. A cama está forrada com colcha cor-de-rosa. Uma boneca Repolhinho está empoleirada na mesa de cabeceira. Livros didáticos estão empilhados na mesa, os quatro primeiros da série Harry Potter estão perfeitamente alinhados na prateleira acima, e há fotografias por toda parte. Ali está ela, sorrindo e posando, os braços ao redor de vários amigos, na maioria das vezes outra garota de cabelo loiro comprido. É como se a vida tivesse permanecido parada neste quarto, esperando que a mesma garota de dezesseis anos retornasse.

Eu inspeciono as fotografias dela, segurando a toalha ao redor de meu corpo nu, meu cabelo molhado pingando no carpete. Mesmo em fotografias se pode ver a vida e a vitalidade dessa menina. Ela parece confiante e à vontade. Olhando para o rosto dela de todos os ângulos, percebo que ela se parece um pouco menos comigo do que pensei no princípio. Seu nariz é menor, os olhos maiores — até o formato do rosto é ligeiramente diferente. Mas uma década pode mudar muito um rosto. Posso pôr a culpa de qualquer dessemelhança no tempo.

Tempo é outro problema. Fazendo as contas de cabeça agora, percebo que Bec estaria por volta de seus 27 anos. Eu tenho apenas 24 anos. Pela primeira vez na vida, eu me pego com a esperança de parecer mais velha.

Abro a porta de correr do guarda-roupa. As roupas dela estão penduradas organizadamente, mas posso sentir o cheiro de mofo no ar lá dentro. Esta porta não é aberta há um bom tempo. Ver o uniforme do colégio de Bec pendurado a minha frente faz com que me sinta estranha, um pouco enjoada, então pego rapidamente um jeans e uma camiseta e fecho a porta de novo. Qualquer coisa é melhor do que essas calças de pijama de gatinhos, que me fazem ter vontade de vomitar de tão bonitinhos. Ele cabe bem em mim, mas, mesmo assim, é infantil. Parece errado ter quase 25 anos e usar um jeans de cintura baixa e um *top* da Guess. Com o tecido tão apertado à pele. Posso sentir um almiscarado e desconhecido cheiro humano. Deve ser o odor do corpo dela, ainda impregnando o algodão da camiseta. Um estremecimento serpenteia por minha espinha abaixo.

A mãe e o pai sentam no sofá de dois lugares, na sala de estar, um sanduíche intocado em frente de cada um deles e outro em frente de uma das cadeiras do outro lado. Eu me sento, notando que há um gato aconchegado na outra poltrona. Sempre quis ter um bicho de estimação.

— Pensei em almoçarmos aqui hoje, para deixá-la o mais confortável possível — fala a mãe.

— Ótimo, obrigada! — falo, sem saber ao certo o que ela quer dizer. Queria saber mais sobre Rebecca, ter uma visão mais clara de que tipo de pessoa ela era. Já que não tenho, resolvo que vou me sair melhor interpretando o papel que todo pai deseja: o da filha responsável. Serei benévola, agradecida e inocente. Dou uma mordida no sanduíche, percebendo de novo como estou faminta.

— Está tão gostoso. Obrigada por ter feito isso, mãe.

— Claro, querida.

Ela sorri. Está funcionando.

— Falei com Paul e Andrew a noite passada — diz o pai.

— Mesmo? — Transformar respostas em perguntas é uma maneira fácil de manter uma conversa fluindo quando não se tem ideia do que a pessoa está falando.

— Sim. Eles chegam de avião mais tarde, esta noite.

Olho ao redor da sala. Há fotografias em molduras nas paredes: dois idênticos garotinhos sardentos sorrindo, com Bec orgulhosamente de pé entre eles. Eles vão crescendo até alcançarem os ombros dela e então, abruptamente, surgem apenas os dois, sorrisos não tão largos, continuando a crescer até brotarem com roupas e barbas ralas de adolescentes, depois rostos de homem e ternos. Devem ser irmãos dela.

— Mal posso esperar para vê-los — digo eu.

— Ótimo. — Ele sorri e dá uma mordida no sanduíche.

— Aposto que você vai querer ligar para a Lizzie — diz a mãe.

Eu balanço a cabeça afirmativamente, enfiando o resto do sanduíche dentro da boca. Não sei quem é Lizzie.

— Só não saia ligando para alguém que você acha que pode entrar em contato com a mídia. É a última coisa que a gente precisa — diz o pai.

— Você realmente acha que alguém faria isso? — pergunto, fazendo-me de inocente.

— Nunca se sabe, querida.

Claro que sim, mas não importa. Eu vou evitar os amigos antigos de Rebecca tanto quanto possível. Já tenho mentiras suficientes para sustentar. Apanho os farelos de pão que caíram do prato com o dedo. Quero outro sanduíche, mas não quero pedir. Levantando os olhos, percebo que ambos me encaram. Lembro do que a policial disse no carro, que eu não estava agindo como se tivesse sido sequestrada.

— Estou tão feliz de estar em casa, de estar a salvo de novo — digo.

A mãe começa a chorar de novo, seu peito pululando de soluços dolorosos, guturais, as mãos sobre o rosto como um escudo. Demora muito para ela parar.

Quando chegamos à delegacia, pergunto aos pais se eles vão entrar comigo. Aperto a mão da mãe com força; preciso dela lá dentro para responder algumas das perguntas. Essas pessoas são treinadas para descobrir uma mentira; não importa quão boa eu seja, o trabalho deles é me desmascarar.

— Se você quiser, tenho certeza de que a gente pode perguntar — diz a mãe, dando um passo à frente.

O pai a segura pelo braço, fazendo-a parar.

— Eu acho que o Vince vai querer falar com você sozinha, Bec. Mas nós vamos esperar bem aqui fora.

A mãe dá um passo para trás e olha para baixo, os olhos ainda vermelhos e inchados.

O policial uniformizado à mesa me mostra o caminho. A camiseta de Rebecca está começando a parecer um pouco apertada.

Um homem vestindo um terno novíssimo vem até mim, a mão estendida.

— Rebecca Winter? — pergunta ele. Sacudo a cabeça afirmativamente e ele balança rapidamente minha mão.

— Sou o detetive Vali Malik. Parceiro de Vince.

— Bec! — fala Andopolis, dirigindo-se até nós, uma pasta sob o braço. — Você parece bem melhor.

Ele nunca mencionou que tinha um parceiro, pelo menos não me recordo.

— Obrigada — digo eu.

— Venha comigo — fala Malik, girando sobre os tacões de seus sapatos perfeitamente polidos.

Seguindo atrás dos dois, bisbilhoto uma sala a minha esquerda. Dentro há um grande quadro coberto de anotações que não consigo ler direito daqui. Colado a ele há um mapa, uma grande fotografia de Rebecca sorrindo para a câmera e um close de um celular rachado na grama. Há uns poucos homens sentados numa grande mesa e um deles levanta os olhos para mim quando passo. A mão larga de Andopolis pressiona a parte de baixo de minhas costas, levando-me gentilmente para frente. Ele dá um sorriso tranquilizador.

— Bem aqui — diz ele, abrindo uma porta à direita para mim.

Estou esperando outra caixa fria de concreto como aquela de Sydney. Em vez disso, eles me trazem para uma sala ensolarada, com sofás, uma mesa em miniatura e um balde de brinquedos em um canto. Como em Sydney, há um grande espelho ao longo de uma das paredes. Fico me perguntando se os policiais por quem acabei de passar virão observar. Malik aponta para um dos sofás. Ele range quando me sento.

— Quer tomar alguma coisa, Rebecca? Chá, café?

— Eu estou bem — digo. — Obrigada.

— Como é estar de volta em casa?— pergunta Andopolis, sentando no sofá a minha frente.

— É fantástico.

Malik se senta em uma cadeira a minha esquerda, abrindo uma pasta.

— É ótimo ouvir isso — diz ele e sorri.

— Seus exames chegaram e parecem ótimos — fala Malik, passando algumas páginas da pasta.

Vitória. Nem mesmo eu acredito que consegui fazer o plano funcionar. Mas não posso ficar convencida agora. Preciso me concentrar neste novo estágio do jogo.

Eu os analiso por um momento. Malik deve ser pelo menos quinze anos mais novo que Andopolis. Ele é todo benfeito e impecavelmente arrumado. Perto dele, Andopolis parece velho e amarrotado.

— Você não estava lá hoje de manhã quando eu acordei — digo para Malik.

— Não. Eu estava falando com seus pais. — Ele esboça seu sorriso rápido e eficiente de novo e continua. — Fico feliz por você estar com sua família, Rebecca, mas a gente realmente precisa voltar o foco para a investigação. Quanto mais a gente demorar, mais difícil vai ser para conseguirmos respostas.

Ele estava certo. Eu não queria que eles obtivessem resposta alguma. Eu tinha que resistir à pressão deles o máximo possível. Os caderninhos deles vêm de novo à tona. Tim, tim, tim. Segundo *round*. Eu ganhara o primeiro *round* de maneira brilhante no hospital, então, com sorte, eu poderia fazer o mesmo agora. Depois disso, as coisas só poderiam ficar mais fáceis.

— Você poderia descrever a localização de onde você foi mantida cativa?— Malik pergunta, indo direto ao ponto.

— Na verdade, eu não... — Eu pauso para causar uma impressão. — Na verdade, eu não vi o lado de fora. Pode ter sido em qualquer lugar. Desculpem.

— Tudo bem, Becky. Não se pressione. Quanto tempo você acha que se passou entre sua fuga e a polícia tê-la encontrado? Você foi encontrada em Sydney, então, pode-se presumir que seu cativeiro ficava ali perto — diz Andopolis.

Eu penso sobre aquela última noite no hostel barato de Kings Cross. Foi apenas uma semana atrás, mas parece ter sido há mais tempo. Eu contara meu dinheiro escondido no colchão, sabendo que não seria suficiente, que teria que sair pela manhã. Eu me lembro de tentar dormir. Pela janela, podia ouvir mulheres gritando do lado de fora, garrafas quebrando, homens falando palavrões. Sabia que no dia seguinte estaria na rua com eles.

— Não. Realmente não, desculpe.

O cheiro aqui é esquisito, como o de um hospital. Acho que os brinquedos tinham que ser limpos toda vez que uma criança brincava com eles. Olho para a mesa e a cadeira em miniatura, perguntando-me se Andopolis alguma vez já se sentou ali com uma criança, pedindo que ela usasse um boneco para encenar o tipo de abuso que porventura tivesse sofrido.

— Sei que isso é difícil, mas nós precisamos que você nos conte tudo o que conseguir lembrar — diz Malik.

Eu puxo ar para os pulmões, preparando-me para contar a eles o que estão ansiosos para ouvir. Eu planejara os mínimos detalhes: câmaras de tortura, homens mascarados, tudo. Eles engoliriam a história e eu os levaria a uma busca desesperada por toda a Austrália. Mas então, quando estou prestes a começar a falar, a fotografia da sala de investigação vem a minha mente. Rebecca Winter, jovem e feliz. Eu realmente queria tornar o destino dela tão terrível? Olho para os rostos deles em expectativa. Eu estava sendo tola. O que eu dissesse não teria nenhuma influência no que realmente aconteceu com ela. Era idiota até pensar sobre aquilo. Tratava-se de minha vida agora, não da dela. Eu tinha que ser esperta a esse respeito. Mas, claro, assim que eu lhes contar uma história, eles vão começar a fuçar e encontrar falhas. Menos é mais. A coisa mais inteligente a fazer é não contar história alguma.

— Esse é o problema — digo calmamente. — Não me lembro de nada.

— De nada? — Malik tenta esconder a frustração, mas eu posso ouvi-la em sua voz.

— E quanto a tempos mais recentes? Você se lembra de quem bateu em você? Quem causou esse machucado? — pergunta Andopolis, escrutando a lateral do meu rosto. Olho para baixo como se estivesse com vergonha daquilo. Na verdade, a história é meio vergonhosa. Eu estava correndo de um vendedor de frutas. Eu roubara duas maçãs antes de tropeçar e cair no meio-fio. Ninguém bateu em mim.

— Não.

— E o seu braço? — pergunta Andopolis suavemente. Se ele está irritado, não demonstra.

Eu abano a cabeça.

— Quando a vi pela primeira vez — diz Andopolis gentilmente —, você disse que se machucou ao fugir. Você se lembra disso?

— Sim. — Não. Eu me esquecera.

— Então você se lembra de ter fugido? — pergunta Malik.

Respiro fundo. Tenho que dar alguma coisa a eles.

— Eu me lembro de quebrar o vidro da janela — digo, lembrando da garrafa se espatifando no banheiro. Meu corpo estremece com a lembrança. Eles percebem.

— Meu braço se prendeu, mas eu continuei. Só me lembro de saber que não tinha muito tempo.

— Por que você não tinha muito tempo? — pergunta Malik, rápido como um chicote.

Porque eu sabia que a policial lá fora iria entrar para ver como eu estava. Eu me pergunto se há uma maneira de perguntar se ela perdeu o emprego sem soar vingativa. É melhor não perguntar.

Eu queria poder pressionar o *pause* numa situação como esta. Ir lá fora para fumar um cigarro e pensar seriamente sobre como lidar com ela. Eu estava preparada para tratar apenas com um detetive. Ter que encarar dois deles, um de cada lado, era intimidador. Uma questão é disparada após a outra antes que eu tenha chance de pensar.

— Por quanto tempo vocês me procuraram? — questiono. Sinto-me mais segura quando sou eu fazendo as perguntas.

Malik olha para Andopolis. Ele provavelmente não era nem um detetive naquela época, apenas um novato de uniforme.

— A investigação durou um longo tempo. Nós procuramos em todos os lugares — Andopolis diz lentamente.

A intensidade nos olhos dele começava a fazer mais sentido. Ele devia ter muitas questões prementes para me fazer.

— Vocês tinham um suspeito? — pergunto.

— A gente tinha algumas pessoas sob suspeita.

— Quem?

— Por que a gente não começa do princípio? — interrompe Malik. — Qual é a última coisa de que você se lembra? Antes do sequestro.

Ele estava pondo o foco de volta em mim. Minha mente recuou rapidamente até o programa de televisão.

— Eu estava no trabalho, no McDonald's. Tudo fica confuso depois disso.

Andopolis sorri para mim, aquele sorriso orgulhoso, torto. Eu entendi aquele direitinho. Ele põe a pasta sobre a mesa entre nós e a abre. Dentro estão espalhadas o que parecem ser fotografias que vão do ombro à cabeça de trabalhadores, cinco pessoas diferentes, todas sorrindo em seus uniformes do McDonald's.

— Você se lembra destas pessoas? — pergunta ele.

— Sim — digo eu. — Claro. Mas... sabe... Faz tanto tempo. — Meu coração bate forte e a camiseta aperta sob o braço, fazendo-me suar. Isso parece um teste.

— Você se lembra dela? — Ele aponta o dedo para uma jovem. Ela é muito bonita, mesmo no horroroso uniforme. Seu cabelo louro está puxado, formando um rabo de cavalo, e seus olhos cintilam. Percebo que a reconheço; ela estava na maioria das fotos na parede de Rebecca.

— Ela era minha melhor amiga — digo, e então me lembro das palavras do pai mais cedo. — Lizzie.

— E os outros? — pergunta Malik. O que deve significar que eu acertei.

— Eu me lembro de Lizzie. O resto... Eu sei que os conheço... — Tento parecer chateada. — Odeio ficar confusa desse jeito.

— Está tudo bem, Bec. A gente vai devagar. — A voz de Andopolis é apaziguadora. — Estas são as últimas pessoas que a viram antes de você desaparecer. Esta é Ellen Park. Ela era sua gerente.

Ela parece ter uns 25 anos, talvez, com um olhar de preocupação prematura.

— Este é Lucas Masconey. — Ele aponta para um belo rapaz no começo dos vinte anos.

— E Matthew Lang. Ele era o cozinheiro. — Este cara é grande e parrudo, com um bocado de brincos de prata na orelha. — Você se lembra dele?

— Meio que sim — digo.

— Algo mais específico? — pressiona Malik. Esse tal de Matthew deve ter sido um suspeito. Acredite, os policiais sempre vão em cima das pessoas mais óbvias.

— Não — digo, um pouco severa demais.

Olho para baixo, para minhas mãos, e faço força para respirar. Eu tinha que fazer alguma coisa: já estava saindo da personagem. Eu não podia ser nada além de uma vítima, nem por um só minuto.

— Então, quanto tempo levou até vocês desistirem de me procurar? — pergunto.

Andopolis levanta a cabeça para me olhar, algo obscuro atravessa seu rosto.

— Não é que a gente tenha desistido. A investigação simplesmente esfriou. — Ele desvia os olhos ao continuar a falar e eu percebo o que ele está sentindo: culpa. — Todas as pistas. Você entende?

— Sim.

Vejo a culpa de novo, ainda que ele tente escondê-la.

— Vamos tentar nos concentrar naquele dia — diz Malik. — Estávamos falando de seu último turno no McDonald's.

Eu tinha que me livrar de Malik. Podia ver que ele era um bom detetive, e, no entanto, não parecia ter um ego grande. Ele via este caso apenas como seu trabalho e eu era uma parte importante dele. Mas isso era tudo.

— Na verdade, eu gostaria de uma xícara de chá. Se não for incômodo — digo calmamente, olhando para Malik.

— Tudo bem — diz ele. — Não vai levar nem um minuto.

Assim que a porta se fecha, eu me inclino para frente.

— Eu não gosto dele — digo, com um sussurro de pânico.

— Por quê? — pergunta Andopolis, surpreso.

— Ele me dá medo. Não me sinto bem quando ele está aqui. Não pode ser só você?

Posso ver o peito de Andopolis inchar muito delicadamente. Idiota. Ele não gostava do outro também. Ele provavelmente não queria dividir seu caso com um recém-chegado sabichão.

— Eu confio em você — acrescento. — Por favor?

— Deixe eu ver o que posso fazer.

Ele se levanta do sofá e caminha para fora da sala. Eu me pergunto que tipo de conversa eles estão tendo atrás do espelho agora. Faço força para não olhar.

Após alguns minutos, Andopolis volta com a xícara de chá e o mínimo traço de um sorriso triunfante nos cantos da boca.

— Tudo bem, Bec, serei só eu de agora em diante.

— Obrigada! — digo eu.

— Sem problema. — Ele põe o chá sobre a pequena mesa, perto de mim. — Se você por acaso se sentir chateada ou desconfortável, quero que me diga. Vou fazer tudo o que puder para ajudá-la. Certo?

— Certo — digo, lançando meu olhar mais inocente. Ele pensa que estamos do mesmo lado.

— Ótimo. Agora, quando você estiver pronta, nós realmente precisamos falar sobre aquela noite. A noite em que foi sequestrada. Qualquer coisa que lembrasse seria muito útil para encontrarmos quem fez isso.

Ele estava me tratando como uma criança frágil, que era exatamente o que eu queria.

— Eu me lembro de uma coisa — digo.

— De quê? — pergunta ele.

Eu olho para a distância por um momento, contando até dez na minha cabeça, deixando o silêncio pesado preencher a sala.

— Eu estava com frio e com medo — digo, quando chego no dez. — Tudo estava escuro.— Falo devagar, deixando o suspense crescer.

— Eu lembro de ouvir sirenes. Elas se aproximavam mais e mais. Pensei que estava salva. Mas elas seguiram em frente. Elas emudeceram. Eu soube que não eram para mim.

Olho para ele e seu rosto está retorcido de culpa e vergonha. Eu o tenho onde quero.

— Estou cansada agora. E gostaria de ver meus pais.

Quando o pai nos leva para casa de carro, eu quero dormir no banco traseiro. Estou realmente cansada.

— Vocês se importam se eu tirar um cochilinho antes de eles chegarem? — pergunto. Já me esqueci dos nomes dos irmãos.

— Claro que não. Você deve estar exausta.

Deitando nos lençóis de Rebecca, eu me pergunto por um momento se eles foram mudados. Ou se são os mesmos lençóis em que ela se deitara onze anos antes, na manhã em que ela sairia de sua casa para nunca mais voltar. Eles devem ter sido trocados, certamente.

Logo ouço a porta da frente se abrir, e então, duas vozes masculinas. Os irmãos dela devem ter chegado. Eles terão a expectativa de que eu desça e os saúde, mas a ideia de me levantar de novo parece impossível. Meu braço lateja. A bandagem parece muito apertada. Vou em um minuto, resolvo. Que a mãe seja a pessoa que os informe dos detalhes, conte sobre a perda de memória e meu braço.

Virando-me, percebo que não ligo se trocaram ou não os lençóis de Rebecca. Eles parecem quentes e macios como seda. Ter minha própria cama no hospital tinha sido bom, mas isso era incrível. Sentir-me tão segura e confortável fazia a semana que passara parecer inacreditável, como uma espécie de pesadelo.

Quando acordo, está começando a escurecer. Nem me lembro de ter adormecido. Saio da cama, um gosto ruim na boca, passo os dedos pelo cabelo e abro a porta do meu quarto. Tenho que encará-los mais cedo ou mais tarde, e quanto mais adiar, mais difícil vai ser. Descendo as escadas, noto que a casa está estranhamente silenciosa, mas todas as luzes estão ligadas. Por um instante, eu penso que talvez eles tenham saído, mas certamente não teriam me deixado aqui, sozinha, tão cedo.

Escuto um movimento muito leve a minha direita. Viro-me em sua direção e a cozinha surge a minha frente. Lá estão eles. A mãe, o pai e os dois irmãos, sentados ao redor de uma mesa de cozinha circular. Pratos sujos estão diante de cada um deles. Devem ter acabado de jantar. Ninguém fala, nem ao menos se olham.

Hesito por um momento no vão da porta, esperando que se movam, que notem minha presença, mas isso não acontece. Eles se reúnem em silêncio, com as costas eretas, mas olhos vazios e cabeças baixas. Imagino que tenha sido um dia difícil para eles também. Mesmo assim, algo parece estranho, levemente errado, com a imagem vibrante dessa família. Mas eu tenho problemas maiores no momento, então ignoro a cena e caminho para me juntar a eles.

4

Bec, 11 de janeiro de 2003

Era uma hora da manhã quando Bec fechou a porta do quarto, entrou debaixo das cobertas e apagou as luzes. Ela estava muito cansada para fazer as coisas rapidamente. De pé, no banho, por quase 20 minutos, ela esfregara a gordura dos braços e tentara apagar o cheiro de carne queimada das narinas. Ela gemeu de alívio ao finalmente ficar na posição horizontal. Sentia o lençol limpo e macio sobre a pele. Pensou em dizer a Ellen que não queria mais fechar a loja. O pagamento de uma hora extra não valia aquela sensação dolorosa e supercansativa.

Sua mente trabalhava lentamente, pensando agora sobre aquilo. Fosse como fosse, amanhã era seu dia de folga; ela resolveria então. Um dia inteiro para fazer o que quer que quisesse. Seria ótimo. Ficar deitada em seu próprio quarto silencioso parecia bom demais para que ela estragasse o momento se preocupando assim. O peso quente do gato, Hector, fez-se sentir sobre sua perna quando ele se esticou, seu sininho balançando suavemente.

Alguma coisa se moveu. Foi o que a acordou. O rangido de algo pesado se movendo. Havia alguém no quarto. Bec estava com muito medo para abrir os olhos. Ela não queria ver o que estava ali. Era suficiente sentir a presença, aquele peso no ar que significava que outra pessoa estava respirando ali dentro. Debaixo do calor das cobertas, a pele dela se arrepiou de frio. Aquilo não podia estar acontecendo de novo.

Ela ficou escutando. Segundos se passaram. Nenhum som. Talvez fosse um pesadelo.

Bec sabia que devia abrir os olhos. Apenas para dar uma checada. Apenas para ter certeza. Um som brotou de dentro do silêncio, tão suave que mal pôde ser ouvido. O zumbido rouco do ronronar do gato. Muito lentamente, ela abriu os olhos.

A primeira coisa que ela percebeu foi que Hector não estava mais em sua cama. Ela podia ver o pequeno formato de pera de suas costas peludas. Ele estava sentado a um canto, olhando para alguma coisa, ronronando. Bec sabia que devia rir de si mesma; era só o gato. Mas os membros dela ainda estavam congelados. Alguma coisa não estava certa.

À medida que seus olhos se ajustavam à escuridão, ela teve que segurar uma arfada. Havia uma sombra no canto que não deveria estar ali. Bec podia apenas vê-la, extremamente escura, uma mancha que não combinava. O coração dela bateu forte contra as costelas quando a sombra começou a se mexer.

Lentamente, o vulto se virou. Membros se esticando, crescendo de uma maneira que não era humana. Ela selou os olhos, um grito travado na garganta. Bec não queria ver como a figura indistinta era quando saísse do canto onde estava. Não queria ver seu rosto.

Um medo de congelar os ossos perpassava seu corpo enquanto ela esperava que o vulto a tocasse. Sentir aquela mão gelada em sua bochecha de novo. Ela segurou a respiração, esperando apenas.

A porta rangeu.

Ele tinha ido embora? Bec queria deixar a respiração sair, mas sentia como se o medo a tivesse paralisado. Então, algo pesado bateu violentamente em seus joelhos. Ela engatinhou, afastando-se, o lençol se enrolando ao redor de seu tornozelo, de maneira que ela caiu sobre o carpete com um baque surdo. A dor se irradiou do ombro para baixo, mas Bec tentou ignorá-la, esticando o braço para acender a luz da mesinha de cabeceira.

Por um momento, a luz a cegou. Então ela o viu. O gato, Hector. Sentado no meio do colchão, piscando para ela. Ela o apanhou, soltando um palavrão, e ele ganiu para ela. O ruído pareceu lancinante no silêncio. Ela o segurou de encontro ao corpo, sentindo as pequenas batidas do coração dele, o que a deixou calma o suficiente para se levantar e fechar a porta do quarto de novo. Bec inclinou e encaixou sua cadeira sob a maçaneta.

Alguma coisa estivera ali; não fora apenas um gato. Ela tinha certeza disso. Suas mãos ainda estavam suando e tremendo e a adrenalina corria por suas veias.

Bec pegou o telefone; ela precisava falar com alguém. Dizer a alguém o que havia acabado de acontecer para que ela não pensasse que estava ficando maluca. A última vez havia provavelmente sido um pesadelo, mas dessa vez foi real. Eram mais de três horas da manhã, e Lizzie ficaria puta se ela a acordasse.

Ela tentou se analisar com os olhos de outra pessoa por um instante. Lizzie provavelmente iria rir dela, como se Bec fosse uma criancinha com medo de fantasmas. Que droga. Em vez de ligar, escreveu uma mensagem: *Alguma coisa entrou em meu quarto. Acho que minha casa* é *assombrada.* Bec colocou o telefone de volta na mesinha de cabeceira.

Quando estava prestes a desligar a luz, notou que o sininho havia desaparecido do pescoço de Hector. Um fantasma não poderia ter feito aquilo.

Ou talvez ele não estivesse usando o sininho antes, ela disse a si mesma, e se embrulhou como uma bola debaixo do lençol.

Levara um grande tempo para voltar a dormir. Quando conseguiu, seus sonhos foram febris e violentos. Acordou sobressaltada, molhada de suor. Verificando o telefone, percebeu que eram 11h15.

Havia três chamadas perdidas de Lizzie e duas mensagens: *Você está bem?* Bec respondeu à mensagem: *Sim. A ida para a cidade ainda está de pé?Vou contar tudo a você.*

O quarto de Bec parecia diferente à luz da manhã. Tranquilo e inteiramente dela. Os rostos de Johnny Depp e Gwen Stefani, fotografias dela e de seus amigos, as garotas do Destiny's Child posando juntas com perfeição. As ripas das portas de seu guarda-roupa, a prateleira de livros acima da cama, tudo era tão calorosamente familiar. O pesadelo da noite passada parecia exatamente isto: um pesadelo. E não algo que houvesse de fato acontecido em sua própria cama. Mas quando ela fechava os olhos, podia ver a forma escura de novo, curvando-se daquele jeito antinatural, no canto. Aquela era uma lembrança real, tão clara quanto limpar o chão do trabalho e caminhar para casa do ponto de ônibus.

O telefone deu sinal de mensagem. Lizzie: *Silver Cushion, em uma hora.* Bec se jogou para fora da cama e deu uma olhada para seu ombro no espelho. Havia um machucado de um cinza pálido onde havia batido ao cair da cama na noite passada. Aquele maldito gato.

Ela pensara que a casa poderia parecer de alguma maneira diferente. Como se algum tipo de vestígio tivesse sido deixado para trás pela presença extra que estivera ali na noite passada. Mas não, tudo parecia exatamente do mesmo jeito quando ela abriu a porta do quarto. O carpete creme passava a mesma sensação aveludada entre os dedos dos pés quando ela andava de leve pelo corredor.

Bisbilhotando o quarto de Paul e Andy, ela quis rir. Estava definitivamente do mesmo jeito: roupas e Legos espalhados por todo o chão, lençóis nas duas camas de solteiro amarrotados e amontoados. Bec se lembrou da cena que eles fizeram quando a mãe dela sugeriu que era hora de um deles se mudar para o quarto de visitas. Bec fechou a porta. As velhas meias suadas estavam começando a feder. Dava para sentir a puberdade se aproximando.

Ela sentiu o corrimão de madeira branco suave e quente sob a palma da mão, como sempre. Seus pés descalços fizeram ranger as engraxadas tábuas do assoalho do térreo quando ela o atravessou. O som de risada veio da cozinha; os meninos deviam estar em casa. Ela averiguou o quarto dos pais; a cama de casal precisamente desenhada sozinha no meio do espaço impecavelmente vazio. O quarto de visitas que ficava ao lado estava cheio de bacias de plástico com roupas de inverno. A escrivaninha de sua mãe se escorava num canto, ainda inutilizada. Bec olhou na lavanderia. Atrás das cestas de roupa, havia uma porta que dava para a garagem. Estava ligeiramente aberta. A garagem era a parte mais assustadora da casa de Bec e ninguém entrava ali se pudesse evitar. Escura e com cheiro abafado, amontoada de caixas de papelão empilhadas e com chão de concreto imundo. Eles nem mesmo estacionavam mais o carro ali. Ela tinha certeza de que o lugar estava infestado de aranhas. O negrume do espaço parecia escapar da fresta do vão da porta, o escuro da noite tentando recapturá-la e puxá-la de volta para dentro do pesadelo. Ela fechou a porta.

Nada tampouco havia mudado na sala de estar. Os sofás permaneciam separados a uma distância esquisita e as portas de madeira se fechavam, escondendo a televisão, de maneira que seus pais podiam fingir que não tinham uma. Satisfeita, Bec foi até a cozinha. O que quer que tenha sido, já havia ido embora.

Paul e Andrew estavam sentados perto um do outro à mesa redonda da cozinha, uma caixa de Coco Pops entre eles e suas tigelas cheias de leite achocolatado. Eles gargalhavam como loucos, ainda em seus pijamas curtos, com seus escuros cabelos ruivos apontando para cima em ângulos estranhos. Bec sentiu uma súbita pontada de amor por eles. Ela não via a hora de acarinhar o cabelo deles, mas sabia que eles achariam que os estava tratando como crianças.

— Preparado? — perguntou Paul.

— Sim — disse Andrew.

Eles pegaram as tigelas de leite achocolatado.

— Um... dois... três!

Os dois começaram a dar goladas no leite das tigelas, gargantas trabalhando, gotas marrons caindo sobre a mesa.

— Acabei! — gritou Andrew, baixando a tigela e limpando a boca com as costas da mão.

— Ai, merda! — berrou Paul, a palavra soando forçada em sua boca. Eles olharam para Bec por um instante para ver se ela faria caso por ele ter usado o palavrão, depois não conseguiram segurar a gargalhada.

— Vocês são nojentos! — disse Bec, mas estava sorrindo também. O terror da noite passada estava começando a passar.

— Você está parecendo Hitler — disse ela para Paul, que ainda tinha um bigode de leite achocolatado no lábio superior.

— *Goot a morgan*! — disse ele, fazendo Andrew explodir em risadas de novo. Ela abanou a cabeça e preparou para ela uma tigela de aveia e frutas secas e frescas com leite, sem açúcar.

— O que você vai fazer hoje, Becky? — perguntou Andrew.

— Vou me encontrar com Lizzie na cidade.

— A gente pode ir junto? — perguntou Paul na hora. Dois pares de idênticos olhos azuis a fitavam. Ela sabia que eles deviam estar mesmo entediados. Havia dois meses que eles estavam de férias de verão e não lhes era permitido ir sozinhos além das lojas locais. Sua mãe era muito superprotetora, como se o subúrbio deles fosse o único lugar seguro do mundo. Estávamos falando de Camberra, meu Deus. Bec não sabia por que eles simplesmente não saíam mesmo sem permissão. Ela não falaria nada, isso era certo, mas não queria dar a ideia. De certa forma, não parecia certo.

— Por favor? — pediu Paul.

Ela se sentia mal, mas realmente precisava falar com Lizzie sobre o que acontecera na noite passada, e não podia fazer isso com os irmãos pequenos correndo por toda parte. Além disso, havia outra coisa que precisava fazer com Lizzie que seria impossível com eles por perto.

— Desculpem, meninos — disse ela. — Da próxima vez.

— Amanhã?

— Bom, vou trabalhar amanhã, mas que tal domingo?

— Tudo bem — falou Andrew. Mas ela podia sentir que ambos estavam chateados; seus sorrisos tinham desaparecido. Bec detestava aborrecer os irmãos. Isso mexia com seu coração como nada mais era capaz de mexer.

— A gente pode ir para a piscina se vocês quiserem.

— E você não vai contar se a gente der saltos-bomba?

— Não. Juro que é verdade — digo, fazendo uma cruz sobre o coração. Eles se entreolharam, e depois, voltaram-se para ela, radiantes.

— Maravilha — falou Paul. Bec fez um carinho na cabeça dos dois, o que os fez resmungar, mas ela não pôde evitar, e subiu para se vestir.

Lizzie esperava por ela em um banco em Garema Place, a alguns metros de distância do Silver Cushion. Camberra era cheia de esculturas esquisitas, mas, por alguma razão, esta era a favorita de Bec. Parecia uma bolsa de vinho metade cheia empoleirada sobre alguns degraus pretos. No verão, o sol se refletia na metálica superfície de prata, de modo que doía quando se olhava para ela e, definitivamente, doía ao tocá-la. Bec deixou o corpo cair pesadamente ao lado de Liz.

— Por que você ficou aqui, tão longe? — perguntou ela.

— Emos — Lizzie respondeu, e Bec olhou além. Quatro adolescentes com meias listradas em preto e vermelho, delineador ruim e cabelos caídos, sentavam-se perto do Silver Cushion. — Tenho medo que seja contagioso.

Bec podia sentir que ela estava falando a verdade. Não tinha nada que Lizzie odiasse mais que pessoas malvestidas. Era por isso que elas funcionavam bem como melhores amigas. Elas eram como o acessório perfeito uma da outra. Hoje, ambas usavam vestidinhos de verão e sandálias marrons. Não precisavam ligar uma para a outra. Simplesmente combinavam sem esforço. Não apenas no que diz respeito a roupas, mas em tudo. Era como se fossem feitas do mesmo material, como se tivessem o mesmo coração.

Se não houvesse enviado a mensagem, ela não contaria a Lizzie sobre a noite passada. A imagem das duas sentadas ali era perfeita:

duas adolescentes despreocupadas, bonitas, prontas para qualquer coisa que o infinito verão tivesse para lhes oferecer. O vulto no quarto dela não caía bem com aquilo.

— Então, o que aconteceu? — perguntou Lizzie, e a imagem perfeita soltou uma última centelha e morreu.

— Conto enquanto caminhamos?

— Não pode ter sido seus irmãos tentando pôr medo em você? — perguntou Lizzie, depois de Bec explicar brevemente o que acontecera.

— Não, de jeito nenhum. Eles estariam morrendo de rir se conseguissem me assustar tanto. Além do mais, não parecia ser uma coisa assim, sabe, humana.

— Então você acha que era o quê? Tipo um poltergeist?

— Eu acho, tipo um espectro. Não um fantasma ou espírito, mas uma coisa má e sólida que não deveria estar ali.

— Uau! — exclamou Lizzie, sem olhar direito para ela. — Que terrível.

Bec temia que Lizzie pudesse rir e chamá-la de louca, mas ela parecia tão chocada quanto a amiga.

— Foi terrível *mesmo*.

— Você acha que vai acontecer de novo? Talvez você devesse ficar lá em casa hoje à noite, cara.

— Talvez. Ui, eu não quero mais nem pensar sobre isso.

— Sei de uma coisa que pode fazer você desviar seu pensamento.

Bec reconheceu o brilho nos olhos de Lizzie.

— Já era hora de você falar nisso!

Elas perambulavam ao subir os últimos degraus da escada rolante. A fachada branca da loja de departamentos brilhava diante delas. As duas pararam de rir abruptamente ao entrarem na loja.

A coisa mais importante ao fazer pequenos furtos em lojas é ser o mais calmo e confiante possível. Bec aprendera isso logo no princípio. No momento em que você começa a parecer hesitante ou a rir alto demais, o segurança encosta e lá se vai a chance do dia.

A segunda coisa mais importante é pegar algo com forro. Bec deu uma olhada pelas prateleiras da seção para adolescentes, tentando encontrar uma marca que sua mãe soubesse que custava muito dinheiro. Scanlan & Theodore, perfeito. Ela estava ficando tão boa naquilo que a coisa era quase inconsciente. Bec pendurou as alças do vestido de trás no cabide da frente. Agora parecia que havia um único vestido no cabide, quando na verdade havia dois. O máximo permitido nos provadores eram seis. Então ela rapidamente pegou outros cinco vestidos volumosos. O fino tecido sedoso mal era visível entre os grossos bordados e plissados dos outros vestidos. A garota de olhar esgotado no provador contou os cabides sem de fato olhar, deu a Bec um pedaço de plástico vermelho com o número seis escrito nele e a acompanhou.

Bec vestiu o tecido sedoso por sobre a cabeça e se olhou no espelho. Ela o teria levado de todo jeito, mas era bom ver que ele caía bem nela. Ele tinha uma cor verde azulada que ficava bonita sobre a pele clara dela, e as dobras suaves desciam belamente sobre seu corpo. Ela teria de arranjar uma desculpa para usá-lo na frente de Luke. Bec o tirou e sacou a pequena tesoura de dentro da bolsa, cortando o forro perfeitamente ao redor da etiqueta antirroubo. Quando a retirou sem problemas, colocou-a no bolso de um dos outros vestidos e enrolou o vestido, pondo-o dentro da bolsa. Ela chegara com seis cabides e voltou com o mesmo número.

— Desculpe, eles não ficaram bem em mim — disse ela para a assistente da loja, que obviamente não deu a mínima importância. — Você encontrou alguma coisa? — perguntou para Lizzie, que a estava esperando.

— Não. Vamos embora.

O ar do lado de fora parecia ainda mais quente depois do ar-condicionado de dentro da loja de departamentos. Estava ventando também, lixo e folhas secas batiam contra seus tornozelos nus quando elas andavam. A adrenalina deixou o corpo de Bec abruptamente, e a exaustão tomou seu lugar.

— O que você pegou? — perguntou ela a Lizzie.

— Dois vestidos da Marc's. Mais tarde mostro para você. Eu ia pegar só um, mas sabia que aquela garota não perceberia mesmo se eu saísse só com cabides vazios. E você?

— Scanlan & Theodore. Só um, mas ele deve valer, tipo, uns trezentos.

— Maravilha.

Bec estava começando a suar. Ela podia sentir o sal se acumulando em seu lábio superior. Esfregou a mão sobre a nuca; estava grudenta de um suor oleoso, nojento.

— Vamos até o Gus's? — perguntou Lizzie.

O interior do Gus's era sempre frio e escuro e tinha um menu de café da manhã que durava o dia inteiro.

— Por mim, ótimo.

Mesmo que ela tivesse que gastar um pouco de dinheiro com comida, valia a pena não ter que voltar para casa.

Bec parou de andar. O dinheiro. Como ela podia não ter pensado nisso antes? Ela tivera certeza de que, o que quer que estivera em seu quarto, não era humano. Mas e se fora? E se a explicação fosse a mais óbvia: um ladrão?

— Acho que, na verdade, eu vou para casa. De repente, me sinto cansada.

Lizzie parou e olhou para ela com uma preocupação genuína.

— Tem certeza de que está bem? — perguntou.

— Sim — disse Bec, embora, de fato, não se sentisse assim.

Lizzie a puxou para dar um abraço rápido e apertado. O calor era muito grande para algo mais longo.

— Ligue se você mudar de ideia sobre ficar lá em casa, certo?

— Certo, obrigada — disse Bec.

* * *

Bec se sentou no ônibus, seu pânico crescendo. A viagem parecia nunca acabar, com paradas para alguém subir após avançar apenas alguns blocos. O ar-condicionado poderia perfeitamente estar desligado; toda vez que as portas se abriam, o ar quente soprava para dentro. Flutuando no vento vinha o cheiro fraco, mas cortante, de algo queimando: incêndios na mata. Bec enrugou o nariz. Ela se preocupara quando viu pela primeira vez uma matéria sobre o assunto no jornal. Uma foto em preto e branco de um incêndio incontrolável na página quatro. Normalmente ela não lia o jornal, mas lera essa matéria. Ninguém parecia achar que o problema era sério, ou talvez as pessoas estivessem distraídas com outras coisas que estavam acontecendo. Ao lado da matéria, havia uma propaganda de página inteira: "Se você vir alguma coisa, diga alguma coisa", escrita em grandes letras em negrito. Ela estava bem informada sobre aquilo. Se ligasse para o número estampado embaixo da página, teria uma chance em vez de falar com a mãe dela de novo. Era a nova campanha antiterrorismo que parecia estar em toda parte agora. Não apenas no jornal, mas em outdoors e na televisão. Para piorar, sua mãe chegava em casa do trabalho com longas, idiotas e incontáveis histórias de pessoas espionando os vizinhos. Bec não entendia nada de política e coisas do tipo. Mesmo assim, parecia estranho para ela que as pessoas estivessem mais preocupadas com o carro novo do vizinho do que com um fogo que estava tão perto que você podia cheirá-lo.

Bec nem ao menos agradeceu ao motorista ao descer do ônibus. Subiu agitada a rua de casa. Quando estava na metade do caminho, começou a correr, sem se preocupar em arruinar o penteado e a maquiagem. O vento, quente de escaldar, soprava contra seu rosto, fazendo arder seus olhos, mas ela não se importava. Nada era mais importante do que saber se o dinheiro ainda estava lá. Bec continuou correndo até chegar nos degraus da porta, sacar as chaves e fechar a porta com força.

— Era só uma piada! — queixou-se Andrew na cozinha e ela ouviu.

— Não tem graça. — Bec hesitou ao pé da escada. O pai dela parecera bastante irritado.

— Não seja tão duro com eles. — A voz da mãe dela estava calma. — São só crianças. Eles não entendem.

— Você é muito mole — disse ele calmamente.

Bec não queria ouvir aquilo. Ela correu escada acima, dois degraus por vez.

— Bec? — chamou sua mãe lá de baixo.

Ela a ignorou, abrindo a porta do quarto e pegando a sua boneca Repolhinho falante de cima da cômoda. Levantando o vestido, ela puxou a tira de velcro das costas, onde as pilhas deveriam ser colocadas. Em vez delas, havia notas amarelas e laranja de vinte e de cinquenta dólares. Graças a Deus. Era seu pagamento do ano anterior inteiro. Quase seis mil dólares, apertados dentro da barriga de seu brinquedo. Ela escutou os passos lentos e firmes da mãe na escada. Pôs o dinheiro de volta dentro da boneca cuidadosamente e tirou o vestido de dentro da bolsa, segurando-o na frente do corpo e se olhando no espelho.

— Você está bem? Por que você está correndo tanto? — perguntou sua mãe, espiando o vestido.

— Eu queria experimentar de novo — disse ela, sorrindo. — O que está acontecendo, afinal?

Sua mãe olhou para as mãos.

— Aparentemente, Paul e Andrew têm dado escapadelas até a casa do vizinho. Max disse que os pegou debaixo da cama dele, sussurrando.

— Sussurrando?

— Estavam fingindo ser as vozes dentro da cabeça dele. — Sua mãe suspirou. — Eles são muito novos para entender. Eles acham que é uma piada. Eles acham que tudo bem, porque ele é doido.

— Bom, Max é doido, não é? — perguntou Bec, ainda olhando para o reflexo do vestido. Ela queria indicar para a mãe que, se ela deixasse os garotos saírem um pouco mais, então, provavelmente, eles não teriam feito aquilo.

— Não, ele é doente. Ele é esquizofrênico.

Bec tinha quase certeza de que esquizofrênico queria dizer "doido", mas não queria mais falar sobre o assunto. Os olhos de sua mãe recaíram sobre o vestido.

— Ai, Bec, isso parece ser bem caro.

— É um Scanlan & Theodore e você não queira nem saber quanto custa — disse Bec, levantando as sobrancelhas.

Sua mãe cruzou os braços.

— Você trabalha tanto e aí gasta os contracheques assim que os recebe. Você podia economizar para comprar uma coisa realmente boa.

— Isso é realmente bom! — disse Bec, fingindo se sentir ofendida, mas por dentro, sentia-se superior. Aquilo estava ficando muito fácil.

— Bom, já que o dinheiro é seu. Mas não entre em casa correndo assim. Você vai ter uma hipertermia — disse a mãe dela, saindo do quarto e fechando a porta com um clique suave.

Bec se sentiu culpada por um segundo ao se olhar no espelho, o vestido roubado estendido diante de si, o cabelo despenteado e seu rosto reluzente. Mas aí seus olhos capturaram o reflexo da boneca Repolhinho e toda a sensação dela foi de triunfo.

5

2014

Por um momento, acho que estou de volta em casa. Cruzo os dedos debaixo do lençol e torço para que minha mãe esteja em sua aula de Pilates pré-natal, assim posso tomar café da manhã com meu pai sem ter que escutá-la gemer e ganir como um poodle mimado. Abro os olhos e o quarto parece se inclinar ao meu redor. Os pôsteres ultrapassados de adolescente, as fotografias na parede, a boneca Repolhinho como um vulto sobre a mesa de cabeceira. A última semana flui de volta em minha cabeça, a fuga de Perth, Sydney, o hospital ontem. Tento engolir um bolo de ansiedade. Transformar-me numa pessoa inteiramente diferente vai ser difícil.

Faço uma conta de cabeça. Enganei completamente os pais, mas tenho que ir com cuidado com Andopolis. Ele não parecia ser tão idiota quanto eu pensei no começo, mas ainda podia tê-lo debaixo dos meus pés se ele se sentisse culpado como parecia com relação a ter falhado com Rebecca. Era com os gêmeos que estava preocupada. Eles eram calorosos, envolvendo-me em um abraço de urso quando interrompera o almoço deles, mas senti alguma hesitação nos dois. Eu nunca interpretara o papel de irmã mais velha e não sabia como funcionava. Os dois eram atraentes e bem-sucedidos: um é advogado e o outro está na faculdade de medicina. Também tive grande dificuldade para diferenciá-los. Se eu fosse gêmea, faria o que fosse possível para parecer o mais diferente possível. Esse não parece ser o caso com Paul e Andrew. Ambos trazem a barba benfeita, têm cabelos ruivos e rentes e vestem camisetas que caem perfeitamente. Seria melhor se eles partissem logo.

Saio da cama e abro o armário de Rebecca. O cheiro de almíscar não é tão forte agora, ou talvez eu esteja apenas me acostumando a ele. Afasto suas roupas devagar, avalio cada item. Surpreendentemente, ela tem algumas marcas boas aqui. Separando as roupas, percebo uma colcha rosa e alguns bichos de pelúcia apinhados no fundo. Quase rio. Ela não queria mais parecer criança, mas não queria jogá-los fora também. Por um instante, posso imaginá-la como uma pessoa real, em vez de uma foto num cartaz de pessoa perdida.

Resolvo não pegar as marcas chiques e escolho um vestido leve de algodão. Algo na cintura baixa e no tecido claro grita inocência. Vou ver Andopolis hoje e quero reforçar a imagem que ele tem de mim o máximo possível. O machucado no meu rosto está se transformando em uma mancha de cor amarela, nojenta. Não posso depender dele por muito mais tempo. Precisava me vestir a caráter também.

Ponho o vestido por sobre a cabeça, sinto algo duro no bolso. É um pedaço dobrado de papel, *Feitiço de Exorcismo*, estava escrito em cima, em letras em negrito. *Magia para a Bruxa Moderna*, no panfleto, em letras góticas. Não consigo imaginar que Bec se interessasse por paganismo. Seu quarto parecia tão de patricinha. Mas, pensando bem, adolescentes gostam de manter segredos. Dobro de novo o papel e o jogo dentro do armário, junto com outras coisas que ela escondia. Se ela conseguiu esconder aquilo por tanto tempo, não seria eu que a exporia.

Quando eu tinha dezesseis anos, escondia baseados nas costuras de minhas cortinas. Eu estava na minha fase hippie. Encontrara um grupo de garotos mais velhos, com *dreadlocks* e camisetas tingidas, fazendo espetáculo de rua perto da estação de trem. Durante o mês inteiro, convenci-os de que vivia em uma comuna perto de Fremantle, onde não se permitia a ninguém usar roupas. Isso foi antes de eu aprender a arte das mentiras sutis. Não sei como, um deles descobriu quem era meu pai. Eles o chamaram de "magnata do petróleo" e não apreciaram quando eu ri. Hippies sempre falam de amor e bondade, mas não sei se alguma vez encontrei um grupo de pessoas tão irritadiças. Aperto as costuras das cortinas de Bec. Nada.

Caminhando para fora do quarto, posso ouvir um pouco o murmúrio das vozes dos irmãos. Refreio o passo por um momento, com esperança de escutar alguma coisa, mas a conversa para abruptamente. Eles devem ter ouvido meus passos. Por um momento, penso em bater na porta, mas não sei o que dizer para eles.

Lá embaixo, o pai está sentado na sala de estar, assistindo à televisão. Embora não esteja segura de que ele a veja realmente ou apenas olhe para ela. Seus olhos parecem velados. É de dar medo. Ele não olha para mim quando passo, então continuo andando para a cozinha. A mãe está de pé à pia, lavando pratos.

— Bom dia — digo eu, fazendo-a se sobressaltar.

— Desculpe, Bec. Eu estava em meu próprio mundo. Você quer algo para o café da manhã?

— Claro, se não for incômodo.

— Nenhum — diz ela, tirando o tampão do ralo e as luvas de borracha. A água guincha ao esvaziar a pia.

— Obrigada! Você precisa de ajuda? — digo, lembrando de interpretar a filha zelosa.

— Ah, não, apenas sente e descanse. Quando é que o Vince vem?

— Não tenho certeza. Ele só disse que vinha pela manhã.

Observo enquanto ela bate ovos e leite. E então os coloca na frigideira. Minha boca começa a ficar cheia d'água com o cheiro que sai dali. Agora que conheci fome de verdade, não sei se vou voltar a enxergar a comida do mesmo jeito de novo.

— Comprei um telefone para você — diz ela, apontando com a cabeça para o novíssimo iPhone sobre o balcão.

— Nossa! — digo. — Poxa, muito obrigada!

Ao ligar o aparelho, tenho em meu peito aquele sentimento caloroso que surge quando entro em contato com coisas novas e chamativas. Tento afastá-lo — a busca por esse sentimento já me trouxe muitos problemas.

— Ele tem seu velho número — disse ela.

— Isso é ótimo. Você deve ter batalhado muito, não?

— Foi mais fácil apenas continuar pagando o plano.

Coloco o telefone sobre a mesa. Bec estava provavelmente morta, mas os pais haviam pagado o plano de telefone todo mês, por mais de dez anos. Eu me senti estranha agora, por estar animada com esse novo brinquedinho. Era meio triste.

— Aqui está, querida — disse a mãe, colocando os ovos fumegando a minha frente. — Não se preocupe, não me esqueci de seu café.

Sorrio para ela. Suponho que é assim que deve ser um amor de mãe. Pergunto-me se minha mãe fora assim comigo, esperando por mim como se eu fosse algo precioso. Duvido. Acho que me lembraria melhor dela se ela tivesse sido assim. Quando penso nela, a fotografia do porta-retratos que meu pai deixa sobre a cornija da lareira é a única coisa que me vem à mente. Se não fosse por isso, eu talvez nem conhecesse seu rosto. Começo a enfiar os ovos dentro da boca. Estão perfeitamente cremosos, com apenas um pouquinho de sal.

— Obrigada, mamãe — digo, engolindo a comida.

Não percebo a caneca escorregar das mãos da mãe, apenas o som dela se espatifando ao tocar o chão.

— Cacete, você está bem? — pergunto, imediatamente me arrependendo do palavrão, embora a mãe pareça não ter notado. Ela está com as mãos e os joelhos sobre o ladrilho, enxugando freneticamente o café fumegante. Cacos da caneca estão ao redor dela. Levanto-me para ajudá-la.

— Desculpe! — diz a mãe em um sussurro, olhando para mim.

— Não tem problema. Eu ajudo você.

— Ah, não, não faça isso. A culpa foi minha. Eu sou tão idiota.

Apanho um saco plástico e me ajoelho ao lado dela para pegar os pedaços de porcelana.

— Eu sinto muito, Bec — diz ela, ainda falando em voz baixa.

— Tudo bem. Qual é o grande problema?

— Você não vai contar a eles, vai? — pergunta ela.

Seus olhos se levantam para me fitar como os de uma criança assustada. O trapo que ela está usando tem manchas vermelhas em meio às marrons do café.

— Você se machucou? — pergunto, pegando na mão dela. A pele entre o polegar e o indicador está aberta.

— Estou bem. É minha punição por ser desastrada.

— Eu faço isso. Você lava a mão e põe um Band-Aid na ferida, ou alguma coisa do tipo.

— Ai, Becky. Você sempre foi uma garota tão adorável. Eu queria ter dado mais atenção a você antes. Eu sinto muito.

Pela primeira vez, sinto profunda pena dela. Ela se culpa pelo que aconteceu com Bec.

— Está tudo bem, mamãe. Apenas dê um jeito na sua mão. — O sangue escorrendo da mão dela está fazendo com que me sinta um pouco enjoada. Ela se levanta e lava a mão. Eu termino de limpar o café e coloco os pedaços de porcelana no lixo.

— Viu? Novo em folha! — tento passar serenidade, embora não esteja acostumada a interpretar o papel de acolhedora.

— Eu deveria ter-lhe mostrado o quanto você é preciosa — diz ela. Seus olhos estão distantes. Eu penso no meu pai, em como ele jamais diria uma coisa como essa. Ele não pensava em mim como algo precioso. Eu só atrapalhava.

— Está tudo certo — digo, tentando confortá-la. — Estou de volta agora e vou ser uma boa filha.

— Não preciso que você seja nada além de você mesma — diz ela.

Ela aperta minha mão com firmeza. Realmente sente aquilo. Não preciso interpretar um papel para que ela me ame. Ela me ama mesmo.

— Preciso de você aqui. Você não vai me deixar de novo, vai? — diz a mãe baixinho, olhando para a pia. Ela parece muito cansada e derrotada.

— Não — digo.

Ela olha para mim e parece verdadeiramente me enxergar, seus olhos cheios de esperança, amor e medo. É impressionante.

— Você promete? — pergunta ela.

— Prometo — digo, e estou falando a verdade. Não sei exatamente quando tomei a decisão, mas sei com certeza que não vou sair daqui. Trabalhei duro para ter essa vida nova, paguei por ela com minha própria carne. Sem dúvida, dessa vez estou jogando para vencer.

Ao caminhar para o Holden Commodore azul de Andopolis, noto que ele está acomodando alguma coisa debaixo do colarinho de sua camisa. Ele sorri para mim quando abro a porta do carro e afivelo o cinto de segurança a seu lado.

— Bom dia! — digo, minha voz toda alegria e amabilidade.

— Bom dia. Como você está se sentindo hoje?

— Muito bem. Foi tão bom voltar a me deitar em minha cama.

— Fico contente.

O carro dele fede a comida quente. Ele deve ter tomado o café da manhã dirigindo até aqui.

— Então, aonde estamos indo? — pergunto.

— Pensei que tomaríamos o longo caminho até a delegacia. — Ele ligou o motor e passou a ré. — Ver se lhe ocorre alguma lembrança.

Ele se vira para olhar para o vidro de trás e sua camisa aperta no peito. Posso ver o contorno de um crucifixo, pendurado em uma corrente, ao redor de seu pescoço. Olho através da janela para esconder meu sorriso. Um católico. Isso explicava o complexo de culpa. Ah, mas aquilo ia ser tão fácil.

— Sei que é doloroso, mas quero que você tente se lembrar da noite em que foi sequestrada. — Ele abaixa sua janela e a minha apertando os botões em sua porta. — Ver se algum som ou cheiro volta a sua mente.

Dirigimos em silêncio por algum tempo. Camberra passa por nós. Parece muito diferente de Perth. Costuramos os subúrbios; há bolsões de mata em toda parte, contrastando com arquitetura despojada.

As casas são bem cuidadas e novas, com cercas recentemente pintadas e grama bem aparada. Não há velhas casas geminadas nem chalés, aos quais estava acostumada; tudo parecia construído nos últimos cinquenta anos. Quando nos aproximamos da cidade, a estrada se torna larga e grandiosa. Há infinitas fontes e prédios grandes e importantes por toda parte. Tudo é perfeitamente limpo e simétrico. Não há nem um pouco da imundície das grandes cidades. E, em vez disso, tudo parece higienizado. Damos a volta e paramos no estacionamento atrás do prédio da delegacia.

— Seremos só nós dois hoje? — pergunto. Ter um Malik desdenhado farejando ao redor é a última coisa que eu preciso. Uma escorregadela aqui seria desastrosa.

— Nossa orientadora psicológica quer muito falar com você.

Nem morta.

— Só quero falar com você — digo eu.

— Não se preocupe, nós vamos devagar hoje. Eu acho que ela poderia realmente ajudá-la, quando você estiver pronta.

Talvez esse cara seja realmente um idiota.

Com sua mão em minhas costas de novo, ele me guia para a mesma sala em que estivemos ontem. Os sofás e brinquedos estão no mesmo lugar, mas hoje há uma televisão com um videocassete ligado também. Ele não os menciona ao sentar no lado oposto ao meu no sofá.

— Como é que foram as coisas ontem à noite? — pergunta Andopolis.

— É como um sonho. — Deixo minha voz sair toda melosa, cheia de sentimento.

— Eu não consigo nem imaginar.

A maneira como ele me olha é um pouco estranha. Quando seu sorriso se apaga, o que fica no lugar é muito intenso. Sei que ele se sente culpado, mas isso parece ser algo mais. Os olhos dele parecem assustados. Eu me pergunto por um instante se ele tem fotos de Rebecca guardadas em casa. Não me surpreenderia.

— Para que isso? — pergunto, e aponto para a televisão. Na verdade, apenas quero que ele pare de me encarar. Está me dando medo.

— É uma maneira de atiçar sua memória — diz ele, e então põe a mão para cima defensivamente. — Não de seu sequestro, ainda não, mas do tempo anterior.

Anterior? Por que ele precisava saber o que aconteceu antes de Rebecca ter desaparecido? Não entendo como isso pode ser relevante, mas, se vai nos fazer perder algum tempo, sou totalmente a favor.

Andopolis pega o controle remoto de cima do descanso de braço do sofá. Segura-o em suas mãos por um segundo.

— Sei que isso pode ser chato para você de certa forma, mas acho que é importante. Certo?

— Certo. — Com alguma sorte, serão alguns filmes caseiros. Talvez possa aprender um pouco mais sobre ela. Sobre mim.

Ele aperta o *play*. Linhas pretas percorrem a tela antes de um quarto cinza entrar rapidamente em foco. Uma adolescente está sentada a uma mesa de frente para a câmera, seu rosto sobre as mãos.

— Elizabeth Grant, sessão cinco, 13 de janeiro de 2003, 21h47 — diz uma voz por trás das câmeras. Um homem se senta diante da garota. Posso ver apenas as costas de sua cabeça, mas percebo com surpresa que é Andopolis.

— Já lhe contei tudo. — A voz da garota sai estrangulada. — Não sei porque a gente precisa continuar a falar sobre isso.

É uma sala de interrogatório, não diferente daquela em que fui mantida em Sydney.

— A gente precisa saber de todos os detalhes, tudo, mesmo que não pareçam relevantes.

A garota levanta a cabeça. Seu rosto está uma bagunça. Marcas negras da maquiagem sob os olhos, o rosto está manchado e vermelho e seu nariz escorre. Através daquilo tudo, eu a reconheço. É a melhor amiga de Rebecca, Lizzie.

— Tudo bem — diz ela.

Eu me sinto mal por Lizzie. Ela é muito nova para parecer tão exausta, tão abatida.

— Você me contou sobre as últimas semanas, mas eu estou me perguntando se existe algo mais que você lembrou que ficou de fora. Algo que ela disse que não pareceu direito, sobre a escola ou a vida familiar.

— Não — diz ela —, nada.

Andopolis está escondendo alguma coisa. Posso ver isso, mas me pergunto se ele pode. Ele a analisa por um instante, deixando-a contrair o corpo em silêncio.

— Sua amiga está sumida — diz ele por fim, sua voz diferente agora, fria. — Quem sabe que tipo de violência não está sendo infligida a ela agora mesmo, enquanto a gente está aqui de brincadeira.

— Eu não estou de brincadeira! — geme Liz.

Eu me viro para olhar para Andopolis. Aquilo foi muito duro. Não parecia ser coisa dele, de jeito nenhum, ser tão cruel. Ele continua olhando para a tela, inabalável.

— Então pense mais — continua Andopolis na tela. — Pense em algum momento em que Rebecca pareceu diferente. Em que alguma coisa pareceu fora do comum.

Lizzie puxou o ar profundamente algumas vezes. Eu me inclino para frente, observando.

— Tem uma coisa. Não acho que vai ajudar, mas se você quer saber... — Ela levanta a cabeça para ele, claramente aterrorizada, então continua, ao ver que não responde. — Foi há muito tempo. Verão passado. Eu estava longe, visitando minha tia. Quando voltei, Bec parecia diferente.

— Diferente como?

— Não sei. É difícil explicar. — As palavras de Lizzie começaram a se atropelar. — É que... Foi muito súbito. Não foi provavelmente nada. Não acho que ninguém mais tenha ao menos notado. Ninguém disse nada, seja como for. Mas nós somos melhores amigas. Nós somos como irmãs.

Lizzie engoliu em seco, o queixo tremendo.

Que escroto. Eu me afasto dele no sofá. Na tela, Lizzie põe as mãos trêmulas sobre a mesa, tentando se acalmar.

— Desculpe — sussurra ela, engolindo em seco de novo.

— Que tipo de coisa mudou nela? Preciso que seja específica — diz Andopolis.

— É difícil explicar. Ela estava assustadiça. Ficava com medo muito fácil. Apavorava-se com coisas muito pequenas. E, tipo, a maneira de ela se portar mudou. Ela sempre teve uma postura ereta, tentando parecer a mais alta possível. Quando voltei para casa, ela parecia diferente. As roupas caíam nela de um modo esquisito. Levei um tempão para entender porquê. Então notei que ela meio que se curvava. Como se estivesse se protegendo ou alguma coisa do tipo.

— Dores de crescimento? — perguntou Andopolis.

— Você perguntou! — disse Lizzie, a resposta firme dela me surpreendeu. Talvez Liz fosse mais que uma menininha assustada. — Tinha mais que isso. Ela não confiava mais em mim tanto quanto antes. E mais, Jack me disse que ela ia a minha casa quando eu não estava lá. Por que ela ia a minha casa se sabia que eu não estava lá? Era estranho.

— Você perguntou a ela sobre isso?

— Não.

Inclinando-me mais para perto, observo Liz. Tentando perceber se existe algo mais ali, algo mais que ela não está contando a Andopolis. Mas, quanto mais perto chego, mais seu rosto se dissolve em pequenos blocos coloridos.

Andopolis desliga a tela.

— Então, o que aconteceu? — pergunta ele, encarando-me, direto. — O que aconteceu naquele verão, antes de você ter desaparecido, o verão de 2002?

Não estava preparada para isso.

— Não sei. Nada — digo. — Ela imaginou tudo isso, eu acho. Estava apenas em fase de crescimento.

— Ela imaginou ou você estava em fase de crescimento? Qual das duas?

Eu sinto como se estivesse sendo grelhada. É como se ele estivesse esquecendo que eu sou uma mulher adulta, não uma adolescente assustada como Lizzie.

— As duas coisas, eu acho. Faz muito tempo. — Eu precisava mudar de assunto rápido. Ele podia saber mais sobre aquilo do que estava deixando transparecer.

— Lizzie parecia tão triste — digo. — Pobrezinha. Queria poder atravessar a tela e dar um abraço nela.

— Você não pode voltar no tempo, Bec — diz ele, uma dor profunda na voz, aquele olhar assombrado ainda no rosto.

Isso não está indo bem. Eu não consigo decifrá-lo. O homem doce, de sorriso torto, parece uma pessoa diferente. Talvez eu devesse ter escolhido Malik.

— Agora é a hora. Preciso saber agora mesmo. — Ele ainda está me encarando.

— Ahn? Saber o quê?

— Se você está protegendo alguém — diz ele.

Aquilo me deixa completamente abalada, e eu espero que ele esteja percebendo.

— Não estou. Claro que não! Por que protegeria a pessoa que fez isso comigo? — Minha voz sai alta e trêmula. Olho para Andopolis como se ele tivesse me traído.

Ele morde a isca.

— Desculpe, Bec. Não queria deixá-la chateada. — Andopolis estica o braço para me consolar, mas muda de ideia. Ele pediu desculpas, mas não é o suficiente. Sinto que a balança de poder mudou de lado. Ele está tomando o poder de volta rápido demais. Não posso aceitar aquilo.

Mais tarde, enquanto Andopolis me leva para casa, deixo o silêncio se estender entre nós. As pessoas odeiam incerteza. Descobri que, se for realmente legal com alguém, e depois, de repente, fria, sem razão alguma, isso a deixa maluca.

— Você está bem? — pergunta ele por fim.

Eu não respondo. Andopolis encosta o carro.

— O que há de errado, Bec? — pergunta ele. — Você está chateada com o que eu disse na delegacia?

Eu abano a cabeça.

— Então com o quê?

Conto até dez na minha cabeça, fito meus joelhos.

— Até quando isso vai durar?

— Você está se sentindo enjoada? — Ele acha que eu estou falando da viagem de carro.

— Não. Eu só estou cansada de tentar lembrar de coisas que não quero lembrar.

— Você não quer pegar quem fez isso? — Ele parece genuinamente chocado.

— Eu só quero ir para casa e ser feliz com minha família. — A fala foi provavelmente muito agressiva. Mordo o lado de dentro da minha bochecha até que lágrimas comecem a escorrer.

— Por que você não me deixa apenas ser feliz? — pergunto, olhando para cima e o encarando, como se ele fosse algum tipo de monstro.

— Eu estou fazendo isso por você! Eu quero encontrar a pessoa que a sequestrou e puni-la por isso.

— Não importa o que eu quero?

— Claro que sim — disse ele baixinho, embora ambos saibamos que não é verdade.

Não digo nada e, após alguns segundos, ele roda a chave na ignição de novo. Droga. Estou cansada de jogar esse jogo com ele. Eu só queria poder relaxar, sentir-me confortável em minha nova vida. Deve haver alguma maneira de fazê-lo recuar um pouco. É muito difícil pensar quando estou constantemente interpretando um papel. Preciso de um momento para ficar sozinha.

Olho para meu telefone, apertando ícones como se não soubesse como mexer neles.

— Aí! — digo suavemente, após alguns minutos silenciosos de viagem.

— O que foi?

— Finalmente descobri como se faz para abrir a mensagem de texto! Não sei por que eles fazem essas coisas tão complicadas hoje em dia.

Ele não diz nada, como se uma pessoa que não sabe usar um iPhone fosse a coisa mais triste que ele já viu na vida.

— Você pode me deixar nas lojas de Yarralumla, em vez de em casa? — pergunto, agora que as defesas dele estão baixas de novo. — Foi meu pai que disse que queria que eu o ajudasse com as compras.

Seus olhos batem nos meus como se Andopolis estivesse prestes a discordar, mas ele se segura. Ótimo. Meus dedos estão coçando para pegar em um cigarro, e eu quero me assegurar de que sou eu que mando de novo. Ele para em uma vaga perto de uma van, no estacionamento das lojas locais. Depois, volta-se para mim.

— Eu entendo que você queira que tudo isso acabe logo — diz Andopolis, o carro ainda em ponto morto —, mas não vai acabar realmente até que a gente pegue a pessoa responsável.

Não vão pegar nunca. Quem quer que tenha feito isso já está longe há muito tempo.

— Amanhã, gostaria de começar refazendo seus passos no dia em que você sumiu. Sua caminhada do ponto de ônibus para casa, a viagem de ônibus, deixando o trabalho. Tem que haver alguma coisa que você lembra. Eu quero tentar, tudo bem? Por mim.

— Tudo bem — digo, levantando a cabeça para ele com os olhos bem abertos, lábios ligeiramente apartados. — Por você.

Pego seu olhar hesitando sobre minha saia branca de algodão e minhas pernas nuas. Ele desvia os olhos rapidamente. Eu me pergunto quantas Ave-Marias Andopolis terá de rezar por qualquer que tenha sido o pensamento impuro que teve naquele exato momento.

— Vejo você amanhã — digo, pulando fora do carro e batendo a porta.

* * *

Fumo um cigarro atrás do outro no caminho de volta para casa, sem saber quando terei outra chance. Inalando devagar, sinto cada músculo do corpo relaxar. O sol aparece, mas o ar é fresco. Arrepios surgem nas costas das minhas pernas, mas não me preocupo. É bom ter alguns minutos para mim sem ser observada. Olho para meu novo telefone e deixo a pequena seta azul me guiar até a casa de Bec.

Olho por sobre meu ombro ao ouvir o som de pneus se movendo lentamente atrás de mim. Uma van preta. Deve estar indo bem abaixo do limite de velocidade. Havia uma van preta perto do carro de Andopolis quando nós estacionamos nas lojas. Estaria me seguindo desde então? Dobro na rua de Rebecca e a van passa por mim. Eu rio da minha própria paranoia e puxo fundo a fumaça do cigarro. Talvez devesse ter comprado algumas balas de menta também. A princesinha da Rebecca, provavelmente, não era uma fumante.

Meu telefone soa. E realmente há uma mensagem. Eu o abro, esperando que seja da mãe, perguntando quando vou voltar para casa. Mas não é.

Sai fora. É tudo o que diz.

O chiar de pneus, e de repente, a van deu a volta e está me seguindo de novo, subindo minha rua. Meu coração martela no peito. Ela está definitivamente me seguindo. Jogo o cigarro e começo a correr. A van acelera. Forçando-me a seguir o mais rápido possível, corro até a entrada e passo pela porta. Fecho-a com força e permaneço com minhas costas contra ela, arfando muito.

— É você, querida? — escuto a mãe chamar por mim da cozinha.

— Sim! — grito de volta.

Por um momento avalio se conto a ela sobre a mensagem e a van. Mas, claro, ela ligaria para Andopolis na mesma hora, e eu não queria aquilo. Não queria dar a ele mais uma razão para continuar perseguindo o caso. Olho através do vidro mosqueado da janelinha da porta; a rua está vazia.

Viro as costas para a cozinha, certificando-me de que a mãe não pode me ver. Ligo para o número que me mandou a mensagem.

O número para o qual você ligou está desligado ou indisponível. Por favor, cheque o número e tente novamente, diz-me a voz de uma mulher. Enfio o telefone de volta no bolso e caminho para a sala de estar.

Andrew e Paul estão sentados com o pai, que ainda olha para a distância. Na televisão passa o telejornal, mas, de novo, ninguém parece estar assistindo.

— Como é que foi? — pergunta a mãe, vindo até a sala de estar, as luvas de borracha calçadas de novo.

— Vince já estourou aquela veia na têmpora dele? — pergunta Andrew.

— Foi tudo bem — digo, sentando numa cadeira vazia. O gato, Hector, pula para meu colo. Ele se curva, formando uma bola, e eu o acaricio atrás das orelhas. Meu coração está começando a desacelerar agora, mas eu ainda me sinto meio em pânico. É bom estar fazendo alguma coisa com as mãos.

— Você se lembrou de alguma coisa? — pergunta Paul.

— Na verdade, não — digo.

Nós olhamos para o telejornal. O novo primeiro-ministro aparece para uma entrevista coletiva. A luz recai sobre ele por trás, de forma não lisonjeira, exagerando o rosa de suas grandes orelhas. Eles cortam para as crianças e suas mães sendo guiadas para fora de um pequeno barquinho por homens com grandes armas e em uniformes do exército.

— Quem é aquele? — pergunto eu, percebendo a oportunidade.

— Quem?

— Ele — digo, quando o primeiro-ministro volta a aparecer na tela.

— Você não sabe quem é Tony Abbott? — pergunta um deles, Andrew, eu acho.

Olho para baixo, fingindo estar envergonhada.

— É nosso primeiro-ministro — diz o pai.

Ele continua olhando para a tela. Paul e Andrew estão me fitando, mas a expressão deles é toda errada. Eles parecem surpresos e confusos, quando eu queria pena. Percebo que preciso manter os irmãos falando. Normalmente, as pessoas gostam mais de você, se consegue fazê-las confiar em você.

— Vocês dois se lembram da última vez em que me viram? Isso pode ajudar a pôr as peças de volta no lugar.

— Vocês não conseguem lembrar?

— Na verdade, não. É tudo meio confuso. — Já começo a desejar que tivesse perguntado outra coisa a eles. O passado era um território perigoso.

— Bom — diz aquele que eu penso que é Andrew —, tenho que dizer... você era mais ou menos uma vaca!

Nós três rimos, a tensão está quebrada. Eu me dou mentalmente um tapinha nas costas.

— Não, não era! — digo, só porque parece a coisa certa a dizer.

— Você meio que era, Becky. Você disse que nos levaria para a piscina, lembra? Aí, ficou louca porque encontrou uma revista de sacanagem na minha mochila — diz Paul.

— Aí, nós nunca mais a vimos de novo — diz Andrew. — Belo jeito de nos dar um complexo sexual!

Nós rimos de novo, embora eu perceba aquele que eu tenho quase certeza que é Paul me observando cuidadosamente. É como se ele estivesse esperando que eu dissesse algo. Minha alma quase sai do corpo quando escuto uma batida na porta. Escuto a mãe ir até lá e abri-la.

— É para você, Bec — chama ela quase imediatamente.

Ando até lá, imaginando um homem, a van preta atrás dele, esperando para me levar embora. Ele não pode me levar daqui, não com toda essa gente por perto. Mas a mulher esperando à porta tem um *look* corporativo e bem-sucedido, veste um blazer verde-escuro e uma saia combinando e cintilantes meias-calças transparentes. Seu cabelo louro é puxado de cima do rosto para formar um coque. Ela está me encarando como se eu fosse um fantasma, a boca aberta e os olhos esbugalhados.

— Bec? — perguntou ela, e então, pouco antes de se arremessar para mim, me puxando para dar um abraço forte, reconheço-a do vídeo.

Ela se afasta, chorando, catarro escorrendo de seu nariz.

— Lizzie.

6

Bec, 12 de janeiro de 2003

Bec tinha um turno cedo àquela manhã. Não importava, ela não havia conseguido dormir mesmo. A cadeira estava encaixada firmemente debaixo da maçaneta, mas no fundo de sua mente ela sabia que, se aquilo fosse realmente algo paranormal, então provavelmente não faria muita diferença. Além do mais, o calor e o mormaço eram muito grandes em seu quarto. Mesmo com ar-condicionado, ela podia sentir o calor se imiscuindo entre os tijolos e o vidro da casa. Faria 43 graus no dia seguinte.

Bec ficou deitada, quieta, e ouviu os sons de sua mãe e de seu pai lá embaixo: o tilintar de sua mãe passando água nas tigelas de cereal, o bipe de quando abriu a máquina de lavar pratos. A voz de seu pai era um murmúrio profundo, mas ela não conseguiu ouvir a mãe falando de jeito nenhum. Bec esperou até ouvir a porta da frente se fechar, depois o motor do carro sendo ligado do lado de fora, para se levantar, puxando as cobertas suadas e indo direto para baixo para beber água.

Sua mãe tinha um jeito de apagar qualquer sinal da presença dela de um cômodo. A cozinha parecia, como sempre, um *set*. Não era um lugar onde eles todos viviam, respiravam e comiam. Até a pia estava totalmente seca, nem mesmo uma gota d'água. Ela riu para si mesma, sabendo que, uma vez que os gêmeos acordassem, tudo pareceria muito diferente. Passando pela mesa da cozinha, ela correu os dedos sobre a madeira quente. Houve um momento no jantar da noite passada em que ela pensou em contar à mãe sobre o espectro. Mas, como era comum, a mãe estava tão concentrada nos irmãos que mal olhou para ela. Às vezes, era como se esquecesse que tinha uma filha também. Se Bec fosse honesta com ela mesma, saberia que não haveria maneira de sua mãe acreditar nela. Ela pensaria que Bec estava ou mentindo, ou ficando louca.

Bec escutou um barulho de pancada. Antes que pudesse pensar, ela estava no chão, bochecha pressionada contra os ladrilhos da cozinha. Então, ouviu de novo. Não era um tiro; na verdade, não soava nada com tiro. Ela se levantou e espiou através das cortinas finas da cozinha. Max, o vizinho, estava martelando a estaca solta da cerca. Bec respirou fundo. Claro que não era um tiro. Que tolice. Mas o lustre brilhante da espingarda veio a sua mente sem que ela pudesse evitá-lo. Bec estivera no *closet* dos pais alguns meses atrás, pretendendo experimentar os novos sapatos de salto de couro preto da mãe. Só para ver se conseguia andar sobre eles. A arma estava guardada em cima, no fundo, logo atrás dos cabides. Parecia nova. O preto de ébano do cabo estava imaculado; os canos longos reluziam. Ela nunca tinha visto uma arma antes. Ela certamente não estava lá da última vez que olhara. Quando esticou o braço para tocá-la, o aço parecera frio e suave sob as pontas dos dedos.

Fazendo a água correr dentro do copo, ela tomou um grande gole e quase cuspiu de volta. A água da torneira fria estava tão quente que queimou sua garganta. Deixando a mão embaixo, ela esperou que a água voltasse a ficar fria. Não ficou. Os canos lá fora deviam ter aquecido sob o sol do dia. Ela se livrou do copo, colocando-o, muito de propósito, bem no topo do banco vazio, e subiu a escada para se arrumar para o trabalho.

Ao caminhar para o ponto de ônibus, Bec sentiu aquele pinicar, agora familiar, em sua nuca. Ela travou os músculos das costas, tentando fazer a sensação desaparecer. Aquilo era coisa da cabeça dela;

devia ser. Mas então, olhando com o canto dos olhos, viu uma silhueta se mexer. Bec girou. Era apenas um garoto, olhando para ela. Ele tinha cerca de dez anos e estivera colando cartazes em árvores. Ele usava short curto com desenhos de bolas de futebol. O sol iluminava os pelos macios de suas pernas.

— Você o viu? — perguntou ele.

Bec olhou para o papel na mão dele. Era um cartaz de "procura-se" um maltese terrier branco. O garoto pusera um em cada árvore. Ele olhava para ela, esperançoso, os olhos vermelhos e inchados.

— Não, desculpe.

Ele se virou antes que ela pudesse ver seu rosto desmontar. Pobre garoto.

— Eu vou ficar atenta — falou Bec, e ele sorriu para ela tristemente, por cima do ombro, ao começar a arrancar fita adesiva para colar um cartaz em uma nova árvore.

Ela se lembrou de quando os pais puseram anúncios como aquele para o gato deles, Molly. Eles colaram os cartazes apenas uma semana antes de trazerem uma surpresa para casa: um gatinho preto e branco. Hector. Ela ficou triste ao ver que os pais pensavam que Molly era tão substituível. Era como se eles pensassem que ela não iria nem notar a diferença. *Aquilo era uma idiotice*, ela pensou, sentando-se à parada de ônibus. Ninguém desaparecia de fato. Você sempre continuava existindo em algum lugar.

Através do vidro, Bec olhou para Luke enchendo a fritadeira. Os olhos dele estavam vazios, os pensamentos voltados para dentro. Ela gostava do fato de nunca saber exatamente o que ele estava pensando. Seus olhos mudavam quando olhavam para ela, porém: era do que mais gostava. Eles sempre se suavizavam e enrugavam nos cantos. Bec se perguntava como ele a enxergava. Ele provavelmente pensava que ela já acordava daquele jeito, pele e cabelo perfeitos. Que era nova e bonita, e achava a vida muito fácil. Perguntava-se se ele alguma vez pensava coisas ruins a seu respeito, se alguma vez pensava que ela era boba ou ingênua.

Quando bateu na porta e ele levantou os olhos, uma prazerosa onda de arrepio percorreu seu corpo.

— Deixe-me entrar! — gritou ela. — Estou pegando fogo aqui fora!

— Qual é a palavrinha mágica? — perguntou ele, caminhando até Bec.— É *babaca*? — perguntou ela.

Luke riu e se inclinou para abrir a porta. Olhando-o de cima para baixo, com ele sentando sobre os calcanhares aos pés dela, Bec sentiu uma pulsação gostosa através do corpo. Se o vidro não estivesse entre eles, ela poderia esticar o braço e puxar a cabeça dele para si. Luke se levantou e abriu a porta, e ela sentiu o rosto ruborizar por um momento, envergonhada.

— Chegou na hora, pelo menos um dia — disse ele.

— Só por você — retrucou ela, passando por ele e desejando que Luke não notasse seu rosto ardendo. Bec deixou a bolsa nos fundos, esperando voltar para o caixa da frente quando se certificasse de que o rubor tivesse desaparecido.

— Você acha que vai lotar hoje? — perguntou-lhe Bec, encaixando os bocais na máquina de Coca-Cola.

— Bom, pessoalmente, eu não posso imaginar nada mais nojento do que comer comida gordurosa num dia em que faz 40 graus.

Quando eles abriram as portas, havia um pequeno grupo de pessoas esperando. Matty entrou correndo na cozinha, vestindo o avental ao fazê-lo.

— Desculpe, parceiro — disse ele para Luke.

— Você sabe que não ligo — respondeu Luke.

— Panquecas — latiu um homem de meia-idade —, calda à parte.

— Claro, serão três dólares e 75 centavos — Bec tentou sorrir.

Quando serviram a primeira onda de consumidores, tudo ficou quieto de novo. Todas as pessoas se sentaram sozinhas, empurrando comida para dentro da boca.

— Por que ele sempre pede a calda à parte? — perguntou Bec calmamente a Luke. — Ele vem aqui todas as manhãs. Ele sabe que a gente serve a calda em separado.

— É porque ele é um esnobe. Porque a gente está neste subúrbio, as pessoas fingem ser chiques, mesmo se estão comendo na porra do Mac.

Ela nunca pensara naquilo daquela maneira. Bec observou calmamente enquanto uma mãe brigava com sua criança — que jogava batatas fritas nela —, olhando ao redor para ver se alguém estava observando. A mulher não olhou para o caixa, no entanto. Bec percebeu que a mulher provavelmente não se preocupava com o fato dela estar olhando. Porque ela trabalhava no McDonald's, não contava como alguém que a envergonhasse. Luke estava certo: aquelas pessoas pensavam que eram melhores do que ela e melhores do que o trabalho dela, ainda que escolhessem vir comer aqui. Junto com o pensamento, veio uma poderosa vontade de ser bem-sucedida, de fazer algo incrível e colocá-los todos em seus lugares. Bec não sabe exatamente o quê. Ela era razoavelmente boa em quase tudo na escola, mas não realmente excelente em algo específico. Algumas vezes, ela e Lizzie falavam sobre abrir uma empresa de moda. Começara como uma brincadeira. Elas sentavam no Gus's Café e observavam cuidadosamente as pessoas passarem, então discutiam sobre como pôr outra roupa naquela pessoa, se pudessem. Resolviam que estilo cairia bem em cada tipo de corpo, que cor ficaria melhor em determinada compleição. Começaram meio que sacaneando os outros, mas agora as duas tomavam a coisa com seriedade.

Luke e Matty se divertiam perto do forno, fazendo piadas pesadas que ela não conseguia entender direito. Bec queria desesperadamente fazer parte da conversa. Mas não queria agir como uma irmãzinha chata. Ela se perguntava como os dois podiam ser felizes ainda trabalhando ali. Luke tinha vinte anos e Matty devia ter ao menos 27. Matty contara uma vez que estudara escrita criativa na universidade. Escrevera alguns contos que foram publicados em revistas e até um romance, mas nunca fora adiante, e simplesmente parara de escrever. Aquilo a deixava triste. Deixar os sonhos de lado daquela maneira. Mas com Luke era pior. Ele era realmente inteligente, mas nunca nem ao menos fora à universidade. Às vezes, parecia que ele estava desistindo da vida. Bec tinha certeza de que, quando ele finalmente se aprumasse, ela poderia ajudá-lo, fazendo-o ver que sua vida poderia ser incrível se ele apenas se esforçasse um pouco.

— Eu sempre me pergunto sobre o que você pensa tanto — disse Luke. Ele a estava encarando. *Não ruborize, não ruborize,* pensou Bec.

— Sua bunda — disse ela, suavemente. — Não consigo parar de pensar em sua bunda.

— Você é tão indecente! — disse ele.

Da cozinha, Matty uivou de tanto rir, mas antes que Luke se afastasse rapidamente para levantar as fritas do óleo, ela viu o começo de vermelhidão em suas bochechas.

O dia foi se passando e apenas ficando mais quente. Matty trabalhava duro nos hambúrgueres, dando pitacos frequentes na conversa de Bec e Luke. Ela gostava de Matty, mas meio que queria que ele não estivesse ali. Sua presença fazia com que Bec se sentisse como se tivesse que tomar cuidado com o que tinha que dizer e tentar não flertar tanto nem ser tão óbvia quanto a seus sentimentos. Mesmo assim, trabalhar com Luke sempre fazia com que se sentisse extasiada. Ambos falavam com Bec como se ela fosse uma adulta, como se fosse tão inteligente quanto eles e não uma criança idiota que não tinha ideia do que estivessem falando, ainda que assim fosse como se sentia às vezes. Aquilo não a incomodava, no entanto, só saber que eles a viam como igual era suficiente. Bec tomou nota mental das coisas que eles estavam falando. Pesquisaria na internet quando chegasse em casa.

Ela notou uma mochila debaixo de uma das mesas. Preta e comum, ela parecia abarrotada. Tentou ignorá-la, alguém provavelmente apenas a esquecera. Em vez de prestar atenção, jogou com Luke o jogo "ache a tatuagem feia". Como era um dia muito quente, pessoas que normalmente não usavam roupas que deixavam a pele à mostra não tinham outra escolha; então, de uma hora para outra, você via arame farpado enrugado em braços e golfinhos apagados em tornozelos. Após meia hora, no entanto, a mochila ainda estava ali. Bec imaginou a força do impacto quando ela explodisse. Imaginou os pedaços de seus corpos em meio à mistura de corpos enegrecidos e decepados.

Ela apontou a mochila para Luke, mas, quando ele foi apanhá-la, Bec o segurou.

— O que foi? — perguntou Luke.

— Sei não. Não quero parecer idiota. Só fico aterrorizada de ver aquela coisa abandonada ali.

— Se você vir alguma coisa, conte! — gritou Matty da cozinha, fazendo sua melhor imitação da propaganda da televisão.

— Não, não é isso. É que... — A voz dela sumiu. De repente, Bec estava se sentindo um tanto estúpida. Talvez tenha visto muitas reportagens. Eles tinham ficado sob observação o dia inteiro na escola durante os ataques terroristas.

Matty saiu da cozinha enxugando a testa. Ele olhava para ela de maneira estranha. De repente, sua imensa estatura parecia imponente de novo.

— Qual é, não seja besta. Aquelas propagandas são puro racismo — disse ele.

— O que você quer dizer? — perguntou Bec. — Pode acontecer. Já aconteceu!

Matty respirou fundo e apoiou as mãos no balcão. Ele parecia furioso.

— A gente tentou eliminar os aborígenes, a gente manda pessoas procurar refúgio naquele campo de concentração de Villawood, e os que finalmente conseguem escapar, a gente arranja para se darem mal com essa propaganda racista. É a mesma política da Austrália Branca de novo.

Agora, Bec realmente se sentia como uma garotinha idiota de novo. De fato, ela não entendia o que ele estava dizendo.

— Se você acredita em um dia do Juízo Final — continuou ele —, todos nós vamos sumir. Seremos riscados do mapa, sugados pelo oceano. O que estamos fazendo é nojento e só está ficando pior.

— Ou comidos por uma baleia gigante, talvez? — falou Luke.

— Moby Dick!— exclamou Bec, e ambos começaram a rir.

Matty não disse nada e voltou para a cozinha. De novo, Bec desejou não estar ali. Ele a assustara um pouco, chamando todos de racistas e dizendo que seriam riscados do mapa. Até parecia que a estava incluindo naquilo. Ela o ouvira fazer discursos assim antes. Chamar John Howard de sectário e homofóbico e todo tipo de coisa. Os pais de Bec também não eram muito fãs do primeiro-ministro. Ninguém parecia ser. Mas Matty tinha uma opinião muito extremada com relação àquilo.

Um homem entrou na loja então, todo suado e queimado de sol. Ele soltou um suspiro audível de alívio e colocou a mochila nos ombros. Luke fez uma careta para ela e Bec se sentiu tola naquela hora. Ela odiava quando as coisas pareciam estranhas no trabalho. Indo para o lado de Matty, descansou a cabeça em seu ombro.

— Desculpe — disse ela. — Aquelas propagandas me deixaram assustada. Eu fui uma boba. — Ele pôs um dos braços grossos ao redor dela e trouxe seu rosto até o peito.

— Não peça desculpas, Becky. Agora estou me sentindo mal! Às vezes, até me esqueço de que você é uma criança, porque você é muito inteligente.

Ela não teve certeza se aquilo era um elogio ou não, mas era legal ficar esparramada nele daquele jeito, então não reclamou. Bec se sentia tão protegida, respirando seu caloroso cheiro de suor. Como se nada de mal pudesse acontecer a ela.

— Ei, e eu? — escutou Luke dizer e sentiu mais braços ao redor dos dois.

— Voltem para o trabalho, vocês dois — disse Matty, afastando-os. — Está muito quente para esse tipo de coisa! — Bec voltou para o caixa, mas estava sorrindo. No trabalho, ela podia ser uma pessoa diferente, calorosa e sincera. Era tão diferente de estar em casa.

— Próximo mês é meu aniversário, sabia? — disse ela para Luke. — O que você vai me dar de presente?

Dezessete anos, ela faria dezessete anos, o que significava que ele poderia convidá-la para sair. Aquele seria o mais incrível presente de todos.

— Na verdade, tenho algo para lhe dar agora — respondeu Luke. — Um segundo.

A cabeça dela começava a girar com ideias quando ele voltou com o esfregão.

— Feliz aniversário adiantado! Parece que o banheiro feminino está inundando.

Ela tentou pensar em algo inteligente para dizer, mas não lhe surgiu nada. Então, Bec apenas pegou o esfregão e disparou para o banheiro feminino.

Abrindo a porta, viu que a água estava já a um centímetro de altura. Uma das torneiras tinha sido deixada aberta e a água estava transbordando da pia. Ela caminhou sobre o alagamento e rapidamente fechou a torneira. Percebeu que não apenas alguém deixara a torneira aberta, mas que outra pessoa devia ter visto aquilo e ido reclamar com Luke, sem ao menos tentar ajudar. Levaria um século para enxugar aquilo tudo. Além disso, o cheiro era péssimo ali dentro, e o ar-condicionado não chegava tão longe.

Ouvindo as gotas d'água caindo da pia devagar, Bec passou uma hora esfregando o chão, sendo interrompida constantemente por uma cliente que queria usar o banheiro. Quando dizia que estava alagado, elas olhavam para ela de cima a baixo com uma expressão de desgosto e depois iam embora como se aquilo fosse culpa dela. Bec odiava pensar em como devia estar sua aparência. Tão patética e suja. Começara a suar também. Não era a maneira como gostaria de se ver. Se realmente houvesse uma câmera do outro lado do espelho, gostaria que não a estivessem filmando agora, que estivessem na pausa para os comerciais ou alguma coisa assim. Este era um daqueles momentos incomuns em que ela verdadeiramente odiava seu trabalho.

Por fim, o chão estava seco o suficiente. Ela se olhou no espelho antes de deixar o banheiro, enxugando o delineador que escorrera sob os olhos e praticando sorrisos. Ainda assim, parecia não tão limpa quanto antes, mas definitivamente não como alguém que estivera passando esfregão em um chão de toalete sujo por uma hora. Abrindo a porta, pôde escutar a voz de Lizzie: devia ser o começo do turno dela. O que significava que o tempo dela no caixa a sós com Luke havia terminado. Bec devolveu o esfregão e voltou para trás do caixa. Os três pararam de conversar e olharam para ela.

— Que foi? — perguntou Bec. — Estou cheirando a xixi?

Luke olhou para Lizzie, desconfortável.

— Desculpe, querida — disse Lizzie. — Eu pensei que você tivesse contado a eles sobre o espectro.

— Liz! — disse Bec, percebendo por que eles estavam olhando para ela. Estivera pensando tanto sobre Luke que, estranhamente, o espectro desaparecera completamente de sua mente.

— Você está bem? — perguntou Luke. — Sério, essa coisa parece terrível.

— Estou bem — disse Bec.

— Tem certeza de que não foi um truque da luz ou um sonho, ou alguma outra coisa?— perguntou Matty.

— Tenho certeza — disse ela. — Vocês não precisam acreditar em mim, mas eu sei o que vi.

Eles deviam pensar que ela estava doida. Confiar em Lizzie era saber que a amiga sairia falando todos os seus segredos; era por isso que Bec tinha que ser cuidadosa quanto ao que contar a ela.

— Eu acredito em você — disse Luke. — Se você tem certeza, eu tenho certeza.

Ela inchou de contentamento.

— Mesmo?

— Claro — disse ele.

Lizzie se afastou deles e Bec torceu para que fosse porque ela estava se sentindo culpada.

Bem naquele momento, uma família entrou, todos de rostos vermelhos e discutindo. Péssimo *timing*, claro. Luke começou a registrar o pedido deles e Matty voltou para a grelha. Mais pessoas começaram a pipocar com o *rush* da tarde. Lizzie a fitou por trás de Luke.

— Desculpe — articulou em silêncio, e Bec sabia que ela estava sendo sincera.

Mais tarde, quando tudo se aquietou e o turno de Bec estava quase acabando, elas tiveram a chance de conversar de novo.

— Eu tive uma ideia a noite passada. Pode ser boba, mas vale a pena tentar — disse Lizzie.

— O que é? — perguntou Bec.

— Bom, eu estava pensando. O que as pessoas nos filmes fazem quando coisas assim acontecem?

Bec sabia exatamente o que ela estava prestes a dizer.

— A gente devia fazer um exorcismo!

Bec ouviu Matty grunhir da cozinha. Ele nunca dissera que acreditava nela.

— Não tenho certeza — disse Bec.

— Por que não? Se não funcionar, não tem importância.

— Eu acho que a gente deve fazer isso — disse Luke.

Isso surpreendeu Bec, já que ela sempre pensou que ele fosse cético.

— Na verdade, eu só quero mesmo ver como é dentro do seu quarto — continuou Luke.

— Ah, cale a boca! — disse ela, batendo nele devagarzinho, mas sorrindo.

— Bom, pense nisso — disse Lizzie.

— Tudo bem, se alguma coisa acontecer, então vamos fazer isso — disse Bec suavemente —, mas dedos cruzados para que não aconteça.

Lizzie levantou os dedos cruzados no ar. Bec não queria pensar que algo fosse acontecer de novo. Ela não podia nem ao menos imaginar se sentir tão apavorada uma segunda vez. Tentou esconder um tremor que lhe desceu pela espinha abaixo. Olhando para o relógio, percebeu que seu turno tinha acabado.

— Vou indo. Você ainda quer ver o filme mais tarde? — perguntou a Lizzie.

— *Prenda-me se for capaz?* Claro!

— Aposto que vocês duas só vão ver o filme por causa do Leonardo DiCaprio — disse Luke, encostando-se no balcão.

— Não! — disse Bec.

Ao mesmo tempo, Lizzie se esgoelava: — Sim!

— Bec! — exclamou Lizzie. — Não finja que você não tinha uma capela chamada "eu amo Leo" em seu quarto. Eu vi!

— Cale a boca! Só acho que deve ser um filme muito bom, certo?

Luke levantou as sobrancelhas para ela. Por um segundo, Bec se perguntou se podia se livrar daquela convidando-o. Não, aquilo poderia soar esquisito. Ela esperaria que Luke a convidasse para um encontro, da maneira certa. Bec foi aos fundos, trocou de roupa, botando um vestidinho de verão, e pegou a bolsa.

— Tchau, pessoal! — falou ela, desejando que não tivesse que abrir a porta de vidro e voltar para a tarde flamejante de tão quente.

7

2014

Há uma frieza no ar, embora o sol brilhe no céu. A rua está silenciosa, exceto pelo leve farfalhar da brisa nas folhas secando ao outono, e o trincar de meus sapatos sobre a brita. Se parar para escutar cuidadosamente, posso ouvir o ronronar do carro de Andopolis me seguindo, enquanto refaço os últimos passos de Bec para casa, mas tento ignorá-lo e aproveitar o momento. Está mais frio que ontem. Deixo meus dedos entulhados dentro dos bolsos do casaco.

A mãe quisera jogar meu casaco fora. O forro ainda estava manchado com o roxo enegrecido do meu sangue. O velho casaco de Rebecca estava pendurado, esperando no armário: azul-bebê, com pele falsa ao redor do capuz. A garota realmente tinha um gosto cafona para roupas, embora talvez aquilo estivesse na moda na época. Não consigo me lembrar. Não deveria fazer muita diferença usar o casaco — eu já estava usando as roupas dela, até as roupas de baixo —, mas parecia ser legal ainda ter alguma coisa minha comigo. Embora, na verdade, este casaco não fosse meu. Era do Peter.

Ele fora um bom namorado por algum tempo, com seu cabelo bagunçado, amarelado de sol, e o constante entusiasmo. Estávamos ambos desempregados, então passávamos todos os dias de sol na praia: isso foi quando estava na minha fase surfista, no ano passado.

Meu guarda-roupa estava cheio de short de surfe da Roxy e sandália havaiana. Embora nós, garotas, realmente não surfássemos, era esperado de nós que apenas sentássemos na praia e observássemos nossos namorados. As outras garotas pareciam gostar disso. Elas vestiam biquínis e se preocupavam com o bronzeado. Eu me cansei daquilo rapidamente. Comprei uma prancha e tentei fazer com que Peter me ensinasse, mas ele ficava frustrado e impaciente. Peter me emprestou a jaqueta porque eu estava com frio em um luau. Então eu o peguei de amasso com uma das garotas de biquíni. Fiquei com a jaqueta, não para lembrar dele, mas porque eu sabia que ele não tinha dinheiro suficiente para comprar outra. Em todo dia frio de inverno, esquentava-me saber que ele estava com frio.

Enrolo-me em meu casaco, respirando fundo o doce cheiro de jardins de rosa e grama aparada. É excitante ser alguém que não você, mas também exaustivo. Saboreio o raro momento de não estar fingindo.

— Pare aqui! — fala Andopolis do carro.

Ele encosta ao meio-fio e vem caminhando até mim.

— Você se lembra de alguma coisa? — pergunta ele.

Estou a meio caminho da casa de Rebecca, a cinco residências da sua. Espero que ele se aproxime mais antes de falar.

— Lembro do medo.

— Do que mais? — pergunta ele calmamente.

— Pensei que estava sozinha.

— Mas não estava?

Penso na van preta de ontem. — Eu lembro do som de um carro acelerando.

— Vá em frente — diz ele, a voz baixinha agora. Ele está animado.

— O guinchar de pneus.

— E aí?

— Escuridão.

— E depois disso?

— É tudo.

— Você se lembra do carro? Da marca e modelo? Até mesmo da cor?

Por um momento, avalio se digo que era uma van preta, mas decido não o fazer. Eu tentava não pensar sobre a mensagem de texto. A pessoa que dirigia a van deve tê-la escrito. Seria possível que fosse a mesma pessoa que levou Bec?

Estou dividida. Se der a Andopolis o número de onde veio a mensagem, ele vai encontrar o motorista, mas também pode encontrar a verdade — sobre Bec, mas também sobre mim.

— Não — digo por fim —, nada.

— Tem certeza?

— Sim.

Ele olha para mim daquela forma penetrante, como se estivesse tentando encontrar uma pista no apertar de meus olhos ou no curvar de minha boca. Quase como se estivesse pensando que estou mentindo.

— Como você sabe que aconteceu aqui neste ponto? — pergunto.

— A gente rastreou seu telefone e o encontrou aqui. — Ele aponta para uma roseira a minha direita. — Estava debaixo daquela roseira.

Então foi aqui que aconteceu, bem aqui onde estava de pé. Imagino como esta rua fica no escuro, as batidas rápidas do coração de Bec quando o carro para a seu lado, a luta. Ela estava tão perto de casa.

Isto é, se a história estava tentando se repetir. Forço-me a acreditar que a van não estava nem mesmo me seguindo. Estava provavelmente indo na mesma direção e o motorista sorriu quando eu comecei a correr daquela maneira. E o texto deve ter sido um engano. Tinha que ser. Ninguém nem sabia que Bec estava em casa. Não devia haver uma ligação. Estava sendo paranoica.

— Entre, eu a levo para casa — diz ele.

— Mas minha casa é logo ali — digo.

— Entre, Bec.

Ando até o carro obedientemente e entro no assento do passageiro. Ele se senta no assento do motorista, mas não dá partida.

— Eu sei que você não está interessada em ver a orientadora psicológica.

Não digo nada. Que ele não me venha com aquela merda de novo.

— Então, marquei um horário com o hipnólogo. Ele tem o potencial de realmente ajudar com a perda de memória.

Um hipnólogo seria a pior coisa possível. Eu tinha que pensar em algo rapidamente. Se eles de fato me hipnotizassem, eu provavelmente confessaria tudo em um instante. Respirei fundo.

— É tão bom estar em casa — digo, deixando minha voz tremer. — Quando penso no que aconteceu... É como um grande buraco negro cheio de medo e dor, mas é tudo. Pensar sobre o que aconteceu é como voltar para o acontecido.

Ele olha para mim, seus olhos procurando algo que não se encontra ali.

— Você quer dizer que não quer saber o que aconteceu?

— Não! É só que... — Eu poderia pensar melhor se ele apenas parasse de me encarar. — Eu acho que, no momento, seria muito doloroso. Eu estou me saindo bem como estou agora.

Ele não diz nada. Apenas me encara. Eu me pergunto se essa foi a maneira como olhou para Lizzie, havia um longo tempo, na sala de interrogatório.

— Eu pensava que conhecia seu rosto melhor do que conhecia o meu. Passei tanto tempo olhando para fotografias suas. Olhava para seus olhos e tentava entender os segredos que você podia ter escondido. Sabendo que, se eu apenas pudesse encontrá-la, tudo seria revelado. Mas agora, olhando bem para você, é como se não conhecesse mais seu rosto.

Merda. A voz dele era baixa, mas fazia com que os pelos dos meus braços se eriçassem. Consigo ouvir nela uma fúria desesperadora, que mal consegue ser contida. Sentiria menos medo se ele tivesse gritado.

— Mas você não me encontrou, encontrou? — digo. — Eu esperei, mas ninguém veio me salvar. Eu tive que me salvar. Agora, apenas me deixe em paz.

— Desculpe, Rebecca, mas não posso fazer isso — diz ele —, não até que saiba quem você está protegendo.

— Ninguém! — grito. Mas agora é, de fato, uma mentira, e eu me pergunto se ele pode perceber. Posso estar realmente protegendo o assassino de Rebecca.

Saio do carro e corro até a casa. Posso sentir minha raiva chamejar. Não apenas porque ele me desvendou de alguma maneira, mas porque não vai deixar o caso de lado. Andopolis se preocupava mais com achar a resposta do que com Bec. Ele não era apenas um bom mocinho carregado de culpa. Eu o subestimei tremendamente. Havia um sofrimento na maneira de ele falar. Não saberia dizer se era dele ou de mim que eu estava com mais raiva. Talvez dos dois. Não importava. Aquele caso havia de alguma maneira mandado Andopolis para além de seu limite, e por alguma razão, ele parecia pensar que, ao resolvê-lo, seria resgatado de volta. Nunca acreditei em redenção, mas ele sim. Ele a queria de mim, mas eu jamais poderia lhe dar.

A única coisa que eu tinha a meu lado era o exame de DNA, a prova absoluta de que era Rebecca. Se não tivesse aquilo, acho que Andopolis teria me desmascarado já há algum tempo.

Subo a escada, dois degraus por vez. Ele era tão egoísta. Eu o odiava, mas não podia demonstrar. De alguma maneira, tinha que trazê-lo de volta para meu lado. Se ele achava que eu estava protegendo alguém, ia começar a fuçar. Fazendo perguntas para as quais eu não tinha resposta.

Abro a porta do quarto. A mãe está em pé lá dentro, com as costas para mim, e se sobressalta.

— O que você está fazendo? — pergunto, com raiva *dela* agora. Por que ela está no meu quarto? Ela achou os cigarros debaixo da minha cama? Ela também desconfia de mim agora?

— Só estava fazendo a limpeza para você, querida — diz a mãe, virando-se. Atrás dela, vejo minha cama feita. — Desculpe.

— Ai, desculpe. É só que... — Não sei o que dizer.

— Não, você está certa. Eu devia ter perguntado antes. — Ela olha para baixo, quase se encolhendo, como se eu fosse bater nela. Inclino-me para abraçá-la e sinto seu corpo tenso.

— Agradeço por você ter limpado meu quarto. Você é a melhor mãe do mundo. — O corpo dela se distende levemente. — Eu só surtei porque meu braço ainda está doendo.

— Ai, Becky, você devia ter dito. — Ela se afasta e pega meu braço, olhando cuidadosamente para a parte que está com bandagem. — Você tem hora marcada no hospital amanhã. Talvez possa ligar para eles e transferir para hoje, quem sabe?

— Não, está tudo bem. Posso esperar até amanhã. — Eu me esquecera da hora no hospital. A bandagem seria trocada, mas eu realmente não queria ver a extensão do corte.

— Tudo bem. Bom, vou pegar para você um analgésico e fazer um chá antes de você ir ver Lizzie.

— Tudo bem, obrigada, mamãe.

Ela sai do quarto e fecha a porta. Sinto-me mal por falar com ela daquele jeito, embora aquilo pareça tê-la afetado desproporcionalmente, como quando derrubou a caneca na cozinha.

Agora que eu tinha essa vida nova, queria mantê-la desesperadamente. Sentira-me tão perdida e sozinha por tanto tempo que a situação começara a parecer normal. Pensara que liberdade e proteção era o que eu queria tirar da nova situação, mas começava a sentir mais do que aquilo. Ter uma família por perto parecia tão incrível; ter uma mãe de novo era tão melhor do que eu imaginara. Apesar de mim mesma, estava realmente começando a querer bem a ela. Mas agora sabia como usar a raiva dela a meu favor, se precisasse. Embora não quisesse fazer uso daquele artifício.

Fico sobre minhas mãos e joelhos e olho debaixo da cama. Meu maço de cigarros ainda está lá. Tenho que encontrar um lugar melhor para escondê-lo. Escondia preservativo em minhas meias emparelhadas quando era adolescente — talvez experimente isso. Abro a gaveta de roupas de baixo de Bec e tiro meias três-quartos escolares.

Desfaço o par e algo pesado cai no chão. Levo algum tempo depois de apanhá-lo para perceber que é um dispositivo de tinta. Do tipo que as lojas colocam nas roupas; do tipo que, se você tentar roubar, dispara tinta para todo lado. Há um pequeno círculo de tecido em volta dele, cortado tão perfeitamente que me faz sorrir. Coloco-o de volta nas meias e esquadrinho a gaveta para ver se consigo encontrar algo mais. No canto direito, no fundo, tem uma fotografia, dobrada até virar um pequeno quadrado. É um close do rosto de Bec, mais nova e sorrindo largamente. Ela está segurando um gato marrom, malhado, a bochecha pressionada contra o topo de sua cabeça.

Sento na cama, ainda olhando para a fotografia. O gato não é Hector, que é branco e preto. Deve ser um gato mais antigo. Posso ver a coleira ao redor do pescoço, o nome *Molly* gravado nela. Que coisa esquisita para Bec esconder. Ponho a foto de lado, um sentimento de tristeza tomando conta de mim. Eu acabei de encenar os últimos passos desta garota. Se Bec realmente foi levada das ruas daquela maneira, então estava provavelmente morta. Sua família acha que ela está de volta em casa, mas Bec nunca vai voltar. Eu me pergunto por um momento se seu corpo está por perto, uma pequena pilha de ossos enterrada em algum lugar da cidade. Estremeço, é melhor não pensar nisso agora.

Digitando o número que me mandou a mensagem de texto de novo, ouço a mesma mensagem de voz: "desligado ou não acessível". Giro o telefone sobre a palma da mão, avaliando se mando uma mensagem de volta para eles. No final, resolvo que é melhor não brincar com fogo. Quem quer que seja, não quero deixar essa pessoa com raiva.

Em quem eu preciso realmente pensar é em Andopolis. Ele está ficando impaciente comigo. Mais que isso, está começando a duvidar de mim. O homem dirigindo aquela van não pode me pegar com a segurança da polícia e da família a meu redor, mas, um movimento errado, e Andopolis pode me colocar na cadeia por um longo tempo. Eu tinha que dar alguma coisa a ele, algum tipo de detalhe que direcionasse sua atenção a outra parte.

Digito o nome de Rebecca no mecanismo de busca do telefone. Páginas e páginas de resultados aparecem: *Polícia teme que corpo de Rebecca Winter esteja incinerado e nunca mais seja recuperado.* Abro o link e a foto de Andopolis surge no topo da matéria. Seu cabelo está bastante preto e a flacidez não tomou ainda seu rosto, embora ele pareça cansado. Andopolis está de pé, atrás de um pódio, a boca aberta em meio à fala. Passo os olhos pela matéria.

O investigador sênior Vincent Andopolis anunciou hoje que a polícia teme que o corpo de Rebecca Winter pode ter sido incinerado nos incêndios de 18 de janeiro em Camberra.

— Se Rebecca foi embora por conta própria ou foi vítima de um crime, ainda está sendo investigado — disse ele. — No entanto, a proximidade dos incêndios da casa dos Winter e a hora de seu desaparecimento levam a polícia do Território da Capital Australiana a considerar a possibilidade de que seus restos mortais podem nunca ser recuperados.

Minha mente fica cheia com a imagem do rosto dela, que parecia tanto com o meu, coberto de chamas. Queimando. Não quero imaginar aquilo.

— Prometi à família Winter que, se a filha deles ainda estiver viva, eu vou encontrá-la.

O investigador sênior Andopolis não respondeu a pergunta sobre suspeitos no caso neste ponto das investigações.

Tudo o que eu quero é ficar em casa. Ficar com a mãe, talvez até cozinhar junto com ela. Sinto-me exausta, cansada além do possível, e meu braço realmente dói de novo. Mas é hora de ir ver Lizzie. Ela não ficara muito tempo ontem. Permanecera no portão, chorando e soluçando, e dizendo que tinha que voltar para o trabalho, mas sem ir embora. Por fim, fez-me prometer ir até sua casa e vê-la hoje, mandando uma mensagem com o endereço e uma carinha sorridente. É a última coisa que quero fazer, mas todo mundo parece pensar que eu devo estar ansiosa para ver Liz. Ela era a melhor amiga de Rebecca, afinal de contas. Evitá-la pareceria suspeito.

Visto-me rapidamente, encontrando o vestido mais adulto que consigo no armário de Bec. Lizzie parecera tão bem vestida ontem, apesar de encatarrada; seria estranho aparecer por lá usando roupas de criança. Resolvo trazer apenas os cigarros comigo; é mais fácil do que os esconder e significa que posso até fumar um escondido se tiver uma chance. Quando desço, o chá está esperando por mim sobre a mesa da cozinha, perto de uma caixa de analgésicos.

— A gente vai levar você até a casa da Lizzie, em vez da mamãe, tudo bem? — diz um dos gêmeos, entrando na cozinha.

— A gente mal passou um tempo com você! — fala o outro da sala de estar.

— Tem certeza de que não vai dar muito trabalho? — pergunto. Eu estava com esperança de usar o indubitável silêncio da viagem de carro com a mãe para bolar um plano sobre o que fazer em meu encontro com Lizzie.

— Não, fica em nosso caminho — falou o primeiro gêmeo, encostando-se no vão da porta. — Vou me encontrar com os colegas da universidade de medicina no hospital aqui perto.

Aquele deve ser o Andrew, então.

— Tudo bem, obrigada. — Engulo rapidamente os analgésicos com um copo d'água e deixo o chá intocado. Saindo pela porta da frente, noto que a mãe espana as prateleiras imaculadas na sala de estar.

— Tchau, mãe — digo.

— Tchau — diz ela, mas não se vira para me olhar. Espero um instante, mas ela continua espanando como se eu não estivesse ali.

— Vamos — diz Paul por trás de mim. Eu me afasto dela e ando pelo caminhozinho até o carro. Andrew me deixa sentar no banco da frente com Paul e se senta atrás. Eu quero fumar um cigarro.

Paul se inclina para frente e cuidadosamente toca no que ficou do machucado amarelo do lado do meu rosto. — Dói?

— Não — digo. — Não é basicamente nada agora.

Paul sorri para mim. — Ótimo.

— É estranho estar de volta? — pergunta Andrew, enquanto Paul retira o carro da entrada de casa.

— É ótimo — digo, virando-me para olhar para ele, que tem o cabelo penteado para frente, enquanto o cabelo de Paul é voltado para trás. Tenho que me lembrar disso, pois, de outra maneira, eles parecem ser a mesma pessoa, até a última sarda.

— A gente sentiu muito sua falta — diz ele. Chama minha atenção novamente como Andrew é atraente. Como os dois são atraentes. Quase ruborizo ao me virar de volta. Devo fazer as vezes de irmã deles.

— Senti falta de vocês também — digo.

— Ótimo — diz Paul. — Não queremos que você deixe a casa de novo.

Olho seu perfil. Que coisa estranha para ele ter dito. É como se pensasse que Bec sumiu de casa por conta própria. Então, finalmente entendo; entendo porque eles estiveram tão distantes de mim. Lá no fundo, devem achar que Bec fugiu. Devem acreditar que ela os abandonou.

— Eu não quis abandonar vocês — digo suavemente. — Eu não tive escolha.

Eles não dizem nada.

— Amo os dois mais do que tudo no mundo — digo, tentando encher a voz com tanta dor e amor quanto possível.

— Nós sabemos — diz Paul. — Nós a amamos também.

— Venha aqui! — fala Andrew e dá um impulso para frente, e lança os braços ao meu redor, por trás do banco.

— Estamos melosos demais! — diz ele em meu ouvido. Posso sentir a pele arrepiar onde ele me toca e tento não prestar atenção a isso.

— É, pensei que Andrew começaria a choradeira a qualquer segundo.

— E você? Eu lembro de você chorando por conta da Becky a noite toda, quando nós éramos pequenos — diz Andrew e os dois começam a rir. Isso parece um tanto duro para mim, mas rio junto com eles, sem querer perder a solidariedade recém-encontrada.

Paul estaciona à frente de uma pequena casa branca de tijolos aparentes.

— A gente se vê mais tarde! — diz ele. Acho que essa deve ser a casa da Lizzie.

— Tchau, rapazes! — digo, ao sair do carro, igualmente aliviada por deixar aquela situação e morrendo de medo pelo que está por vir.

Tento pensar sobre o papel que Lizzie gostaria que eu representasse, enquanto caminho nervosamente até a porta da frente. Lembro daquelas garotas da escola que têm melhores amigas bem unidas. Sempre andando por aí juntas com braços unidos e piadas compartilhadas. Como eu posso fingir isso? No vídeo que Andopolis me mostrou, Liz dissera que ela e Bec eram tão próximas que ela notara a mudança em sua postura. Eu tinha uma década de separação como vantagem, mas mesmo assim. Isso seria muito difícil. Pergunto-me se tenho tempo de fumar um cigarro do lado de fora da casa antes de entrar, mas ela abre a porta antes mesmo que tenha tempo de bater.

— Ei, garota! Pensei ter ouvido você caminhando pela entrada. Entre.

Lizzie não olha para mim ao falar, depois se vira abruptamente sobre os saltos. Eu a sigo para dentro da casa. É belamente decorada, com mobília simples e pinturas por sobre todas as paredes.

— Eu pensei que a gente podia se sentar do lado de fora, mas está um pouco frio, então arrumei as coisas para a gente ficar na sala de estar.

— Está ótimo — digo, sentando-me no sofá. Uma garrafa de vinho tinto está no centro da mesinha de centro, com duas taças perto dele. Ela vai se sentar na cadeira a minha frente, mas então para.

— Você prefere branco? Eu tenho vinho branco na geladeira, se você preferir.

— Tinto está ótimo.

— Tudo bem, ótimo — diz ela, sentando-se. Há um segundo de silêncio, então ela se levanta de um pulo.

— Eu vou pegar o queijo.

Lizzie está nervosa e parece ter feito um grande esforço para se manter firme. Estou feliz agora por ter trocado a roupa por algo mais adulto antes de vir. Ela vem alvoroçada de volta, trazendo uma elaborada tábua de queijos, e a coloca na mesa que está entre a gente antes de se sentar de novo. Então se inclina para frente para rearrumá-la. Seguro sua mão.

— Lizzie — digo, olhando para ela —, pare. Sou eu.

Por um momento, ficamos olhando uma para a outra em silêncio. Então, ela começa a rir, ligeiramente histérica.

— Porra, desculpe — diz ela. — Isso é tão maluco que eu nem sei como agir.

— Abra o vinho, então — digo eu.

— Boa ideia.

Lizzie pega a garrafa, fura o lacre de alumínio e começa a girar o saca-rolha. Eu noto que as mãos dela estão tremendo ao tentar puxar a rolha. Ela começa a rir de novo, sem ser capaz de puxá-la.

— Você quer que eu tente? — pergunto.

Ela ergue a cabeça para mim, os olhos bem levantados, e põe a mão sobre a boca.

— Onde você esteve, Bec? — sussurra Lizzie. — O que aconteceu?

— Eu não consigo me lembrar — digo suavemente. Pela primeira vez, eu me sinto terrível por dizer aquilo. Lizzie procura respostas desesperadamente, e eu não posso dá-las. Olho para meu colo ao vê-la chorar, esperando que ela pare. Enquanto me sento ali, alguma coisa incomoda minha mente. Algo que meu subconsciente sabe que é importante, mas que eu não consigo decifrar.

— Desculpe — diz ela, interrompendo meu pensamento. — Eu sinto muito. Eu não queria fazer isso.

— Tudo bem. — Eu queria que as pessoas parassem de pedir desculpas a mim. Estavam começando a me fazer sentir culpa. Ela coloca a garrafa de lado e se levanta para pegar lencinhos de papel. Pego a garrafa da mesa e tiro a rolha, que solta um estourinho surdo. Encho duas taças e então, enquanto ela está virada de costas, rapidamente dou um gole na minha e a encho de novo até o mesmo nível. Lizzie se senta novamente a minha frente, o rosto manchado e o rímel levemente borrado, enquanto o calor do álcool bafeja lentamente pelo meu corpo.

— Saúde — digo, estendendo a taça.

— Saúde — diz ela e toca a taça na minha.

— Sua casa é bonita, aliás — digo, tentando levar a conversa para um território mais seguro.

— Obrigada.

— Você mora aqui sozinha?

— Sim. Acabei de comprá-la no ano passado. Ando meio caseira ultimamente.

— Bom, funciona para mim ficar dentro de casa. Estou tentando me manter tranquila por um tempo. — Eu me inclino para frente e abarroto uma bolacha com queijo.

— Faz sentido — diz ela. — Mas é uma pena. A gente poderia ter ido ao Gus's, comido alguns ovos.

— Está um pouco tarde para o café da manhã, não acha? — digo, sorrindo. Mordo o queijo, ele é perfeito, rico e viscoso. Levantando a cabeça, percebo que ela olha para mim de um modo estranho. Devo ter dito algo esquisito. Tiro meu casaco, na esperança de que a visão de minha bandagem a distraia.

— Lembro quando a gente pegou isso! — diz ela, olhando para o vestido Scanlan & Theodore verde azulado que estou vestindo.

— Eu também — digo. — Ele me custou cerca de cinquenta horas fazendo Big Macs.

Ela olha para mim de um modo estranho de novo. Então escutamos uma batida na porta.

— Quem é?

— Não sei, não estava esperando ninguém. — Ela se levanta, lançando-me um olhar estranho.

Eu me lembro do dispositivo de tinta na gaveta de Bec. Idiota. Claro que ela deve ter roubado o vestido. Tento pensar em algo para consertar meu erro, mas Lizzie já está na porta da frente.

— Agora não é uma boa hora — escuto-a dizer.

— Não fique com raiva de mim. — É uma voz de homem. — Eu odeio quando você fica com raiva de mim.

— Bom, então não faça.

— Pô, deixe-me entrar. A gente pode conversar sobre isso direito.

— Não é uma boa hora. Mesmo.

— Você está sendo uma babaca.

— Não estou!

— Qual é o grande segredo, então? — Escuto passos.

— Jack! Pare!

Olho para trás de mim e um cara alto de cabelo despenteado está no vão da porta. Quando ele me vê, seus olhos se abrem e fica de queixo caído. É um olhar a que eu estava começando a ficar familiarizada: choque e descrença, como se eu fosse uma morta-viva.

— Oi — digo.

— Venha aqui! — Exige Liz, empurrando-o para a cozinha. Ele a deixa levá-lo, encarando-me até sair do cômodo.

— Mas que merda! — escuto-o sussurrar.

— Ela está de volta — sussurra Lizzie.

— Onde ela estava?

— Não sei. Ela está com amnésia ou coisa do tipo.

Um momento de silêncio. Eu sorrio. Amnésia soa tão ridículo.

— Por que você não me disse que ela estava de volta? — A voz dele cresce. — Eu sou seu irmão.

— Acabei de descobrir!

— Mesmo assim! Você deveria ter me ligado.

— Eu tinha que ter cuidado. Não queremos que a mídia descubra.

— Ah, qual é, não foi por isso. Você sabe que eu não espalharia a notícia.

— É muito importante! Além disso, eu ainda estava puta com você.

— Bom, agora eu estou puto com você!

Ele marcha para fora da cozinha e vem até a sala de estar.

— Oi, Bec — diz para mim. — Desculpe ficar olhando. Eu não sabia.

— Tudo bem — digo, sentindo-me estranha, sentada, enquanto os dois estão de pé do outro lado do cômodo, encarando-me.

— Eu acho que devo ir — diz Jack, olhando para os sapatos, a franja marrom cobrindo o rosto.

— Você se importa em me dar uma carona para casa? Estou me sentindo muito cansada agora — digo para Liz. Na verdade, estou com medo de falar alguma bobagem de novo. Falar com Liz é como um campo minado: ela conhecia Bec muito bem.

— Já? Tudo bem. Claro.

— Sim. Não, quer dizer, sim. Tudo bem — diz ele, atrapalhando-se com as próprias palavras. Eu me levanto e ponho o casaco de novo.

— Obrigada por tudo, Liz. É tão incrível ver você.

— Você também — diz ela, mas parece ofendida e confusa.

Jack e eu saímos em direção ao carro, que está estacionado do outro lado da rua. Ele continua olhando para mim com o canto dos olhos, mas toda vez que olho para ele, ele olha para outra direção.

— Cuidado — digo eu. — Você vai acabar pisando em alguma coisa.

Ele ri.

— Acho que estou em estado de choque — diz, destravando o carro. Ele entra e se espicha para destrancar minha porta. Seu carro, avariado e velho, o tecido dos bancos cortado. Ele parece grande demais para o veículo. Precisa curvar a cabeça levemente para evitar tocar o teto. Eu o pego olhando para mim de novo quando afivelo o cinto de segurança. Pergunto-me quanto ele e Bec se conheceram.

— Então, você vai ficar apenas me encarando ou eu vou receber um abraço? — pergunto.

— Desculpe. Eu estou parecendo um esquisitão — diz ele, inclinando-se para frente e me puxando para ele, com suavidade. Inesperadamente, minha pele se arrepia sob seu toque.

Ele dá partida no motor e arranca para longe do meio-fio. Se puder atraí-lo para meu lado, conseguirei usá-lo para convencer Liz por mim. Sei que pisei um pouco na bola hoje. Preciso reparar o dano que fiz.

— Eu não acredito que ela não me contou! — grita ele, de repente.

— Ela disse que estava com raiva de você.

— Você escutou?

— Vocês não são os melhores do mundo para sussurrar.

— Desculpe. Mesmo assim, ela deveria ter me contado.

— Concordo, ela deveria sim. — As pessoas gostam quando você fica do lado delas.

— Obrigado — diz ele, parando em um sinal. Ele se vira para olhar para mim de novo, mas é diferente dessa vez. O choque desapareceu, ele está sorrindo calorosamente. Olhando para mim, extático, como se eu fosse algum belo ser místico. Ele desejava Bec. Ele me deseja.

— Você devia pegar meu número com Liz — digo. — Seria legal sairmos juntos.

— Ah. Sim. Seria, sabe, legal. — Ele ruboriza, então o carro atrás da gente buzina e ele se sobressalta e vira. O sinal ficou verde e os carros que estão a nossa frente já estão fazendo a curva.

— Porra. Merda. Opa, desculpa — diz ele, mudando a marcha. Eu rio. Talvez eu o deseje um pouco também.

Olho para trás, para o tráfico raivoso. Então vejo algo e meu coração para no peito. Alguns carros atrás, ali está a van preta. Viro-me de volta enquanto aceleramos, mas o sol reflete em suas janelas pretas. O rosto do motorista está encoberto.

8

Bec, 13 de janeiro de 2003

Havia algo em sua boca, algo que a impedia de respirar. Ela acordou com um sobressalto, arfando. Algo macio e quente manchou seus dedos quando ela esfregou o rosto. Lizzie gritou de tanto rir.

Bec olhou para a mão. Estava coberta de chocolate derretido.

— Sua vadia safada! — gritou ela com a voz esganiçada.

Lizzie já havia feito aquilo antes, quando Bec dormira em sua casa. Colocou gotas de chocolate no topo dos lábios de Bec para ver a que altura a torre podia chegar antes que ela acordasse. Bec saltou sobre Lizzie, limpando o chocolate sobre o rosto dela. Lizzie tentou empurrá-la, batendo nela com o travesseiro e grunhindo.

A porta do quarto se abriu e o pai de Lizzie enfiou a brilhante cabeça calva para dentro.

— Vocês duas estão bem? — perguntou ele e as observou lentamente. — Eu não estou interrompendo nada, estou?

Bec percebeu como a cena deveria parecer: ela mal estava vestida e estava sentada sobre Lizzie, uma perna de cada lado do corpo da amiga, na cama. Ela saiu de cima de Lizzie e puxou o lençol para cobrir sua pequena camiseta.

— Cale a boca, papai! — murmurou Lizzie. Ele levantou as sobrancelhas para elas e fechou a porta de novo.

— Meu Deus, ele é tão chato às vezes! — disse ela.

— Ele não é tão mau. Pelo menos, ele tem senso de humor — retrucou Bec.

— Pode ser. — Lizzie tentou esfregar o chocolate para tirá-lo das bochechas.

— Primeira a tomar banho! — disse Bec, pulando para fora da cama antes que Lizzie pudesse pará-la.

Ela tomou um banho frio, rápido. Longo o suficiente para se livrar do chocolate derretido e da sensação de sono.

Bec estava feliz por ter dormido na casa da amiga. Elas se divertiram tanto assistindo a *Prenda-me se for capaz* em Manuka, e a ideia de ir para casa e ter que se preocupar com o que quer que tenha estado em seu quarto naquela noite parecia tola. Ela realmente estava pronta para esquecer tudo àquele respeito.

Correndo de volta para o quarto de Lizzie, com a toalha enrolada ao redor do corpo, ela podia ouvir o *heavy metal* de Jack começando em seu quarto. Que coisa esquisita para se ouvir assim que se acorda de manhã. Ela fechou a porta do quarto de Lizzie para não ter que ouvir aquilo e ficou observando por um momento enquanto Lizzie escolhia suas roupas. Ela estava cantando suavemente ao som do rádio e rebolando.

Bec não podia fazer outra coisa a não ser se juntar a ela.

— *Eu digo que está tão quente aqui que você deve tirar toda sua roupa...* — fingiu cantar Bec. Lizzie se voltou e riu.

— A letra não é essa!

Bec pulou na cama, fazendo uma dança de brincadeira, ainda de toalha.

— *Estou com tanto calor que cheiro a espaguete quente* — cantou ela em voz esganiçada, tentando seguir o ritmo da música.

— Au! — disse Lizzie, sorrindo e batendo em Bec com a toalha que tinha sobre o ombro.

Bec adorava aquilo. Aquela cena. Poderia fazer parte de um filme.

— Ai, meu Deus, você é tão quente! — disse ela para Lizzie, usando um sotaque extremamente australiano.

— Bola, mola, viola, carola, você é tão sexy! — disse Lizzie, dando risadinhas como uma louca, ao seguir para o banheiro, deixando uma fresta aberta na porta. Bec se sentou na cama, arfando. Lá se tinha ido o banho: ela já estava começando a suar. Colocando a calcinha e o sutiã, torceu por um instante para que Jack passasse e a visse. Mas não, então ela colocou o vestidinho de verão de ontem e vagou até o vão da porta dele.

Jack estava deitado na cama, inteiramente vestido. Ela se encostou no vão da porta no que esperava ser uma posição relaxada e desinteressadamente sexy.

— Ei — disse ela. Ele olhou para cima e ficou branco, depois se sentou.

— Ei. — Ele tirou a franja de cima dos olhos e olhou intensamente para ela. Bec se lembrou do jeito que Jack costumava ter: era um garoto de bochechas rosadas, mais velho, sempre feliz em brincar com elas. Agora usava essas camisetas de *heavy metal* e jeans sujos, apenas parecia um pouco mais sebento.

— Por que você escuta isso logo cedo pela manhã? — perguntou ela.

— Sei lá. Eu gosto — disse ele.

Bec olhou ao redor do quarto. Era uma verdadeira bagunça. Havia roupas jogadas por todo o chão e cheirava a um misto de suor e desodorante do tipo spray. As paredes estavam cobertas de pôsteres de bandas de *heavy metal*; um imenso, roxo e prateado, do Black Sabbath, tomava lugar de honra.

— É melhor que Nelly — disse ele. Ele a escutara cantando. Aquilo era embaraçoso. Ele sorriu, e por um momento, pareceu ser do jeito que era antes. Se você ignorasse a pele ruim e as péssimas roupas, ele na verdade era bem bonito.

— Nada é melhor do que Nelly — disse ela, sem conseguir evitar sorrir para ele.

— Ei, é, desculpa sobre aquele dia — disse ele. Durante um segundo, ela não tinha a menor ideia do que ele queria dizer. Então percebeu que ele estava falando de ter esbarrado com ela quando Bec estava de biquíni.

— Ah, não, você não precisa pedir desculpas por aquilo. — Ela queria que ele não tivesse dito nada.

— Não. Eu sei. É só que... Você sabe. Eu não quero que você pense que eu sou um pervertido ou coisa do tipo.

— Eu não acho isso — disse ela. Ele era tão diferente do Luke. Por que ele estava tornando as coisas estranhas? Se fosse Luke, faria alguma piada sobre banco de esperma, eles ririam e tudo voltaria ao normal de novo. O som do banho de Lizzie parou.

— Vejo você por aí, pervertido! — disse ela, sorrindo de novo e voltando para o quarto de Lizzie antes que ele pudesse dizer qualquer coisa.

O pai de Lizzie estava fazendo panquecas no térreo.

— Com fome? — perguntou ele a elas.

— Tudo bem, você tem oficialmente o melhor pai de todos! — disse Bec para Liz.

— Ele só faz isso quando você está aqui — resmungou Lizzie.

— Na verdade, estava querendo comprar vocês duas, trazendo-as para meu lado no pequeno debate que estou tendo com seu irmão, Liz.

Bec se sentou ao lado de Jack. Seu cabelo pintado de preto flutuava sobre o rosto quando ele olhava para o prato vazio. Ele se esforçava o máximo para parecer bem-humorado, mas Bec tinha certeza de que ele estava tentando esconder a acne dele. Bec não podia acreditar que ela já tinha tido uma queda por ele. No entanto, se fosse completamente honesta com ela mesma, ainda tinha um pouco. Por sorte, Jack entendeu que ela estava brincando quando o chamou de pervertido.

— É sobre a música dele de novo? — perguntou Lizzie.

— Pelo menos não é aquela merda de música feita para adolescente que você escuta — respondeu Jack, sem olhar para cima.

— Alô! Estava prestes a defender você, escroto! — disse Liz.

— Olha o palavrão — interferiu o pai dela rapidamente.

— Ah, qual é, pai. Você fala palavrões piores do que todos nós — retrucou Lizzie.

— Ela está certa — concordou Jack.

— Vão à merda, vocês dois — disse o pai deles e todos riram.

— Qual é a discordância? — perguntou Bec, gostando de ser um membro honorário da família. Tudo parecia ser tão confortável e fácil.

— Liz estava certa. É a música. — Ele virou uma panqueca e depois acrescentou rapidamente: — Nem toda música, porém. Só aquele horroroso Ozzy Osbourne.

— É o Black Sabbath, papai. Eles são um clássico — disse Jack, falando para o prato.

— Sim, eu lembro. Mas, puxa, ele é realmente um nojo agora. E aquele *reality show* com a família dele é podre.

— Eu gosto do programa. É engraçado! — disse Lizzie.

— Bom, isso me preocupa também. Eu pensei que você estava crescendo e fosse ser mais inteligente — disse ele.

Lizzie grunhiu, mas pareceu ligeiramente ofendida.

— Se você vai tocar o disco dele repetidas vezes, pode fazer isso enquanto estou no trabalho? — O pai de Lizzie colocou a última panqueca na pilha e desligou o fogo.

— Eu sei porque você não gosta dele — disse Jack.

— Porquê?

— É porque ele morde a cabeça de morcegos e pombos no palco.

— É só uma encenação! — disse Lizzie.

— Não, não é!

— Comam suas panquecas antes que fiquem frias — disse o pai deles.

Bec observava enquanto Jack cortava sua panqueca. O estômago dela embrulhou e ela se sentiu um pouco fraca, suor frio se juntando em sua testa. Ela ficou imaginando aquele velho que vira no show mordendo e arrancando a cabeça de um morceguinho — o pequeno animal se retorcendo para fugir, o sangue jorrando de seu corpo sem vida. Como podiam rir daquilo como se não fosse nada demais? Ela tentou afastar a imagem da cabeça, mas ela voltava como se fosse um vídeo.

— Não me diga que você está preocupada com o vulto?

— Deixe-a em paz.

O ruído fino dos garfos contra os pratos do café da manhã se misturavam com os guinchos do morcego. Ela imaginou Ozzy, olhos e cabelo negros, cuspindo sangue de sua boca, sorrindo. Havia sangue em toda parte. O cheiro vinha a suas narinas distintamente, como se o estivesse cheirando de novo, de verdade. Metálico e ácido, tão forte que ela quase podia provar.

Tinha havido tanto sangue.

— Ela está bem?

A imagem parou e Bec percebeu que todos estavam olhando para ela.

— Vocês simplesmente acabaram com meu apetite — disse ela, mas suas palavras soaram estranhas.

— Você parece pálida. Eu entendi que vocês duas apenas viram um filme ontem à noite?

— E foi!

— Eu vou embora — disse Bec, a voz soando mais normal. — Acabei de lembrar que deveria tomar café da manhã com minha mãe. Ela vai me matar!

Assim que Bec saiu da casa de Lizzie, começou a se sentir melhor. *Inspire pelo nariz, expire pela boca.* Era o que sua mãe lhe ensinara a fazer quando se sentia enjoada. Estava funcionando. O calor ainda deixava o ar espesso, o que era extremamente apaziguador. Levava embora o tremor frio de seu corpo. Ela sabia que havia passado vergonha. Lizzie e a família sem dúvida estavam falando dela agora mesmo. Mas Bec não se importava; alguma coisa parecera muito errada e ela precisara sair. Uma voz lá no fundo de sua mente lhe dizia que ela estava agindo estranhamente. Como uma pessoa maluca.

Bec respirou fundo de novo e sorriu antes que as imagens do verão passado voltassem a sua mente.

Ela não estava maluca. Qualquer pessoa que a visse agora pensaria que ela era apenas uma jovem indo para casa. O que era exatamente o que estava acontecendo. Não havia nada de estranho nisso.

O asfalto na estrada começara a derreter. Algumas pequenas pedras ficaram presas no fundo de sua sandália. Ela tentou jogá-las fora enquanto caminhava, em vez de parar, perfeitamente consciente de que não pusera protetor solar de novo. Bec não se incomodava com as sardas, mas não queria ter mais nenhuma delas. Havia uma garota em sua escola primária que tinha tantas pequenas sardas laranja que se juntavam em suas bochechas, que pareciam possuir algum tipo estranho de erupção na pele. Não, ela definitivamente não queria aquilo.

Talvez ela passasse no trabalho antes de ir para casa. Seriam apenas outros dez minutos de caminhada. Ela poderia dizer a Luke que seus pais estavam indo comprar frutas e legumes ali perto e que ela estava esperando-os. Ou talvez até mesmo dizer que ela estava indo comprar frutas e legumes; aquilo soava mais adulto. Então, ela teve aquela sensação de novo. Aquela sensação de que alguém a observava.

Bec baixou a cabeça e continuou andando, passando pelo ponto de ônibus e pelo pequeno parque, em direção a Manuka. Ela gostava daquele parque; era como um bolsão de descanso no cruel dia de verão. A sombra das árvores a resfriava e bloqueava o reflexo da estrada, de maneira que ela podia parar de espremer os olhos por alguns minutos. Bec não olhou em volta. Não. Ela não deixaria que aquela sensação estúpida tomasse conta dela. Ela não estava maluca. Então ouviu passos. Passos reais, sólidos. Correndo na direção dela. Ela estava prestes a se virar quando o mundo se tornou branco.

Parecia que ela estava flutuando. Seus membros, de repente, pareciam não ter peso. Sua mente vagava, tentando retomar a consciência, mas nauseantemente incapaz de fazê-lo.

Ela abriu os olhos. Tudo o que podia ver diante de si eram células sanguíneas. Suas pequenas células sanguíneas flutuando suavemente no vento.

— Você pode me escutar?

Ela queria responder, mas não conseguia abrir a boca.

— Os olhos dela estão abertos.

— Eu estou bem — conseguiu dizer e tentou se sentar.

Mãos fortes de mulher a forçaram a se deitar de novo.

Ela piscou e engoliu em seco. Seus membros pareceram pesados; a sensação de flutuar parara. Agora pareciam pedaços mortos de carne que não pertenciam a ela.

Ela podia sentir a rispidez das folhas mortas sob os dedos, e olhando para cima, percebeu que não eram células sanguíneas que estava vendo, mas a luz de cor variegada que vinha através das árvores. Virando a cabeça levemente, viu um homem de meia-idade, o rosto flutuando sobre ela.

— O que aconteceu? — perguntou Bec.

— Eu acho que você desmaiou de calor. Ouvimos um barulho quando você caiu.

— Você está se sentindo bem, querida? — Uma voz de mulher, do outro lado.

— Uhm... sim. Estou bem. — Bec tentou se sentar de novo e dessa vez a mulher não a impediu. Ela se sentia bem zonza, mas se recusou a se deixar deitar de novo. Tateando, pressionou as costas da cabeça, e uma dor cortante se espalhou por toda sua coluna. As pontas dos dedos ficaram vermelhas de sangue.

— Eu acho que alguém bateu em mim e me derrubou — disse ela.

A mulher e o homem trocaram olhares.

— Eu acho que não — disse o homem. — Nós viemos logo. Não havia ninguém suspeito por perto.

— Você deve ter batido a cabeça quando caiu, querida. Você quer usar meu telefone para ligar para sua mãe?

— Eu tenho telefone! — disse Bec.

Bec tentou abrir a bolsa, mas suas mãos começaram a tremer quando ela tentou pegar o fecho. A mulher se inclinou e abriu para ela.

— Obrigada — disse Bec, e de repente sentiu vontade de chorar.

Engolindo em seco, ela achou o número do pai. Quase caiu na caixa postal antes de ele atender.

— Oi, Becky — disse ele, a voz quase inaudível sob o som de fundo.

— Pai — disse ela, tentando evitar que a voz se partisse. — Eu desmaiei.

— Ah, não, Bec, coitadinha. Deve ser o calor. O dia de hoje é um absurdo. — Ele parecia estranhamente superexcitado e suas palavras se atropelavam levemente.

— É... você pode vir me buscar? Eu não me sinto muito bem.

Um longo silêncio. Bec pôde ouvir o som de copos se chocando. Ele estava em um bar.

— Agora não é uma hora muito boa, querida. Você pode ligar para sua mãe?

— Tudo bem.

O rosto de Bec estava queimando quando ela desligou.

Bec recostou a cabeça na janela do carro quando voltavam para casa. Sua mãe ainda estava falando, mas ela parara de prestar atenção. A mãe mal perguntara se Bec estava bem antes de começar a falar dos gêmeos. Preocupando-se se eles estavam se entediando em casa, se ela deveria diminuir a carga de trabalho para levá-los para passear. A questão é que Bec não tinha certeza se estava bem. Ela se sentia estranhamente fria e suas mãos ainda estavam tremendo. Parte dela queria gritar com a mãe. Gritar e berrar que precisava dela. Dizer-lhe que estava começando a sentir medo. Mas isso não faria nenhuma diferença. Seus pais sempre voltaram mais atenção para os garotos. Era a maneira como as coisas eram.

Bec tivera que esperar meia hora para que a mãe chegasse, e o casal, Tony e Fiona, recusou-se a deixá-la. Tony comprou uma Coca-Cola para ela, o que a fez se sentir melhor, ainda que normalmente odiasse o refrigerante. Porém, após alguns minutos, ela queria que eles não estivessem mais ali. Bec não conseguia entender exatamente o que havia acontecido. Ela tinha certeza de que escutara passos antes de desmaiar, mas eles disseram que não havia ninguém suspeito por perto. Bec se sentira bem estranha naquela manhã; poderia ter sido insolação. Ontem, ela esperara duas horas em Manuka até que Lizzie terminasse seu turno, e estava tremendamente quente. Seu telefone soou.

Estive pensando em você hoje. Espero que esteja tudo bem.

Era como se ele soubesse. Como se Luke pudesse sentir sua dor apesar de toda a distância. Ela começou a se sentir um pouco melhor.

O carro parou na frente de casa e Bec saiu sobre pernas cambaleantes, a porta da frente parecendo muito longe. Um braço sólido a rodeou.

— Tem certeza de que está bem? — perguntou a mãe, com a atenção finalmente voltada para Bec.

— Acho que minha cabeça pode estar sangrando — respondeu Bec.

— Ai, Becky, sua desastrada! Você é uma flor de sensibilidade algumas vezes, não é? — Ela sorriu para Bec, que não pôde evitar sorrir para ela, toda a irritação desaparecendo.

Enquanto caminhavam para a porta da frente, Bec começava a voltar a si mesma, ainda que ela tenha quase tropeçado nas bicicletas dos irmãos. Abrindo a porta, riu para Paul e Andrew, que estavam sentados nos degraus da escada, vestindo calções de banho.

— Por que vocês estão com calções de banho em casa, seus bobões? — perguntou ela

— Bec! — advertiu a mãe.

— Ah, eles sabem que estou só brincando, não sabem?

Mas os garotos não disseram nada, apenas encararam Bec. Seus rostos idênticos estavam vazios. Então ela se lembrou. Eles estavam esperando que ela os levasse para a piscina.

— Você disse que a gente passaria o dia inteiro junto, mas nem mesmo dormiu aqui! — gritou Paul.

Eles não disseram mais nada, apenas olharam para ela com raiva nos olhos. Aquilo a fez querer chorar. Ela não acreditava que tinha esquecido. Eles deviam ter esperado a manhã inteira, prontinhos, aos poucos percebendo que não aconteceria.

— Ai, não, desculpem.

— Você os leva outro dia. Não leva? — O calor humano havia escapado da voz da mãe.

— Sim. Eu prometo.

— Ótimo. Agora vamos dar uma olhada na sua cabeça.

Bec permitiu ser levada até o banheiro. Sua mãe ligou as lâmpadas infravermelho e olhou cuidadosamente por entre os fios de seu cabelo. Ela molhou uma bola de algodão e começou a tocar na ferida, fazendo Bec espremer os olhos.

— Você está certa: está sangrando. Não está tão mau, porém, é só um corte. Você deve ter caído sobre alguma coisa.

— Não sei se caí. E se alguém bateu em mim?

— Não seja boba.

Bec queria que sua mãe desligasse as lâmpadas infravermelho; elas estavam fazendo sua cabeça latejar. Sua mãe olhou para ela bem de perto no espelho.

— Você não está se sentindo tonta, está?

— Não — mentiu Bec.

— Está com a visão embaçada?

— Eu estou bem — disse Bec, mas, na verdade, tudo o que queria era se deitar no ladrilho frio. Seu reflexo estava começando a tremer diante dela.

— Ótimo — disse sua mãe. — Você não parece bem. Eu pensei que você pudesse ser uma concussão. Diga se começar a sentir náusea ou coisa parecida, certo? Concussões podem ser muito sérias.

— É só o calor.

— Talvez você devesse ir se deitar um pouco.

— Obrigada, mamãe. — Sem tomar consciência de fazê-lo, ela deu um abraço apertado na mãe.

Bec queria poder contar tudo a sua mãe, todas as coisas das quais tinha medo, mas ela sabia que não podia. Sua mãe lhe deu um breve aperto e deixou o banheiro. Ela nunca foi de dar grandes abraços. Aquilo sempre parecia deixá-la desconfortável. Bec olhou para seu rosto bem de perto no espelho. Debaixo das lâmpadas infravermelho, suas pupilas pareciam levemente ter tamanhos diferentes. Esquisito.

Bec estava terrivelmente cansada, sentindo-se cada vez mais tonta. Ela precisava ir para a cama, mas antes bateu na porta ao lado da dela.

— Posso entrar?

— Vá embora! Garotas não são permitidas.

— Especialmente garotas com merda na cabeça como você!

Bec abriu a porta.

— Se mamãe ouvir você usando essa palavra, você vai se dar mal.

— Bom, você tem merda na cabeça — disse Paul. — Eles estavam largados no chão, parecendo tanto com adolescentes raivosos que ela teve que se segurar para não sorrir.

— Eu sei. Tenho a cabeça mais cheia de merda do mundo.

— Mais cheia de merda do Universo — murmurou Andrew, mas os cantos de sua boca estavam tremendo.

Bec se sentou no chão entre eles.

— Eu sei que vocês estão realmente entediados. Deve ser uma droga.

Eles não disseram nada.

— Se vocês me perdoarem, conto minha ideia de aonde vou levar vocês para compensar pelo dia de hoje.

Eles olharam um para o outro, tentando resolver se valia a pena ou não, e Bec se lembrou de como costumava se sentir de fora. Existia esse mundo unido do qual ela sempre ficaria à parte. A mãe dela dissera que eles levaram um ano a mais que os outros garotos para falar. Era como se tivessem um modo de se comunicar apenas um com o outro e que era tudo o que precisavam.

— Tudo bem — disse Paul por fim.

— Que tal… Big Splash! — disse ela.

Big Splash era o grande parque aquático em Macquarine. Até Bec amava. O cheiro de cloro e protetor solar, o som constante de garotos gritando em iguais medidas de alegria e terror, comendo batatas fritas e salgadas com suco de tomate o dia todo. Era incrível.

— Bom, eu vou deixar vocês resolverem se me perdoam ou não — disse ela, andando na direção da porta.

— A gente perdoa você! — gritou Paul.

— Achei que sim. Vamos na terça. Não esqueçam! — disse ela, fechando a porta rapidamente, antes que eles pudessem atirar alguma coisa.

Bec deitou na cama sorrindo. O sol ainda estava no céu, mas ela não se importava. Ela se sentia tonta e morta de cansada. Fechando as cortinas e se enfiando debaixo das cobertas, percebeu que tinha que falar com mais uma pessoa antes de ir dormir. Ligou para o número de Lizzie, deixando o telefone descansar entre sua bochecha e o travesseiro. Fechou os olhos, ainda se sentindo incrivelmente nauseada.

— Ei, psicopata — disse Lizzie.

— Ei, vadia — respondeu ela. As duas riram. — Desculpe — disse Bec, depois de uma pausa. — Eu não sei por que eu estava tão estranha. Acho que peguei uma insolação ou alguma coisa do tipo.

— Não se desculpe, fico contente que você esteja bem — disse Lizzie. — Estava preocupada com você. Todos nós estávamos. Meu pai até saiu para procurá-la depois que você saiu.

— Isso é tão embaraçoso! — disse Bec. A ideia do pai de Lizzie dirigindo por aí procurando por ela fazia Bec se sentir estranha. Fazia com que ela não quisesse contar a Lizzie o que acontecera.

— Não se preocupe com isso. Contanto que você esteja bem.

— Eu estou.

9

2014

Alguém está batendo na porta do meu quarto.

— O que é? — pergunto.

— A gente precisa ir. Nosso horário é às 10h.

O hospital. Eu havia me esquecido de novo. Olho para o relógio do telefone. São quase 9h30.

— Porra! Por que você não me falou mais cedo? — grito, chateada. Silêncio do outro lado da porta.

— Desculpe — diz ela, sua voz falhando.

Suspirando, esfrego os olhos. Quando abro a porta do quarto, ela dá um passo para trás.

— Desculpe, mãe. Serei rápida. Obrigada por me avisar.

Sorrio para ela, e hesitante, ela sorri de volta. Estou acordada há apenas 30 segundos e já me sinto como se tivesse estragado as coisas. Inspiro profundamente, prometendo a mim mesma pensar com mais cuidado antes de falar com ela de agora em diante.

Não é só chatear a mãe o que está me fazendo me sentir incomodada. Tenho tido pesadelos. Bom, um pesadelo na verdade. Que vem se repetindo. No sonho, observo Becky descer sua rua, sozinha e com medo. Então, a van preta encosta ao lado dela. Ela se vira, sorrindo, sem saber o que está por vir. A janela se abaixa. Dentro, a pele do motorista borbulha e se contorce; seu rosto é uma sombra. Bec grita quando ele estende o braço para pegá-la.

Meu casaco está na cadeira onde o deixei na noite passada, e Hector está aconchegado, dormindo sobre dele. Eu o puxo de sob o gato, que me lança um olhar traiçoeiro e caminha para fora do quarto. Ele deixou um fino carpete de pelo de gato sobre meu casaco. Tento tirá-lo, mas a maioria do pelo permanece.

— Eu estou pronta! — anuncio.

— Levou um belo tempo, hein? — diz Andrew, saindo da cozinha com a mãe. Ele está sorrindo quando diz isso. Noite passada, nós três assistimos à tevê juntos depois do jantar. Depois de minha viagem de carro com eles, muito da tensão havia ido embora. Além do mais, eu já conseguia distingui-los. Nós rimos juntos e tiramos sarro das pessoas do programa que estávamos vendo. Eu ainda pude sentir uma pequena hesitação, no entanto. Se houvesse uma maneira de eu mencionar algo único que eles compartilhassem com Bec. Algo que pudesse relembrar que eu era realmente a irmã deles e não iria a lugar algum. Nós todos entramos no carro, a mãe dirigindo e o pai ao lado dela. Atrás, sento no meio, entre os dois gêmeos. Nós parecemos a perfeita família feliz.

— Vocês vão para o hospital também? — pergunto.

— Não, nós estamos apenas pegando uma carona para a cidade — diz Paul.

Olho para as horas. Não tem como chegarmos às 10h se formos deixá-los no caminho.

— Relaxe, irmãzinha — diz Andrew, cutucando-me. — Doutores estão sempre atrasados, acredite em mim.

— É, relaxe — diz Paul, cutucando-me do outro lado.

O carro vira, deixando nossa rua.

— Curvas! — grita Andrew, jogando todo o peso em mim, apertando-me contra Paul, que já está espremido contra a janela.

— Ei! — digo, abrindo o braço para não me machucar.

— Curva para a esquerda vindo aí! — grita Paul e me empurra para o outro lado quando viramos.

Os dois começam a rir como loucos e eu não posso conter o riso também. Eu não brincava de curvas desde a escola primária.

— Rotatória! — gritam os dois ao mesmo tempo.

— Ai, não! — guincho, sendo jogada de um lado ao outro. Vendo-os dando risadinhas desse jeito, posso imaginar como foram quando eram crianças pequenas. De repente, pego-me gostando mais deles.

— Coitadinha da Becky, está sendo amassada — diz Andrew, ainda rindo.

— Mas eu tenho minha própria vingança — digo. — Pelo de gato.

— Ai, merda — diz ele. A manga de seu casaco preto de lã está coberta de pelo branco, transferido do meu quando ele se apertou contra mim. Ele tenta escová-lo.

— Maldito Hector — diz ele sob a respiração.

Eu lembro da foto na gaveta de Bec, em que ela está com outro gato.

— Ainda sinto falta de Molly às vezes — digo.

Bingo. Ele levanta a cabeça para me mirar, seus olhos de repente cheios de emoção. Viro-me para Paul, e ele está olhando para mim da mesma maneira. Pego na mão de Paul e me recosto em seu ombro. Andrew pega minha outra mão. Nós nos sentamos juntos dessa maneira durante todo o caminho até a cidade.

Eu finalmente os conquisto. Poderia relaxar em casa agora. Havia desejado que eles fossem embora, mas agora estava feliz por ainda ter alguns poucos dias com os dois.

Andrew estava certo. Ainda que tivéssemos chegado dez minutos atrasados ao hospital, estávamos esperando. Hospitais são os piores lugares do mundo. À nossa frente, uma mulher tosse uma tosse encatarrada, suando como se estivesse prestes a vomitar os pulmões. Um adolescente nojento fica se coçando por baixo da camisa, suas unhas fazendo um terrível som de arranhão. As partículas de qualquer que fosse a doença de pele asquerosa que ele tivesse estavam provavelmente se espalhando pelo lar. Eu tremo involuntariamente. A mãe pega minha mão e a aperta. Ela deve pensar que eu estou com medo do doutor. Esfrego a bandagem no meu braço de leve, a gaze espessa sob minha mão. Ela vem me irritando, mas mesmo assim não quero que a retirem. Estou apavorada de ver como meu braço vai parecer terrível. Fico me lembrando do vidro cortando minha pele.

Vejo a sombra negra com o canto dos olhos. É aqui. A van. Aperto com mais força a mão da mãe. Como é que sabiam aonde estávamos indo?

Estou prestes a contar aos pais. Sei que é a coisa errada a fazer, mas tenho uma sensação premente de dividir meu medo. Então escuto o som surdo dos sapatos da enfermeira vindo até nós.

— Rebecca Winter? O doutor está pronto para atendê-la.

O pai sorri para mim enquanto balanço minhas pernas, esperando que o doutor pegue todos os instrumentos. Eu me sinto como uma criança pequena sentada aqui. O cômodo é ligeiramente pequeno demais para todos nós, o doutor se inclinando perto de mim, a enfermeira ao seu lado e ambos os pais perto, por sobre o médico. Pergunto-me se é normal que os pais entrem junto quando o filho está na casa dos vinte anos.

Todos respiramos fundo quando o doutor tira a bandagem. A última camada dela fica presa à ferida. É nojento. Lustroso e estranhamente granulado, é mais ou menos do tamanho de uma moeda de cinquenta centavos. A bandagem abre a cicatriz e ela começa a sangrar de novo. Desvio o olhar, sentindo-me nauseada.

— Está muito feia? — pergunta o pai ao doutor, que parece estar um pouco mareado.

— Não, não. É apenas uma ferida na carne — diz o doutor. Sinto o hálito quente dele em meu braço quando ele fala.

— Você está bem? — pergunta a mãe, olhando intensamente para meu rosto.

— Sim — digo.

Espremo os olhos quando o doutor esguicha bastante antisséptico. Ele aplica uma clara bandagem de plástico e então cobre a ferida com gaze de novo.

— Certo, a gente vai só coletar seu sangue e você pode ir.

— Por que vocês têm que coletar meu sangue?

— Nós recebemos uma ordem do departamento de polícia para fazer um exame de sangue. Você deveria tê-lo feito quando veio aqui da última vez — diz ele, sem olhar direito para mim. Imagino que ele pensa que eu posso estar envergonhada por ter soluçado e arrancado meu próprio cabelo.

— De Andopolis? — pergunto. Ele olha para o arquivo.

— Sim, Vincent Andopolis — diz ele, lendo.

— Mas por quê? O que vocês querem saber com o exame?

— Tudo, na verdade. Um exame para infecção ou doença. Um para detecção de drogas também. — Então ele murmura, resmungando: — Embora tivessem sido bem mais conclusivos se tivessem sido feitos quando você veio da primeira vez.

Estou perdida. Agora que não estou dando a ele o que ele quer, Andopolis realmente duvida de mim. Ele mudou tão depressa, não é mais aquele homem bobo, roncando e dormindo no hospital. Percebo que a enfermeira está preparando uma seringa. Olhando para baixo, vejo o arquivo de Rebecca aberto sobre a mesa. *Tipo sanguíneo: A+*. Eles saberão que não sou eu até o fim do dia. Tudo está prestes a explodir na minha cara. Eu vou para a prisão. Vou perder a mãe para sempre.

A enfermeira anda até mim, a seringa em sua mão.

— Eu não quero fazer isso!

— Está tudo bem, querida. Nós estamos aqui — diz a mãe.

Um pânico terrível, agitado, toma conta de mim. A enfermeira segura meu braço que não está ferido e o estende, esfregando as veias na junção do meu braço com o dedo enluvado. Não posso deixar que coloque a agulha em mim. Posso fingir desmaiar. Talvez deva ser o que devo fazer. Mas não, eles poderiam coletar o sangue enquanto pensam que estou inconsciente. A agulha flutua sobre minha pele por um segundo. Não tenho escolha. Bato na mão da enfermeira e ela solta a seringa. Esta cai no chão, fazendo um barulho único em meio a um silêncio de estado de choque. Todos os olhos recaem sobre mim.

— Rebecca — diz o doutor, claramente chocado —, se você ficar violenta, terei de amarrá-la. — As palavras do doutor eram firmes e regulares, mas podia ouvir a raiva sob elas.

— Não quero que você pegue meu sangue — digo.

A mãe dá um passo à frente e põe os braços ao redor de mim.

— Não fique com medo — diz ela. Só vai doer por um segundo.

— Ninguém está me escutando. Eu estou dizendo *não!*

O rosto do doutor se enrijece. — Essa é uma ordem da polícia, Rebecca. Agora, nós podemos chamar a segurança aqui para segurá-la, nós podemos prendê-la, ou você pode simplesmente deixar que eu colete o seu sangue. Você escolhe.

O doutor pega meu pulso dessa vez, sua pegada bem mais firme que a da enfermeira. Fito o pai, que está olhando para baixo, para o linóleo, ombros ao redor das orelhas. Ele é minha última chance.

— Papai! — digo, deixando as lágrimas rolarem. — Por favor.

Seus olhos se abrem rapidamente para encontrarem os meus e ele entra em ação.

— Tire suas mãos da minha filha! — diz ele para o doutor e dá um passo adiante. Ele parece mais alto agora, de certa forma. O doutor deve perceber isso também, porque me solta imediatamente.

— Desculpe, senhor, mas Rebecca realmente precisa cooperar. Só tenho o bem-estar dela em mente...

— Minha filha está traumatizada, e você ameaça amarrá-la? Vou levá-la para casa. Agora mesmo.

Desço da cama de hospital para o chão e olho orgulhosa para o pai. Não achei que ele tivesse aquela coragem.

Desviei de uma bala. Sei disso. Andopolis está se autoafirmando. Está tomando de volta cada pedaço de controle que eu pensava que tinha. É mais que apenas frustração: ele duvida de mim. Ele duvida da minha história, dos meus motivos. Eu só tenho que ter esperança de que ele não duvide do teste de DNA, mas até isso está parecendo possível.

A viagem de volta do hospital é silenciosa. Não posso fazer outra coisa além de olhar para trás a cada virada, procurando a van. É um alívio voltar para casa, fechar a porta para o mundo lá fora. Entre Andopolis e a van, eu sinto que seria feliz se nunca tivesse que sair de novo. Estou sendo caçada. Procurada por todos os lados. Minha casa é o único lugar seguro que sobrou.

Sentada no sofá, tento respirar. Sentir-me indefesa não vai me levar a lugar algum. O medo não vai me levar a lugar algum. Tento trancar o sentimento dentro de mim.

Os pais não querem que eu saia com Andopolis mais tarde naquele dia. O pai liga para ele para cancelar, mas eu sei que não será tão fácil.

Bem na hora, seu carro para diante da casa. Poderia pedir ao pai para ir lá fora e dizer a ele que não iria. De alguma forma, tenho certeza que pressionar Andopolis não é o certo a fazer. Ele provavelmente está acostumado a isso. Ele simplesmente fará uma pressão maior em retorno.

Ontem, ele me disse para trazer algo para cobrir meu rosto, que nós iríamos andar na rota do ônibus de Bec para casa desde o McDonald's. Ponho um chapéu na cabeça e saio pela porta da frente para encontrá-lo. Começa o jogo.

Andopolis e eu andamos no ônibus em silêncio. Estou com muita raiva dele, tanta que não posso nem falar. Vir para cima de mim daquele jeito, tentar retirar meus direitos a meu próprio corpo. Ele estava jogando sujo, jogando para valer. Ele não sabia no que estava se metendo. Observo os subúrbios passando através da janela, fumegando. Ao meu redor, pessoas conversam com as outras e ao celular.

— Não tem muito em sua mente hoje, então? — pergunta ele.

Eu cerro os punhos; poderia bater nele. Olho para fora da janela, tentando me manter calma, embora não esteja vendo mais nada. Dar vazão à raiva apenas tiraria mais meu poder.

— Estive pensando que talvez a gente devesse fazer uma coletiva de imprensa — sussurro.

Aquilo o surpreende. Ótimo.

— Não acho que seja uma boa ideia — diz ele, olhando ao redor para se certificar de que ninguém está escutando.

— Eu acho. Acho que as pessoas devem saber que eu escapei. Seria inspirador para outras vítimas.

Aquilo também faria com que ele se desse mal. Que foi mesmo que ele havia dito antes? Que se Bec estivesse viva, ele a acharia. Bom, não achou.

— Gostaria de contar minha história — continuo. — Acho que as pessoas vão querer saber sobre aquela terrível e longa viagem no carro da polícia, quando quase sangrei até a morte. Como você foi ótimo me ajudando a me lembrar, exceto por hoje, quando me disseram que tinha que escolher entre ser amarrada ou presa.

O queixo dele enrijece. — Sabe quem gostaria de escutar sua história? Eu. É tudo o que quero.

Não digo nada. Ele deveria saber que não é o único que adora uma vítima. Imagino as manchetes: má conduta da policial, uma década de bobagens, investigador sênior cai em desgraça. Fotografias da pobre coitadinha aqui e do grande e brutal Andopolis.

Estou blefando, claro. Ir para a imprensa seria bem pior para mim do que para ele.

— Então isso não está mexendo com sua memória? — fala ele.

Escroto. Minha raiva ressurge.

— Por favor, deixe-me em paz! — grito, fazendo a voz soar ligeiramente histérica.

O ônibus fica em silêncio; pessoas olham para ele.

— Calma, Rebecca — murmura ele, olhando ao redor.

— Afaste-se de mim, por favor! — grito.

— Ei, cara — diz o homem usando um boné de beisebol a nossa frente, virando-se —, deixe a garota em paz.

Andopolis puxa a carteira e mostra o distintivo.

— Fique fora disso — diz. Então o homem olha para mim rapidamente e se afasta. Percebo uma coisa quando Andopolis mostra o distintivo, no entanto — suas unhas estão lascadas nas pontas. Não eram assim antes. Ele está começando a mordê-las.

— Pare com isso agora — diz Andopolis para mim, a voz baixa, quase um grunhido. Gostaria de poder descer do ônibus e correr para casa, mas estou com muito medo de ficar sozinha agora. A van está provavelmente seguindo o ônibus agora mesmo, ganhando tempo. Por fim, chegamos ao ponto de Bec. Andopolis se levanta, aperta o botão, depois pega meu braço e marcha para fora do ônibus.

— O que foi aquilo? — pergunta ele, quando estamos na rua.

— Largue-me!

— Pare com isso, Bec!

— Você está me machucando! — grito, apesar de ele não estar me machucando. Ele me solta, como se meus braços estivessem carregados de eletricidade. Subo a rua marchando, odiando-o, mas esperando que ele me siga até que esteja mais perto de casa. É o que faz.

— Então, nenhuma lembrança ocorre a você, suponho? — Ele quase tem que correr para me acompanhar. Seu estômago sobe e desce.

— Sabe do que me lembro? Eu me lembro do doutor escroto que você mandou que tirasse meu sangue me ameaçando, dizendo que ia me amarrar a uma cama de hospital. — Nem me preocupo por ter falado um palavrão.

— Se você for à imprensa, está tudo acabado.

— Ótimo!

Ele geme de frustração. — Eu só estou tentando ajudar você, ainda que você não queira.

— Então quer dizer que ameaçar uma vítima de sequestro é ajudá-la, é? — pergunto. Estou com raiva, muita raiva, mas sei que agora é a hora para as lágrimas. Passei o meu recado, mostrei a ele do que sou capaz. Então paro na rua e olho para baixo, mordendo o interior de minha bochecha com tanta força que sinto gosto de sangue. Mas as lágrimas correm também.

— Eu pensei que podia confiar em você — digo.

Ele baixa os olhos para mim, em conflito.

— Desculpe — diz Andopolis por fim, mas a voz sai um pouco fraca.

Olho ao redor; a rua está vazia. Então corro para longe dele, subo a rua para a casa de Bec.

Na manhã seguinte, deito de barriga sobre o sofá, esperando o som do carro de Andopolis. Já passou muito tempo da hora que ele costuma chegar. Deve ser culpa minha, percebo, pressionei-o demais, a ponto de ele não querer voltar. Ele deve ter acreditado em minha ameaça de ir até a mídia. Se for verdade, significa que a vida de Bec é oficialmente minha. Não precisaria mais me preocupar, estaria tudo acabado.

Brinco com Hector, que se senta no carpete, embaixo de mim, tentando pegar um velho cadarço que balanço para frente e para trás. Não tenho certeza sobre o que vou fazer ao longo de todo o dia. A mãe levou os gêmeos para fazer compras, dizendo que me traria algumas roupas, já que eu deveria estar com Andopolis. Eu queria ter pegado o número de Jack, em vez de ter dito a ele para pegar o meu: poderia ter dito a ele para vir me buscar. Mas, pensando bem, poderia parecer estranho para uma vítima de sequestro estar atrás de um cara. Hector rola sobre as costas, todas as quatro patas cor-de-rosa para cima, no ar, enquanto tenta pegar o cadarço. Faço carinho na barriga dele e ele parece chocado, pulando de novo para ficar em pé e indo embora, como se estivesse sendo atacado.

Então escuto alguma coisa. O som de alguém chorando. É suave, mal se pode ouvir. Por um momento maluco, penso que talvez seja Bec, finalmente em casa e percebendo que foi trocada. Ao caminhar para a escada, o choro fica mais alto. É definitivamente real. Alguém está em casa chorando. É grosso — um homem. Chego ao pé da escada. O som vem da minha esquerda, do quarto dos pais. A porta está trancada, então bato suavemente. Ninguém responde, mas o choro para. Penso em voltar para cima, para o meu quarto; parte de mim não quer ver o pai chorar. *Ele faz parte da família agora, no entanto*, digo a mim mesma. Ele me salvou no hospital ontem. Eu abro a porta. O pai está sentado pesadamente de um lado da cama imaculadamente feita. É a única peça de mobília do quarto, exceto pelas limpíssimas mesinhas de cabeceira. As cortinas estão baixadas, bloqueando a luz do sol. Suas mãos estão sobre o rosto e seus ombros sobem e descem, uma silhueta preta no quarto cinza.

— Pai?

Ele levanta a cabeça para me olhar, seu rosto cinza e enrugado.

— Ah, Deus — diz ele calmamente. Começa a chorar de novo. O som é doloroso, como se cada soluço estivesse cortando-o por dentro.

— Que foi que houve, papai?

— Está tudo bem — sussurra ele.

— Por que você está sussurrando? — pergunto em voz alta.

Quando ele olha para mim, seus olhos molhados estão em pânico. Ele põe um dedo sobre os lábios.

— Não tem mais ninguém aqui — digo.

— Vá embora! — sussurra ele com pressa.

Ele se afasta de mim, olhando para baixo como se estivesse esperando que eu saísse. Os pelos dos meus braços se arrepiam. Como pode ser este o mesmo homem que fora tão afirmativo ontem? O que pode ter acontecido entre aquele momento e agora?

— Por favor, não fique chateado. — Minha voz soa muito forçada, mas não posso deixá-lo ali, daquela maneira. — Eu o amo, papai. Você me salvou ontem.

O sussurro dele é tão fraco que preciso me inclinar para ouvir. — Não. É tarde demais. Agora é tarde demais.

Não sei o que ele quer dizer, mas está começando a me assustar. Meu coração bate rápida e dolorosamente quando fecho a porta e subo para meu quarto.

Ainda consigo escutar os soluços de lá.

10

Bec, 14 de janeiro de 2003

Primeiro, Bec pensou que o grito tinha sido em seu sonho. Era um sonho nojento, do pior tipo. Suas imagens suadas e pútridas permaneceram em sua mente ainda por algum tempo ao acordar e depois se recolheram em seu subconsciente. Mas o grito continuou. Ela o escutou por um momento, impassível. Era definitivamente real. Podia ser sua mãe ou seu pai ou um dos irmãos.

Saindo da cama, tentou caminhar até a porta, mas esta balançou e dançou a sua frente. A maçaneta piscou. Ela estendeu o braço até que a ponta de seus dedos roçaram o frio plástico, então puxou-o contra si. Bec se recostou na parede até que chegou à escada, onde ela se sentou no topo, escrutinando o abismo. O grito abafado veio de novo, estrangulado, cheio de pânico. Levantando-se sobre as mãos e joelhos, tremendo, ela engatinhou de costas escada abaixo. Não conseguiu ficar de pé lá embaixo, então continuou engatinhando na direção do barulho.

O interior da lavanderia vibrava com uma estranha energia quando ela engatinhou até lá. O barulho vinha mais de longe, no entanto. Do outro lado da porta. Da garagem. Puxando-se sobre o ladrilho, ela se forçou a se levantar. Procurou a maçaneta, o barulho de repente alto. Muito alto. Estourando dolorosamente em seus ouvidos. Sua mão escorregou da maçaneta. Estava molhada. Seus dedos, com um vermelho brilhoso.

Ela levantou cedo, o quarto brilhando com a luz pálida da manhã. O vento do lado de fora soava como as ondas quebrando na praia. Por um momento, imaginou que estava na praia. Que vivia sozinha em uma pequena casa com revestimento de madeira e passava todo dia sentada com o cavalete no terraço da frente e pintando o horizonte. Mas ela era uma pintora terrível. Bec saiu da cama sem muita firmeza, seus antebraços tremendo sob o peso do corpo. Ela tivera pesadelos terríveis. Os piores desde já algum tempo. Espantou as imagens de sangue e tortura.

Estranhamente, não conseguia de fato se lembrar de ter ido para a cama na noite anterior. A casa de Lizzie, a saída de lá, fazendo papel de boba e a caída no parque, estava tudo claro. Mas, depois disso, tudo ficava um tanto obscuro. Havia somente fragmentos: seus irmãos com raiva dela, sua mãe averiguando sua cabeça no banheiro, porém tudo era embaçado e confuso. Era como se estivesse tentando se lembrar do que acontecera anos atrás, não apenas na noite anterior. Ela olhou para si mesma, percebendo que dormira de roupa. Manchas de um vermelho escuro desciam pelo seu vestido; pareciam ser sangue. Pôs uma das mãos sobre a boca para se impedir de soltar um grito. Havia mais sangue na cama quando ela afastou os lençóis. E em suas mãos, havia sangue cobrindo suas mãos. As palmas estavam vermelhas. Ela levantou o vestido com mãos trêmulas, esperando ver uma ferida brilhante e profunda ali embaixo. Mas sua pele não tinha marcas. O sangue não tinha vindo dela.

Bec tirou o vestido por sobre a cabeça e correu para o banheiro, pulando para dentro do box de calcinha e ligando o chuveiro no máximo. Ela se sentia enjoada, inteiramente enojada. Bile veio até sua garganta e ela se ajoelhou no chuveiro, vomitando sobre o ladrilho.

Havia pequenas manchas vermelhas no carpete que levavam até sua cama, ela percebeu, quando se lavou e se enrolou na toalha.

Rapidamente, retirou os lençóis e os deixou em uma pilha no chão. Era culpa dela. Ela adormecera sem deixar a cadeira sob a maçaneta da porta. Era o espectro. Ele deve ter vindo ao quarto e jorrado sangue sobre ela. Bec fechou os olhos e forçou o pensamento a ir embora. A ideia a fazia querer ficar enjoada de novo.

Vestida, foi até a cozinha fazer café. Não queria ficar em seu quarto. Ela não conseguia ficar olhando para aquelas pintas vermelhas no carpete.

— Você acordou cedo — disse seu pai. Ele estava sentado à mesa da cozinha, tomando café da manhã.

— Você também — disse ela, acendendo a chaleira.

— Eu sempre me levanto cedo assim. Você é que nunca está acordada para ver.

Ela continua a fazer o café, sem realmente querer falar com ele.

— Sinto muito sobre ontem, Becky. Eu estava mesmo enrolado com um negócio no escritório. Como você está se sentindo hoje?

— Estou bem. Acho que foi só insolação.

— Bom, vá com calma hoje, certo?

— Certo — disse ela, sentando-se à mesa. — Sua mãe me disse que você esqueceu de levar os garotos para a piscina.

— Já me desculpei! — Ele mal terminara de pedir desculpas e já estava falando sobre os irmãos dela.

— Eu sei. Mas tente compensar por eles, certo?

Bec apenas o ignorou. Quão doente ela precisaria ficar para eles voltarem a atenção para ela em vez de para os gêmeos? O jornal estava aberto sobre a mesa e se via uma grande foto de fumaça e chamas. Era difícil para ela imaginar que havia um incêndio acontecendo agora mesmo, nem tão longe dali. Seu pai terminou o café da manhã e levou o prato até a pia; ele nunca tinha tido muito o que dizer para ela. Enquanto ele caminhava sobre o ladrilho, ela percebeu seus pés. Eram pálidos e sem pelos, suas unhas dos pés ligeiramente longas demais. Ela desviou o olhar rapidamente, o café ameaçando transbordar.

No primeiro andar, ela ouviu a água do banho da mãe sendo desligada. Pegou sua caneca e voltou depressa para o quarto, perguntando-se quando as coisas haviam se tornado tão estranhas com o pai. Ela se lembrava quando era mais nova e ele trazia um quebra-cabeça novo toda sexta-feira à noite depois do trabalho. Ele atravessava a porta e o balançava triunfalmente, e era permitido a ela ficar acordada até tarde, tanto tempo quanto levasse para terminá-lo. Era uma coisa especial que os dois tinham, ela e ele. Mas aí, uma sexta-feira, ele trouxe um quebra-cabeça com cavalos. Ele realmente achava que ela era uma garota que gostava de cavalos? Aquelas garotas que iam à escola vestindo calças de equitação e que, por algum motivo, nunca se davam mal, apesar de não fazerem parte do uniforme? Elas trocavam figurinhas com figuras de cavalos e imaginavam que as cadeiras da escola eram pôneis trotadores, fingiam galopá-las, rindo como loucas. Bec não conseguia entender como seu pai podia pensar que ela era uma daquelas garotas. Ela se recusara a montar o quebra-cabeça por princípio.

Bom, na maior parte por princípio, e também porque todo o resto de suas amigas havia começado a ter permissão para ir ao cinema juntas nas noites de sexta-feira. Ela ainda podia se lembrar do olhar no rosto dele. Ele nunca mais trouxe quebra-cabeças para casa depois daquilo.

Mais tarde, quando seus pais saíram para trabalhar, ela carregou o monte de lençóis ensanguentados e o vestido para baixo. Ela se sentia como uma envergonhada fazedora de xixi na cama tentando esconder a evidência do crime. Bec jogou tudo na máquina de lavar, ensopando com água sanitária. A tampa se fechou com um clique e a máquina começou seu ciclo. Ela observou aquilo por um momento, girando e girando em círculos. Por um minuto, desejou poder estar ali dentro com elas. Ser limpa e perfeita de novo.

Deixando a lavanderia, percebeu que a porta da garagem estava aberta. Ela a fechou e, de repente, uma inexplicável sensação de pânico atravessou seu corpo. O sonho da noite passada ameaçou ressurgir e ela rapidamente pegou a água sanitária e a esponja e subiu a escada para lavar o carpete.

* * *

Quando chegou ao trabalho, Bec se sentiu como ela mesma de novo. O poliéster de seu uniforme, que causava comichão, e o cheiro de carne assando pareciam acalmá-la de uma maneira estranha. A lanchonete estava cheia, então ela começou a servir imediatamente. Ellen estava no caixa a sua esquerda e Luke a sua direita. Ela podia ouvir Matty fazendo barulho na cozinha atrás dela e a voz de Lizzie através do alto-falante do *drive-through*. Eles não falavam diretamente um com os outros, mas estavam tão acostumados a se mexer em sincronia que era como uma dança. Bec se sentia protegida, como se nada de ruim pudesse jamais acontecer a ela quando tinha essas pessoas a seu redor. Eram como uma família.

Quando a multidão diminuiu, Luke lançou um braço ao redor de seus ombros. Ela se sentiu levemente tonta de novo, sendo tragada completamente pelo cheiro dele.

— Como você está? — perguntou ele.

— Aconteceu de novo — disse Bec a ele.

Ela se sentia bem em contar a história. Bec pensou que pudesse ficar envergonhada, mas não estava. Parecia que não estava mais sozinha.

— Quanto sangue exatamente? — perguntou ele.

— Bastante. Havia marcas secas de sangue por toda parte. — Ela deixou de fora da narrativa o sangue em suas mãos.

— Podia ser seu? — perguntou Luke.

— Está querendo saber se você está em seus dias! — disse Lizzie.

— Não! Não foi o que quis dizer! — Luke a empurrou de leve.

— Eu não estou nos meus dias, esquisitão — disse Bec a ele, observando o vermelho tomar conta de seu rosto.

— Eu quis dizer de um corte ou coisa do tipo — disse ele.

— Claro que sim — disse Bec —, pervertido.

— Ah, cale a boca! — disse ele, agarrando-a e bagunçando seu cabelo.

Bec guinchou e o empurrou para longe. Olhando ao redor, a gargalhada morreu em sua garganta. Ele olhava para ela cuidadosamente e Matty estava incomumente quieto na cozinha. Eles não acreditavam nela. Claro que não, não se ele estava brincando e gargalhando. Era difícil para ela sentir algo além de felicidade quando estava com Luke. Bec não conseguia ficar com medo ou chateada quando ele estava ali, especialmente quando a estava tocando. Mas era verdade. Ela não estava tentando atrair atenção nem nada do tipo. Era verdade e ela iria mostrar a eles.

— Eu quero fazer um exorcismo — disse ela.

— Isso! — disse Lizzie. — Eu vou trazer a tábua Ouija.

— Talvez amanhã. Vocês vêm?

— Eu estarei lá — disse Luke.

Ignorando o sentimento de orgulho em seu peito, ela se virou para Ellen, olhando bem no rosto.

— Você vem?

Ellen não a encarou. Bec não tinha certeza por que era tão importante para ela que sua chefe estivesse lá.

— Não podemos todos ir, Bec. Alguém tem que trabalhar.

— Vamos fazer depois que fechar.

— Apavorante! — disse Liz.

— Seus pais não vão achar isso estranho?

— A gente vai fazer silêncio.

— Por que a gente não faz em sua garagem? — perguntou Lizzie. — Não tem maneira de eles nos ouvirem.

Aquela sensação inexplicável de pânico cresceu dentro de Bec, mas ela o ignorou.

— Vou pensar a esse respeito, certo? — disse Ellen.

Mais tarde, depois que Ellen foi embora e o céu estava escurecendo, Luke veio até ela e pôs um braço ao seu redor. Bec parou de mexer nas batatas fritas e ficou ali, respirando o cheiro dele.

— Tem certeza de que está bem? — perguntou ele.

— Sim. Sinto-me melhor agora que estamos fazendo algo a esse respeito.

Não era inteiramente verdade, mas parecia a coisa certa a ser dita. Ela não gostava da ideia de fazer um exorcismo na garagem, mas Lizzie estava certa. Era o único local onde não acordaria seus pais.

— Eu acho que você precisa tirar sua mente disso. Um amigo meu está dando uma festa em casa hoje. Você devia ir.

Ela podia se sentir ruborizando.

— Eu adoraria — disse Bec.

— Legal. Eu mando o endereço por mensagem.

Ele apertou o ombro dela e voltou para o balcão. Aquele vestido Scanlan & Theodore seria perfeito. Ela se imaginou atravessando a porta da festa usando-o, conversando casualmente com Luke no sofá. Conhecendo todos os seus amigos como se fossem seus iguais. Luke segurando sua mão de novo.

— Ei, vadia, acorde! — disse Liz, dando um tapa na bunda dela.

— Ah, desculpe. Isso é assédio sexual no local de trabalho.

— Isso? — Lizzie a cutucou no peito.

— Ai! — Bec riu.

— Então, quer que a gente se arrume juntas antes da festa?

O coração de Bec acelerou.

— Que festa?

— Uhm... Luke não convidou você? Estranho! — disse Liz.

— Convidou. Eu só achava que era uma festa bacana, para gente bacana, e não para perdedoras como você.

— Opa, maliciosa. Adorei!

— Vamos nos aprontar em minha casa. Eu ainda tenho suprimentos debaixo de minha cama.

— Ótimo. Assim eu vejo a casa assombrada com meus próprios olhos.

Lizzie fez sons de fantasma ao voltar para se sentar à janela do *drive-through*. A lâmpada ultravioleta estava ligada sobre as fritas. Bec olhou para elas até que formas verdes surgiram em frente a seus olhos como jujubas.

* * *

Talvez não fosse tão ruim Lizzie estar vindo com ela, resolveu. Não conseguia se imaginar entrando em uma festa sozinha. Lizzie conversara sem parar enquanto se aproximavam de sua casa, então abruptamente ficara em silêncio quando Bec começou a procurar as chaves na bolsa.

— Você está com medo de minha casa agora? — Bec perguntou a ela.

— Só não venho aqui há séculos. Acho que comecei a imaginar gárgulas e um fosso ou coisa do tipo.

Bec revirou os olhos e abriu a porta. Ela se abriu com um barulhinho, o corredor misteriosamente silencioso.

— Depois de você — disse Bec.

Lizzie deu um pequeno passo para dentro, então, de repente, os gêmeos pularam na frente dela.

— Bu! — gritaram eles.

O grito de Lizzie foi de coagular o sangue.

— Seus merdinhas! — gritou ela para eles, guinando na direção de Paul.

Ele baixou a cabeça por baixo dela e ambos correram escada acima, dando risinhos como loucos.

— Você planejou isso? — perguntou ela a Bec.

— Não! Eles são assim mesmo. — Bec estava rindo também.

— Juro por Deus, sou tão feliz de não ter irmãos pequenos — disse Lizzie, uma mão sobre o rosto.

— Calma. Eles são apenas crianças. — Bec ria enquanto elas subiam a escada.

— É, mas são estranhos. Lembra daquela coleção de besouros mortos que você encontrou no guarda-roupa deles?

— Isso foi há séculos!

Bec engoliu a raiva que sempre subia a sua cabeça quando alguém que não fosse ela dizia alguma coisa de ruim sobre os irmãos. Lizzie, no entanto, estava apenas falando por falar, então Bec deixou por menos. Ela estava de pé, parada no vão da porta do quarto de Bec, olhando para o espaço negro. Bec ligou a luz e sentiu o corpo de Lizzie ligeiramente tenso perto do dela.

— Está tudo bem — disse Bec, olhando debaixo da cama. — Nenhum monstro, só vodca.

Ela puxou a garrafa meio cheia de vodca de baunilha do cano da armação da cama. Lizzie apenas sorriu fracamente e fitou o carpete. Bec percebeu que ela olhava para as pequenas manchas. Bec as escovara duas vezes àquela manhã, mas conseguira apenas que ficassem assim, de um rosa pálido.

— Bec, isso está me aterrorizando de verdade. Eu não entendo o que está acontecendo.

— Está tudo bem. A gente vai entender amanhã.

Liz ainda hesitou, como se cruzar o limite fosse mudá-la de alguma maneira.

— Quem sabe? Talvez fosse apenas menstruação.

— Mesmo? — Um sorriso verdadeiro estava começando a repuxar os cantos da boca de Lizzie.

— Provavelmente.

— Sua vadia safada! Eu não vou pisar nisso! — Lizzie saltitou sobre as manchas e sentou perto de Bec, pegando a vodca de baunilha de sua mão e tomando um trago.

— Meu Deus, essa coisa é nojenta! — Sua voz era rouca. — Da próxima vez vamos pegar a do tipo normal, certo?

— Vamos pegar gim da próxima vez. Aparentemente é muito bom. — Bec se sentia tão aliviada por estar rindo de novo em seu quarto, por ele ser dela de novo e não um cenário de horror.

— Meu pai disse que gim só faz a gente chorar.

— Sim, mas seu pai é uma mocinha.

Lizzie jogou um travesseiro em Bec, que pulou para ficar em pé e sair do caminho.

— Meu pai não é uma mocinha! — gritou Lizzie.

— Então por que ele chora quando bebe gim? — perguntou Bec. — Seja como for, vamos nos aprontar. Eu quero parecer sexy hoje à noite! Essa foi uma semana de merda.

Bec tirou o vestido verde azulado, enquanto Lizzie saiu da cama e começou a procurar uma roupa no armário de Bec com uma das mãos, ainda segurando a garrafa de vodca com a outra.

— É bom você ter algo que combine com meus tênis.

— Claro, roubei toneladas de coisas que nem mesmo cabem em mim.

— Como isso? — Lizzie tirou um vestido sem forma, horroroso, que parecia ter sido feito de um velho e apagado pano de mesa de restaurante italiano.

— Ah, deixa isso! Dói nos meus olhos.

— Por que você mantém isso?

— Minha mãe comprou para mim. Ela fica muito chateada por eu não usar.

— Não use. — Liz olhou para ela seriamente. — Mesmo que machuque seus sentimentos. Nunca use isso.

— Eu prefiro morrer. — Bec sentou diante do espelho e começou a colocar nova maquiagem por sobre a velha.

— Eu devo usar isso aqui — disse Lizzie, segurando sobre o corpo uma saia de couro preto. — Vou fazer o estilo dominatrix!

— Ah, nunca consegui me fazer usar isso.

— Por que não? É tão de vagabunda que eu adoro! — Ela riu, colocando-o de volta na gaveta.

Bec se virou para se concentrar na maquiagem. Ela iria parecer deslumbrante àquela noite. Seu telefone tocou. Era Luke mandando a mensagem com o endereço, com *um parêntese e um asterisco* no final. Como um beijo. Bec observou o sorriso bobo se abrir em seu rosto no espelho.

— É em Deakin.

— Vamos andando?

— Não, eu quero usar salto alto. Vou pedir a minha mãe para levar a gente.

O delineador se espalhou perfeitamente através do orbe de sua pálpebra fechada. O rímel ficou bem acertado e não deixou nenhuma protuberância. Seu olho esquerdo parecia perfeito. Ela manteve a mão sobre o lado direito e depois trocou, percebendo como seu rosto parecia bem melhor com a maquiagem. O cômodo estava extremamente calmo. Era Lizzie. Bec estava tão acostumada com seu constante falar que o silêncio a fazia se sentir incomodada. Ela fitava o guarda-roupa, um estranho olhar em seu rosto.

— O que tem de errado?

— Você pode pedir a seu pai para nos levar, em vez de sua mãe?

— Por quê?

— Não sei. Sua mãe faz eu me sentir estranha algumas vezes.

— Como assim?

— Não sei.

Ela olhou para o rosto de Lizzie, tentando encontrar uma resposta. Não estava lá.

— Tudo bem, vou pedir a meu pai. Ele está me devendo.

Bec se levantou de um pulo e correu escada abaixo. Seus pais estavam sentados no sofá, vendo o noticiário.

— Pai, você pode levar a mim e a Lizzie até Deakin?

Eles levantaram as cabeças para ela, seus rostos parecendo alheios à luz da televisão. Seus olhos pareciam vermelhos e cansados e havia um estranhamento entre eles, como se Bec tivesse interrompido uma discussão silenciosa.

— Tudo bem, querida — disse ele, e eles se voltaram de novo para o noticiário.

Mais tarde, quando o carro silencioso trocou de faixa de novo, Bec desejou ter pedido à mãe. Ela queria se curvar e amarrar os saltos altos, mas estava começando a sentir o fraco enjoo de andar de carro. Era como se o pai estivesse sempre dormindo. Seus olhos estavam embaçados e ele estava estranhamente curvado sobre a direção. Ele indicou sair da estrada principal, o clique enchendo o carro como uma batida de coração.

No momento em que ele estava na avenida Adelaide, Lizzie gritou: — A gente vai a pé a partir daqui!

— Eu entendo: adultos não são permitidos? — disse ele, parando.

— Obrigada pela carona! — disse Bec, saindo do banco para que Lizzie pudesse deixar o carro pelo seu lado.

— É, obrigada, senhor Winter! — Lizzie bateu a porta do carro e ele voltou para a estrada sem firmeza, como uma criança que está aprendendo a andar.

— Puxa, seu pai é péssimo dirigindo! — disse Lizzie. — Acho que até eu poderia fazer melhor.

— Eu sei. Estou enjoada. — Bec segurou a testa, sentindo o enjoo começar a passar.

— A vodca de baunilha provavelmente não ajudou muito — disse Lizzie. — Venha, vamos. São só dez minutos de caminhada.

— Ai, merda — disse Bec, olhando para baixo. — Deixei meus sapatos no carro!

— Ai, não. Devemos ligar para ele?

— Não. Foda-se. Não conseguiria andar sobre aquilo mesmo.

Elas riram e caminharam na direção da festa. As ruas estavam desertas, ainda que fossem só 21h30. Depois de um tempo, puderam ouvir a batida da música permeando a calmaria. À medida que se aproximavam, podiam ver uma multidão de pessoas do lado de fora de uma das casas.

Imiscuindo-se entre as pessoas, entraram por um portão lateral, seguindo a batida eletrônica. O jardim dos fundos estava apinhado de gente. Algumas pessoas dançando, outras sentadas em bancos, conversando, casais se agarrando contra a escura cerca ao fundo. Havia luzinhas sobre todas as árvores, como pequeninas estrelas azuis-gelo. Bec viu Luke através da multidão; ele olhou para elas no mesmo momento. Luke caminhou até as duas, seus olhos refletindo todas as pequenas luzes azuis. Prazer se injetou nas veias de Bec.

11

2014

Meu telefone toca. É um número desconhecido.

— Alô?

— E aí, como você está? — É a voz de um cara.

— Quem é? — pergunto, sorrindo de alívio. Estive sentada na casa silenciosa durante horas, estava começando a ficar apavorada.

— Ah, desculpe. Sou eu. Porra, quer dizer, Jack.

— Eu sei que é você, trapalhão — digo, e ele ri. Escuto o som de um carro do lado de fora e olho pela janela. Por sorte, é a mãe, não Andopolis.

— Então, uhm, como você está? — pergunta ele.

— Estou bem. Você quer fazer alguma coisa? Estou me sentindo um pouco presa aqui.

— Ah, claro. Quando?

— Por que não agora? — pergunto, enquanto a mãe entra no quarto, põe uma sacola no pé da minha cama e sai de fininho.

— Agora? Certo, claro.

— Você pode vir me buscar? — pergunto.

— Sem problema. Estou a caminho.

— Maravilha — digo, e então desligo.

Sorrio; o dia de hoje promete. A sacola de roupas está no pé da cama como um presente de Papai Noel. Não me contenho, olho dentro. Cheiro de tecido novo, tudo belamente enrolado em papel de seda, é inebriante. Alguma coisa nesse tipo de situação sempre me fez me sentir tão bem, muito bem. Eu me lembro de quando minha madrasta encontrou as sacolas debaixo de minha cama, lá em casa. Pacotes e caixas de sapatos das lojas mais caras de Perth. Ela pensou que eu devia ter um rico namorado secreto e pude ver que estava feliz. Ela sorriu para mim, uma mão sobre a barriga, grávida, feliz por saber que eu poderia já ter ido embora de casa quando o bebê nascesse.

Na verdade, eu não tinha namorado, só uma gaveta cheia de cartões de crédito dos amigos dela. Ela parecera tão surpresa quando comecei a me oferecer para pegar as bolsas e casacos em cada patético jantarzinho que oferecia. Eu não sabia que se podia ir para a cadeia por algo como aquilo.

— Você vai sair? — pergunta a mãe, desligando o aspirador de pó.

— Só por algumas horinhas, com Jack — digo. — Pode ser?

— Sim, claro, querida. Jack, o irmão da Lizzie? — pergunta ela.

— Sim — digo. Antes que ela possa ligar o aspirador de novo, eu lhe dou um breve abraço apertado, absorvendo seu cheiro de baunilha. Se Andopolis deixou o caso de lado, significa que ela é minha para sempre.

Vou para fora para esperar Jack, meu maço de cigarros na bolsa. Mas Paul já está lá, encostado a uma árvore e fumando.

— Você me pegou — diz ele.

— Eu não conto se puder fumar um.

— Becky! Nunca pensei que um dia veria isso. — Ele abre o maço e consegue fazer com que apenas um escorregue para fora.

— Que bacana — digo, e realmente foi.

Ele levanta uma sobrancelha e acende o cigarro para mim. Ambos damos uma tragada em nossos cigarros. Sinto como se fosse mais próxima de Paul do que de Andrew. É legal passar um tempo a sós com ele. Às vezes, os dois parecem muito próximos, de maneira que parece impossível para mim conhecê-los individualmente. Uma perua estaciona diante da casa do lado e uma tribo de crianças sai gritando de dentro dela, seguindo uma mãe muito cansada para dentro.

— Max foi embora poucos anos depois de você — diz Paul, como se fosse sobre isso que eu estivesse pensando.

— Estava me perguntando — minto. Ele deve estar querendo dizer o vizinho que vivera na casa quando Bec ainda estava aqui.

— Ele teve outro episódio, berrando a noite toda. Então, um dia, simplesmente vagou por aí e nunca retornou. Os remédios dele devem ter acabado.

— Ai, não — digo, sem ter muita certeza sobre o quão chateada devo fingir estar.

Paul apenas dá de ombros. Jogo cinza na grama.

— Como foi com Vince esta manhã? — pergunta ele.

— Ele não apareceu.

— Mesmo? Por quê?

— Não sei.

— Você acha que ele vai aliviar um pouco? — pergunta ele.

— Tenho certeza de que não — digo, depois de um momento. Não quero chateá-lo. — Acho que alguma coisa aconteceu.

Vejo o carro combalido de Jack subindo o morro. Apago meu cigarro no tronco da árvore. Paul olha para o carro, então levanta uma sobrancelha para mim.

— Cale a boca! — digo e caminho até Jack.

Jack me leva ao Glebe Park. Sei que não devo ser vista em público ainda, mas não posso dizer não. Quase me esqueço do quanto ele é alto. Só chego até a altura de seus ombros. Compramos cafés e doces em uma cafeteria ali perto e sentamos na grama. Sentado de pernas cruzadas, ele parece quase cômico, como se seus membros fossem longos demais para que soubesse o que fazer com eles. Quero me enrolar em seus braços, mas não faço isso. Preciso que ele sinta que precisa me conquistar.

É um belo dia ensolarado para o outono. Crianças estão rindo e gargalhando nos brinquedos, algumas atirando pilhas de folhas laranja. Mães se sentam nos bancos que ficam ao redor, algumas fofocando com as outras, outras apenas observando suas crianças serenamente. Alguns funcionários públicos fazem um almoço tardio, comendo sanduíches em papel filme e olhando a papelada do trabalho. Fecho meus olhos e me forço a saborear o momento; a cremosidade do meu *latte* e o doce-azedo das framboesas e do creme de ovos do meu pão doce. O calor no ar e o cheiro de madeira e de grama cortada. Abrindo-os, vejo que Jack está me encarando intensamente. Não percebera que seus olhos são de um marcante tom de verde, com pequenos pontos dourados nas bordas. São realmente bonitos. Na verdade, todo ele é muito belo. Seus braços são finos, mas fortes. Seu cabelo bagunçado. Aquele sorriso pateta. Se eu estivesse sendo eu mesma, provavelmente o teria beijado. Mas sou Bec agora, e não posso esquecer do real motivo para estar aqui com ele.

— Então, você já perdoou a Lizzie? — pergunto.

— Acho que sim. É difícil ficar com raiva dela, sabe?

— Sei.

Deixo transcorrerem alguns segundos.

— Na verdade — digo, como se estivesse pensando sobre aquilo há algum tempo —, eu meio que quero perguntar uma coisa a você sobre ela, mas não quero colocá-lo numa posição difícil.

— Pode me perguntar. O que é? — Ele olha para mim cuidadosamente, inclinando a cabeça de lado.

— É que... Quando eu a vi naquele dia, senti uma energia esquisita nela. Tipo... Não sei, como se ela estivesse com raiva de mim ou alguma coisa. Foi como... — Deixo a frase inacabada e olho para o chão. É difícil mentir para aqueles olhos bonitos.

— Como se o quê?

— Desculpe. Eu não deveria estar falando com você sobre ela. Não é justo.

— Bec — diz ele, empurrando de leve meu ombro —, apenas me diga o que está em sua mente. Eu talvez possa ajudá-la.

— É só que eu estava incrivelmente feliz por vê-la, mas senti como se ela não sentisse a mesma coisa. Senti como se ela estivesse me testando ou coisa do tipo, quase como se ela não acreditasse que era mesmo eu. Isso me deixou chateada.

Nunca é demais soar um pouco patética. Jack olha para mim tristemente e aperta meu joelho, sua larga palma da mão quente. Ele retira a mão, mas desejo que a deixe ali. Alguns instantes passam antes que ele fale.

— Foi muito difícil para Lizzie quando você se foi, muito difícil — diz ele por fim. — Todo mundo a via como a melhor amiga da garota perdida, depois daquilo. Ou se sentiam muito estranhos para falar com ela, ou iam atrás dela para conseguir informações sobre você.

— Isso é horrível.

— Eu sei. Acho que isso a mudou para valer. Não sei se ela lhe contou, mas ela está se saindo muito bem agora.

— Não, ela não me disse — digo calmamente.

— Está. Estou muito orgulhoso dela. Ela subiu a escada do setor público. Ela é a chefe de alguns pais de seus amigos de escola agora, eu acho. É tudo parte disso, no entanto. Ela ficou muito sozinha naquela época. Ela se recolheu por uns bons anos e se concentrou completamente nos estudos.

Não sei o que dizer. Ele está olhando fixamente para o nada, com os olhos úmidos, navegando em seu pensamento. Meu plano está saindo pela culatra; preciso de Jack do meu lado. Espero que ele continue. Se trouxer a conversa de volta para mim agora, vou parecer egoísta. A brisa sopra sobre algumas árvores novas, dobrando seus troncos finos.

— Meu pai não ajudou também — diz ele. — Ele a fez se sentir tão mal por não estar em casa no dia em que você... Bom, você sabe.

Ele ficava dizendo que tinha certeza de que você tinha simplesmente fugido de casa. Isso fez com que ela pensasse que podia ter evitado que tudo acontecesse.

— Nada podia ter evitado o que aconteceu comigo — digo, agarrando a oportunidade.

A umidade desaparece dos olhos dele.

— Merda. Desculpe, Bec.

— Não, fui eu que toquei no assunto. Fico contente em saber. Pobre Lizzie. Deve ter sido horrível.

— Você é tão altruísta — diz ele, o sorriso quente. — Sim, ela passou por maus bocados. Mas não foi por culpa sua mesmo.

— Mesmo assim me sinto mal — digo, fazendo cena.

— Não, não se sinta mal. Lizzie não a culparia. Isso é ridículo.

— Talvez você pudesse conversar com ela?

— Sem problema.

— Obrigada — digo, pondo minha mão no topo da dele, sobre a grama. Ele olha para aquilo e depois para mim, sorrindo. Normalmente, quando as pessoas são assim tão facilmente enganadas, isso faz com que as veja como fracas. Estúpidas até. Mas, por alguma razão, aquilo estava me fazendo gostar dele mais ainda.

— Então, por que ela está com raiva de você?

Ele geme.

— Ela acha que estou me envolvendo muito em algo que não estou.

Estou realmente muito curiosa agora.

— Em quê? — forço, tentando fazê-lo confiar em mim.

— Vou mostrar a você — diz ele, levantando-se e limpando a sujeira das costas de seu jeans.

Na casa de Jack, sigo-o para dentro e escada acima, desejando não estar usando a roupa de baixo de criança de Bec. Sua casa é moderna e grande, muito maior do que a de Bec e quase tão grande quanto a minha em Perth. Seu quarto é um tanto bagunçado, mas é quente e cheio de luz do sol. Sua cama fica no meio, com a mesa e o computador coberto de *post-it*. Uma grande pilha de cartolina fica encostada à parede. Olhando através de suas janelas, percebo o brilho oblongo de água azul. Uma piscina.

— Não me julgue por ainda morar em casa! — diz ele. — Eu saí por um tempo, mas aí eu tive...

— Não estou julgando você — digo, interrompendo-o.

— Ao menos não estou mais na minha fase metaleiro, certo?

— É, isso é um alívio. — Eu me lembro da minha própria fase como metaleira.

Jack me pega olhando para as figuras na cartolina. São desenhos de crianças, aumentados para o tamanho de pôster.

— São desenhos feitos por crianças que moram em centros de detenção australianos. Um trabalhador do Save the Children os contrabandeou para fora antes que fossem banidos de entrar lá — diz ele. — Nós os colocamos em cartazes para uma passeata de que fiz parte alguns meses atrás.

Eu dou uma olhada nos desenhos. Simples desenhos de crianças, grandes caras tristes e lágrimas em suas bochechas. Haviam desenhado jaulas ao redor delas mesmas. Um deles tem um gigante sol com uma cara má. Outro tem um desenho de um homem debaixo de uma árvore. Levo um momento para perceber que ele se enforcou. "Melika, 6" está escrito no canto.

Eu devolvo os cartazes a seu lugar. Eles são muito duros de ver.

— É horrível — digo.

— Eu sei. — Ele senta na cadeira do computador. — Olha, vou mostrar para você...

Ele abre um blog e vai passando o conteúdo. Parece uma página de ativista sobre candidatos a asilo. Há fotografias borradas de políticos brancos fumando charutos e almoçando em restaurantes chiques, e perto delas uma foto de um adolescente árabe com os lábios costurados, uma pequena garota africana espremida contra uma cerca.

— Isso foi antes do blecaute.

— Uhm — digo —, não estou tão atualizada em relação à política. — Ser sequestrada é uma grande desculpa para ser ignorante sobre o mundo.

— Desculpe! — diz ele. — Eu não esqueci. É só...

— Não, tudo bem. Eu quero entender. Explique para mim.

— Bom — diz ele, parando para pensar um momento —, interrompa se souber do que falo, certo? Não quero tratá-la como se fosse superior a você.

— Não acho que vai ser o caso. Prossiga. — Eu realmente não sabia muito sobre esse tipo de coisa. Na verdade, política nunca me interessou.

— Bom, ao contrário de outros países, a Austrália manda quem procura asilo para centros de detenção. Quando nós éramos jovens, havia Woomera e Villawood, lembra? Eles ficavam no meio do deserto.

Eu balanço a cabeça afirmativamente. Os olhos dele estavam em brasa. Jack era realmente apaixonado pelo assunto.

— Bom, agora mudamos a lei para torná-la ainda pior. Agora nós mandamos para Nauru e Manus Island, no Pacífico. As condições lá são terríveis: eles estão vivendo literalmente em tendas e é incrivelmente quente.

— O novo governo ordenou um blecaute midiático no centro de detenção. É realmente perigoso tentar descobrir o que acontece por lá. O governo não quer que a gente saiba. A gente tem essa foto, no entanto. Foi tirada de um helicóptero.

Ele me mostra uma fotografia de um campo de tendas e sujeira com uma alta cerca de arame ao redor. As pessoas seguram placas, mas estão muito distantes para serem legíveis.

— Elas são mantidas lá durante anos, crianças também. Custa-nos milhões manter esses lugares abertos, e mesmo assim, não temos nenhuma ideia do que acontece por lá. Algumas coisas vazaram, no entanto. Um cara morreu lá de uma infecção tratável. Ele tinha só um corte no pé. E os guardas estão abusando sexualmente em escala maciça daqueles que procuram asilo. Até crianças, Bec, mas nada está sendo feito a esse respeito. Há crianças lá que tentaram se matar.

Ele engole em seco e olha para a foto.

— Todos têm tanto medo de essas pessoas serem monstros que não percebem que *nós* nos tornamos monstros.

Eu não sei o que dizer para ele. Sinto-me terrível por não saber de nada daquilo, por desligar o noticiário quando ele vai ao ar, porque pensava que era só sobre política, em vez de tratar da vida das pessoas. Sentir culpa não vai ajudar minha situação presente, porém, então tento mudar de assunto.

— Mas o que isso tem a ver com o fato de Lizzie estar com raiva de você?

Ele olha para mim cuidadosamente.

— O cara que é responsável por esse blog, ele se chama Kingsley, mas ninguém sabe seu nome verdadeiro. Eu acho que se pode dizer que ele é um jornalista de guerrilha. Foi ele que organizou o protesto, mesmo que a ajuda tenha sido pouca. Havia outro cara com quem ele trabalhava. Usava o nome real. Era orgulhoso, desafiador. Ninguém ouvia falar dele havia um ano. Um dia — ele estala os dedos —, desapareceu. Kingsley precisa ficar anônimo para fazer o que ele quer, para dar o próximo passo. Ele quer ir mais fundo agora e precisa da minha ajuda.

— Sua ajuda? Isso é perigoso?

Os olhos de Jack ficam subitamente mais suaves.

— Não, claro que não! — diz ele. — Seja como for, eu devo levá-la para casa. Tenho que ir para o trabalho.

— Tudo bem — digo, desapontada. Não estou bem pronta para ir para casa ainda. Tento pensar em algum motivo para fazê-lo ficar, mas ele já pegou as chaves e cruzou a porta. Eu o sigo escada abaixo.

— Vejo você em breve — ouço-o dizer. Girando o corpo, percebo que há um homem sentado na sala de estar. Ele tira os olhos do iPad que está em seu colo com um ligeiro sorriso de escárnio no rosto. Embora pareça ter perto de cinquenta anos, seu cabelo fino está jogado para trás e suas roupas são novas e modernas. Posso ver Jack em seu nariz, Lizzie em seus olhos. Deve ser o pai deles.

— Oi — digo, esperando pelo inevitável olhar chocado do reconhecimento. Estou começando a me acostumar.

— Oi, Bec — diz ele, sem deixar o sorriso de escárnio desaparecer. E olha de volta para o iPad, como se a visão de minha pessoa não significasse nada, absolutamente.

Jack arranca do meio-fio e se dirige a minha casa. Alguma coisa em seu pai me deixou inquieta, mas tento afastar o pensamento e me concentrar em Jack. Seu humor mudou um pouco e ele ficou mais reservado lá em seu quarto. Não acho que tenha a ver comigo, no entanto. Ele está escondendo algo, mas é cedo demais para perguntar.

— Seu pai não pareceu surpreso em me ver — deixo escapar.

— Não. Tenho que admitir que você foi tudo sobre o que vinha falando nos últimos dias.

— Mesmo? — pergunto.

— Claro. E também — ele pausa por um momento —, eu acho que ele não esqueceu muito o que você disse a Lizzie sobre ele.

— O que eu disse?

Ele olha para mim de perto. Deve ser alguma coisa que eu deveria saber.

— Não importa.

— Então — digo, esperando fazê-lo falar sobre ele mesmo de novo —, onde você trabalha?

— Na Cruz Vermelha — diz ele, puxando o canto de um colete vermelho de baixo de seu agasalho. — Peguei o turno da noite hoje.

— Mesmo? Meu Deus, Jack! — digo.

— Que foi?

— É como se você fosse a porcaria de um santo ou sei lá!

— Não, não sou. — Mas ele está ruborizando de leve; ele gosta da ideia de que eu pense nele daquele jeito.

— Você é tão legal que eu nem mesmo sei o que fazer com você.

— Eu não sou tão legal assim — diz ele, tentando parecer durão.

— Nem tente! — digo eu, socando seu ombro de brincadeira. Ele ri, claramente envergonhado. Fico surpresa com o fato de ele ter gostado de *heavy metal* no ensino médio. Ele é tão pateta. Eu o imagino mais como o garoto *nerd*, nervoso, medroso demais para perguntar a você se quer ser sua parceira no baile.

Jack tira minha mão do meu colo e a segura no seu enquanto dirige com a outra. Ele percorre as articulações dos meus dedos e a sensação explode por todo meu corpo. Talvez ele não fosse aquele garoto certinho no final das contas. O sol brilha através do vidro da frente enquanto nos dirigimos de volta para casa. Naquele momento, eu não penso em Andopolis. Não penso sobre a mensagem de texto, não penso sobre o pai soluçando sozinho em seu quarto. Só penso na sensação dos dedos de Jack se entrelaçando aos meus. Então vejo.

— Encoste o carro — digo.

Ele larga minha mão.

— Desculpe!

— Não, não é isso. Só encoste o carro.

Ele liga o pisca-pisca e puxa o carro para o meio-fio. A van faz a mesma coisa, de tocaia atrás de alguns carros estacionados.

— Aquela van. Ela está me seguindo.

— O quê? — pergunta Jack. — Há quanto tempo?

— Eu a tenho visto desde que voltei.

— Você não acha que... — Sua voz se parte, olhando para a van no espelho retrovisor.

— Não sei — digo, então tomo uma nova resolução. — Vamos descobrir.

Desato o cinto de segurança e saio do carro. Com Jack aqui, não me sinto tão vulnerável, já estou mais do que cansada de ficar com medo. Eu o ouço sair do carro também.

— Bec! — diz ele. Mas o ignoro, ainda que meu coração esteja batendo rápido.

Aproximando-me da van, tento olhar através das janelas, mas elas têm película. Jack se aproxima de mim e se movimenta para bloquear meu caminho.

— Nós devíamos ligar para a polícia.

— Não. — Tento passar por ele, mas Jack se move para o lado, bloqueando minha passagem de novo.

— Nós temos que ligar para a polícia! Isso pode ser perigoso! Eu... Nós já perdemos você uma vez.

Ele tirou o telefone do bolso para ligar para a polícia. Eu coloco a mão em seu ombro até que ele para e levanta a cabeça para mim. Não posso deixar que ele ligue.

— Você vem comigo? Eu não estarei em perigo se você for também.

Jack pausa, olhando fixamente para mim, seu dedo flutuando sobre o botão de ligar.

— Estou cansada de me sentir assustada, Jack. Preciso fazer isso.

Ele pega minha mão e a segura firmemente.

— Tudo bem.

Toda parte do meu corpo quer se virar e correr ao nos aproximarmos da van. O homem sem rosto do meu sonho aparece em flashes em minha mente e eu começo a tremer. Paro de andar quando estamos perto da porta do motorista, mas ainda longe o suficiente para correr.

— Ei, seu merda! — grito. — Por que você está me seguindo?

Nada. Tudo que posso ver é meu reflexo pálido no vidro.

— Tenho o número de sua placa e vou ligar para os policiais em dez segundos.

Escuto um movimento dentro do carro.

— Dez, nove, oito... — Então a janela começa a baixar. Sinto cada pedaço do meu corpo tenso, esperando para ver um monstro.

Mas não é um monstro. É um cara gordo, de óculos, que olha de volta para mim através da janela aberta.

— Qual é, não ligue para os policiais— diz ele, a voz chorosa.

— Por que você está me seguindo? — pergunto.

— Rebecca? — pergunta ele, olhando cuidadosamente para mim.

— Quem quer saber? — diz Jack, antes que eu possa responder.

O homem limpa a garganta.

— Jason Borka, Canal Oito. Você é Rebecca Winter?

— Por que você não responde à pergunta antes? — diz Jack.

— Não é óbvio? Eu precisava ter certeza — diz o homem em sua voz chata, olhando para mim de cima a baixo —, e você me convenceu. Se você me der uma entrevista exclusiva, eu posso lhe oferecer um acordo bem generoso.

Alguns meses atrás, eu poderia ser tentada por algo como aquilo. Mas agora, nem mesmo hesitei.

— Não sou Rebecca — digo. É tão bom dizer a verdade em voz alta.

Ele olha para mim em dúvida.

— Sou prima dela — acrescento.

— Não acredito em você — diz ele, olhos de porco se espremendo.

— Acredite no que quiser, babaca. Se você chegar perto de mim de novo, se você me mandar mensagem de novo, vou botar a polícia atrás de você num piscar de olhos. — Estalo meus dedos e giro sobre os saltos. Jack me segue.

— Última chance! — chamou o cara. — Posso conseguir que você vá ao ar em *A Current Affair*!

Voltando ao carro de Jack, posso sentir endorfinas correndo pelo meu corpo. Não podia acreditar que aquele ratinho tinha me assustado tanto. Escondendo-se atrás de vidros escuros e mensagens de textos anônimas — que covarde.

— Puxa, Bec — diz Jack, sentando-se perto de mim —, não sabia que você era tão durona!

Eu me inclino e olho para ele de perto. Ele olha fixamente para mim, surpreso. Então, muito cuidadosamente, sua mão se ergue e toca o lado do meu rosto. Eu o beijo lentamente. Sua boca é macia e quente, enquanto seu princípio de barba pinica minha bochecha. Meus músculos se dissolvem em cócegas e formigamentos. Ele me puxa mais para perto e o mundo ao nosso redor desaparece.

12

Bec, 15 de janeiro de 2003

Foi uma daquelas festas incríveis em que o tempo parece se mover de maneira acelerada. Luzes azuis faziam os rostos brilharem como luas cheias e a batida da música parecia um pulso enquanto Bec pulava para cima e para baixo no salão de dança. Ela foi jogada para trás por Luke, depois Lizzie, depois Luke de novo, até que o mundo girasse e rodopiasse.

Eles conversavam na varanda. Lizzie deitada em seu colo. A cabeça de Bec descansando no ombro de Luke. Eles existiam juntos, como um todo, um momento perfeito que parecia que poderia durar para sempre. Observando o céu clarear e o ar silenciar até que fossem 5h, e ela e Lizzie caminhassem para casa, as solas dos pés de Bec ficando pretas.

Quando Bec acordou, ela não sabia que horas eram, que dia era ou o que havia acontecido na noite anterior. Tudo o que sabia era que sua boca estava seca e a cabeça latejava. Deitou-se quieta, fitando a lâmpada cinza no teto. O som de um avião voando lá em cima no céu ficou mais e mais alto, até que teve certeza de que ele explodiria contra a casa. Ela agarrou o lençol, fechou os olhos e esperou pela própria morte, imagens de corpos mutilados e carnificina pululando diante de seus olhos. Então o avião ficou mais silencioso, até que o barulho desapareceu completamente e ela ficou se sentindo tola, enquanto seu coração ainda batia rápido.

— Você está acordada? — O lençol se mexeu e Lizzie se virou para encará-la.

— Meio que sim.

— Lembra que Lisa acordava e fazia um enorme café da manhã quando a gente ficava na casa dela?

— Lembro.

— A melhor cura para a ressaca de todos os tempos, certo?

— Certo.

— A gente precisa ligar para Lisa.

— Eu acho que ela está viajando. Ela não está viajando?

— Não sei.

— Nem eu.

— Ligue para ela.

— Ligue você.

— Tudo bem.

O colchão levantou de novo quando Lizzie voltou a deitar, sua respiração se acalmando quase instantaneamente enquanto ela voltava a dormir. Lentamente, imagens da noite anterior começaram a retornar. Revivendo cada momento e ouvindo o som ritmado da respiração de Lizzie, Bec se sentiu verdadeira e profundamente feliz.

Mais tarde, quando Lizzie havia ido embora, mas sua dor de cabeça permaneceu, Bec se sentou no meio de sua cama desarrumada, resolvendo como passaria o dia. Ela tinha uma revista de moda aberta sobre o colo, um café forte de onde saía fumaça na mesinha de cabeceira e Justin Timberlake estrondeando dos alto-falantes. O ideal seria passar o dia inteiro fazendo exatamente o que estava fazendo agora. Mas havia duas coisas, duas coisas igualmente importantes que pesavam em sua mente. O exorcismo seria à noite e Luke viria. Ela já resolvera que pediria a ele para vir às 23h e aos demais à meia-noite. Ele entraria em seu quarto. Olhando ao redor e vendo as coisas pelos olhos dele a faziam ficar tanto tonta de empolgação como trêmula de vergonha. Ele estaria na cama dela, porém, sentando bem onde ela estava agora. O que aconteceria naquela hora, antes dos outros chegarem?

Bec o imaginava sentado perto dela, acariciando sua perna, tocando seu cabelo. Era pedir muito. Bec pôs a revista sobre o rosto e deixou escapar um gritinho de expectativa. Ela tinha que resolver até onde deixaria ele ir. Bec sabia que queria fazer *aquilo* com ele. Fazer sexo. Mas, se fizesse logo de cara, não haveria provavelmente motivo para ele chamá-la para sair.

Ela se lembrava da última vez em que chegara perto. Seu namorado do ano passado quisera fazer. Bec pensara que queria também, mas quando ele estava sobre ela, com sua respiração de cachorro-quente na orelha dela e tateando sua calcinha, ela percebeu que era a última coisa que queria. Ele ficara tão enraivecido que ela o largara ali mesmo, todo o desejo que havia sentido substituído por repulsa. Seria diferente com Luke, no entanto. O telefone dela soou e Bec ruborizou, sabendo que era ele. *A noite passada foi incrível.*

Eu sei. Eu me diverti muito, escreveu ela. Assim que ela mandou a mensagem, desejou ter feito uma pergunta. Se ele não respondesse, teria que mandar outra mensagem para ele sobre hoje à noite e então pareceria uma louca. Mas antes que pudesse ficar muito preocupada, seu telefone soou de novo.

Hoje à noite ainda está de pé?

Sim, você quer vir às 23h e ajudar a organizar?

Ela segurou a respiração e cruzou os dedos.

Claro. Ainda só quero ver como é seu quarto.

* * *

A revista voltou a ficar sobre seu rosto e ela deu um novo gritinho. Bec lhe enviou seu endereço e colocou o telefone debaixo do travesseiro, sem conseguir olhar para ele de novo, caso Luke mudasse de ideia.

Ela sorriu para si mesma, perguntando-se como ocuparia o tempo entre agora e 23h. Uma coisa de cada vez, ela precisava sair do quarto. Se sentasse ali o dia todo, ficaria maluca, acabaria mandando outra mensagem para ele e se sentiria boba. Deixando a revista de lado, saiu da cama e deixou o quarto. A porta do quarto dos gêmeos estava bem aberta, mas eles não estavam lá. Era rara a chance de ela entrar ali sozinha, então foi o que fez. Por um momento, pensou em olhar debaixo dos travesseiros. Lembrou-se de como era encarregada de colocar os irmãos para dormir quando eles eram bem pequenos. Andrew lhe mostrara seu novo brinquedo, um pequenino robô de plástico que ele deve ter achado em um Kinder Ovo.

— Esse vai para debaixo do meu travesseiro. Como um dente.

— Só que a fada do dente não vem — acrescentara Paul.

— Porque não é um dente? — dissera ela.

— Não, porque ela não existe. É a mamãe.

— É mesmo? — perguntara ela.

— É! Você não sabia? — perguntara Andrew.

Ambos ficaram olhando para ela como se Bec fosse a maior idiota do mundo.

— Como vocês sabem que é a mamãe? — perguntara ela.

— Nós a vimos.

Ela não encontrara o que responder. Bec tinha por volta de doze anos na época, então se levantou para apagar a luz. Ficou com medo de que tocassem no assunto "Papai Noel".

— A gente odeia a mamãe — dissera um deles quando as costas dela estavam viradas; ela não saberia dizer qual.

— O quê? Por que você odeia a mamãe? — dissera ela, sua própria voz ainda jovem e infantil.

— Porque ela não é de verdade. Eu e Paul somos os únicos de verdade.

Ela ainda podia ver seus rostos macios, sentir o cheiro limpinho de criança de seus cabelos, como se aquilo tivesse acontecido esta semana. Mas Bec não estava de pé em um quarto de criança agora, e se ela olhasse debaixo do travesseiro de Andrew, ela não achava que encontraria um brinquedinho ou um dente.

Saindo para o jardim da frente, Bec abriu a porta cuidadosamente. Suas mãos estavam trêmulas; o álcool ainda latejava em seu corpo. Suas bicicletas não estavam onde normalmente ficavam, de cabeça para baixo e enganchadas, próximo à entrada de casa. Eles ficariam de castigo se não voltassem logo.

O sol brilhava com toda força, fazendo com que ela espremesse os olhos ao fitar a rua vazia. Ele fazia o ar tremeluzir. Olhando para as montanhas, ela percebeu fumaça subindo e, se olhasse bem de perto, uma linha vermelha da espessura de um fio de cabelo. Sentiu a mão cobrir a boca; os incêndios estavam tão próximos.

— Eles estão sob controle.

Seu vizinho estava de pé diante de casa também, encostado no portão, olhando para ela. Os olhos de Max pareciam mais alertas que o normal. Ela se perguntou se isso significava que ele estava melhorando. Ou piorando.

— Eles parecem tão próximos — disse ela.

— Eu não ficaria muito preocupado. O que você não vê são os bombeiros todos por lá. Há helicópteros e controle de incêndio. Eles já fizeram isso centenas de vezes.

— Isso é bom — disse ela.

De repente, Bec sentiu vontade de perguntar como era ficar maluco. Se parte da pessoa sabia o que estava acontecendo, ou se perdia a consciência até ser dopado e colocado em pijamas em um manicômio qualquer. Sem dúvida, se a pessoa se preocupava com o fato de que aquilo pudesse acontecer, significava que não estava acontecendo. Os pálidos olhos marrons de Max ainda recaíam sobre ela. Por um momento, Bec achou que podia ver a loucura ali, brilhando sob a superfície.

— Moro ao lado de sua família há muito tempo, sabe. — Os olhos de Max não deixavam os dela nem por um segundo. Era como se ele nem piscasse.

— É, eu sei.

— Não é só você. Percebo isso também.

O suor descia grosso, esgueirando-se pelo poros das costas de Bec. Todo o seu corpo ficando grudento e úmido. Ele podia ver a loucura dela.

— Não quero parecer intrometido — continuou Max —, mas se, algum dia, você quiser alguém com quem conversar, eu estou aqui.

Ele não parava de encará-la, seus olhos grudados nos de Bec como ímãs. Uma raiva fervente começou a fumegar dentro dela. Ela estava prestes a dizer algo, qualquer coisa, para fazê-lo parar, quando ouviu o deslizar de bicicletas subindo a entrada de casa.

Elas retiniram em alto e bom som quando seus irmãos as atiraram sobre o concreto.

— Onde vocês estavam?

— Nas lojas.

— A gente tem permissão para ir às lojas.

— É, bom, vocês não têm permissão para andarem de bicicleta sem capacete, têm?

Ela olhou para trás, por sobre a cerca, mas Max desaparecera; a porta de tela se fechando como se tivesse acabado de entrar.

— Você vai nos dedurar? — perguntou Paul.

— Talvez! — disse ela, a voz saindo estranha de repente. As palavras do vizinho ainda soavam em seus ouvidos.

— Ótimo! — disse Andrew. — Então vamos dizer à mamãe que você convidou amigos para virem em casa hoje à noite.

— O quê? Como vocês sabiam?

— Percepção extrassensorial! — gritou Andrew, e os garotos entraram correndo de volta para casa.

* * *

Mais tarde, àquela noite, quando o restante da família foi para a cama, Bec dava os toques finais em seu quarto. Ela estava colando com adesivos fotografias que a faziam parecer sexy e engraçada, e escondendo ursinhos de pelúcia e coisas cor-de-rosa no fundo de seu guarda-roupa. Ela comprara o silêncio dos gêmeos. O acordo é que ela não contaria à mãe sobre os capacetes e daria a eles quantas batatas fritas e jujubas quisessem no dia seguinte, no Big Splash. Eles provavelmente terminariam vomitando, mas a culpa seria deles.

Bec levara um longo tempo para resolver o que vestir. A parte mais difícil era parecer natural. Afinal de contas, ela estava em casa. Ela escolhera um simples vestido estilo bata que vinha até acima dos joelhos e optou por ficar descalça. Bec esperava que parecesse ser essa a maneira como ela se vestia quando ficava em casa, quando na verdade usava seu roto e velho pijama com cara de gatinhos. Ela prometeu a si mesma nunca usá-lo de novo.

Seu telefone se iluminou. Ele havia chegado. Bec se sentiu tonta, de repente. Ela se sentou no carpete e pôs a cabeça entre os joelhos. Não estava certa de que podia fazer aquilo. Balançando-se para frente e para trás, respirou fundo algumas vezes, e então, levantou-se de um salto e foi andando na ponta dos pés até a porta da frente. Podia ver a forma dele através do vidro mosqueado. Seus ombros largos, a curva de seu maxilar. Ele estava ali apenas para vê-la. Bec abriu a porta, os dedos nos lábios e o coração batendo rápido. Era estranho vê-lo ali. Sua imagem era tão familiar; ela pensara nele com tanta frequência. Mas tê-lo a sua porta, sorrindo para ela e pisando do capacho para as tábuas do corredor da entrada, parecia errado, de alguma maneira. Ele existia em um mundo diferente deste.

Fazendo sinal para que ele a seguisse, Bec caminhou silenciosamente escada acima. Os pés dele faziam os mesmos chiados na escada que os dela. As mãos dele percorriam o corrimão dela.

Ela fechou a porta quando ele entrou. Ali estava ele, de pé, no meio de seu quarto. O coração de Bec batia tão rápido que ela temia que ele pudesse ouvir. Ela deixara apenas a luz de sua mesa ligada, de modo que a luminosidade no cômodo era fraca e dourada.

— Então, este é meu quarto — sussurrou ela. — Era o que você esperava?

— Eu acho. Cadê Liz?

Ela percebeu como ele parecia incomodado. Seus ombros estavam levantados e as mãos enfiadas fundo nos bolsos de sua jaqueta de aviador.

— Não chegou ainda, eu acho.

Ela se sentou na cama, mas ele permaneceu de pé. Ela deu tapinhas no colchão a seu lado. Ele se sentou, mas ainda assim não olhava para ela. Seu perfil brilhava. A leve protuberância em seu nariz, a curva de seu queixo; o pequeno caroço de seu pomo de Adão. Ela podia ficar olhando para ele a noite inteira.

— Então, como se sente? A ressaca se foi? — perguntou ela.

Bec desejava botar uma música, mas não queria arriscar acordar os pais.

— Não, estou me sentindo uma bosta. Caras velhos como eu não ficam bons tão rápido.

Ela queria que ele tirasse a jaqueta. Parecia estranho que ele a estivesse usando para começo de conversa, quando estava quente e pegajoso lá fora.

— Você pode colocar a jaqueta em minha cadeira, se quiser.

— Eu estou bem.

— Certo.

A barra do vestido dela subiu um pouco, agora que ela estava sentada. Bec não a baixou. Ela queria que ele se inclinasse, pusesse a palma da mão quente na carne exposta de sua coxa. Olhasse para ela de perto. Beijasse-a. Mãos percorrendo suas pernas e agarrando sua bunda, apertando-a e puxando-a para si. Abrindo-lhe as pernas com a barriga; quadril contra quadril, a pele dela eletrizada.

Mas ele não fez nada, a não ser olhar para seus joelhos. Ombros recaídos para frente, mãos ainda dentro dos bolsos. Silencioso. De repente, Bec teve uma vontade arrebatadora de fazer xixi. Ela ficou de pé num instante.

— Volto em um segundo.

Ela correu para o banheiro, baixou a calcinha e começou a fazer xixi imediatamente. Olhando para si no espelho adjacente, Bec apanhou o olhar patético em seu rosto. Ela forçou um sorriso. Não era assim que ela havia planejado as coisas. Tinha sido apenas uma tentativa frustrada. Depois de acabar, ela fechou os olhos, espantou a negatividade, sorriu de novo e voltou para o quarto. Ele gostava dela, Bec tinha certeza. Ele olhava para o telefone quando ela abriu a porta.

— Lizzie está aqui — disse ele.

— Na porta?

— É.

Forçando o sorriso a permanecer colado ao rosto, ela girou sobre o calcanhar e desceu a escada. Bec dissera a Lizzie meia-noite; ela tinha certeza. Abrindo a porta, ela meio que tinha a esperança de que não houvesse ninguém ali. Mas não, Lizzie estava de pé diante dela, segurando uma caixa de sapato e sorrindo sinceramente.

— Está tudo bem? — O sorriso dela se desfez um pouco quando ela percebeu o rosto de Bec.

— Claro. Entre.

Bec não podia acreditar que seu tempo com Luke já havia acabado. O desapontamento caiu lentamente em seu corpo, um peso de chumbo.

— Você chegou cedo — sussurrou ela para Lizzie, quando subiam a escada.

— Cheguei? Luke me mandou uma mensagem quando saiu do trabalho e veio para cá.

— Acho que os dois chegaram cedo. — Bec tentou disfarçar, mas Lizzie já estava entrando no quarto.

— Ei, pervertido, desculpe interromper — disse ela para Luke, que ainda estava sentado de maneira estranha na cama. — Achei que você estaria remexendo na gaveta de calcinhas dela agora.

— Já coloquei alguns exemplares na minha mochila para mais tarde — disse ele e Bec percebeu seu rosto se distender e seus ombros se soltarem. O peso de chumbo aumentou, preenchendo sua garganta agora.

— Mal posso esperar para mostrar a vocês o que eu consegui! — Lizzie levantou a caixa a sua frente. — Por que a gente está aqui em cima, hein? A gente não deveria estar lá embaixo, na garagem?

— Eu só estava esperando você chegar, não queria enfrentar as aranhas sozinha — disse Bec, o sorriso real agora.

Lizzie odiava aranhas. Bec observou enquanto ela começou a inconscientemente esfregar a nuca e coçar o cabelo, como se milhões de aranhas já estivessem passeando por todo o corpo dela.

— Vamos, então! — disse Bec, sem olhar para Luke.

Se seus olhos encontrassem os dele, lágrimas podiam rolar.

Bec estava contente por Lizzie andar diante dela quando chegaram à lavanderia. Desviando os olhos, ela ouviu Lizzie girar a maçaneta e pisar na garagem como se não fosse nada demais. Apenas outro cômodo da casa. O coração de Bec batia rápido, lançando tremores até a ponta de seus dedos. Aquilo era tão estúpido; ela queria poder apenas ir para cama.

— Vamos lá, lerdeza — disse a voz de Luke por trás dela, empurrando-a de leve. Bec se virou e ele estava rindo para ela de novo, a estranheza de antes tinha desaparecido completamente. Ela não o entendia.

Fitando a escuridão, enquadrada pelo vão da porta como um porta-retratos, ela cerrou os punhos e se forçou a caminhar para dentro.

13

2014

Quando atravesso a porta de casa, uma inesperada ansiedade me toma. Tive um excelente dia, a despeito do estranho incidente com o pai pela manhã. Agora que não precisava me preocupar com a van preta, deveria poder relaxar. Tudo estava se encaixando. Talvez fosse essa a razão de eu estar ansiosa. Quando as coisas estavam indo bem, eu normalmente fazia algo para estragá-las. Mas não dessa vez.

— Como foi sua tarde com Jack? — pergunta a mãe, segurando uma cesta de roupa para lavar.

— Boa — digo, e foi realmente boa. Foi ótima. O beijo dele era incrível. Talvez fossem as endorfinas escapando de mim depois do confronto com o jornalista o que dera início àquilo, mas não me importava.

— Como eu era quando criança? — pergunto. O pensamento veio a minha cabeça e saiu da minha boca no mesmo instante. — Eu era má? Ou tímida? Não me lembro.

— Você era... Bom, eu quero dizer que você era perfeita. — Ela riu. Percebi que foi a primeira vez que ouvi aquilo. — Mas você era um pouco mandona. Vestia seus irmãozinhos como se fossem bonecas e os fazia encenar desfiles de moda.

— Mesmo? — Tento imaginar Paul e Andrew fazendo aquilo. Não consigo.

— Você não lembra? Tenho certeza de que tenho algumas fotos em algum lugar.

— Eu gostaria de vê-las — digo.

— Claro, querida. Você precisa lavar alguma roupa? — pergunta ela.

— Não, estou bem — digo. — Mas obrigada por perguntar.

Ela corre de volta para a lavanderia e eu me sento no sofá. Eu não estou com vontade de ficar no quarto de Bec no momento, rodeada por todas as lembranças da vida dela. O jornalista me deixou tocada; não podia acreditar que um homem tão patético me fez sentir tão amedrontada. Ele não estava preocupado com Bec; ele apenas viu a oportunidade de subir na carreira, de se aproveitar da tragédia dela. Como ele podia vê-la como contracheque e não como uma pessoa real? Ele pensava que algo terrível acontecera com ela, mas isso não o impedia de lhe mandar mensagem, de caçá-la. Caçar-me.

Não consigo me segurar e pesquiso seu nome em meu celular de novo, e desta vez procuro por vídeos. Não sei o porquê, mas quero vê-la em movimento, vê-la falando. Quero vê-la parecendo mais viva do que apenas naquelas fotografias estáticas.

Há apenas um vídeo, e Bec não está nele. Está intitulado "Cidade Lamenta Garota Perdida em Vigília à Luz de Vela". Centenas de pessoas estão em uma praça da cidade, com um palco levantado à frente. A câmera vagueia entre as pessoas, todas segurando brilhantes lanternas laranja. Algumas estão chorando. Há enormes cartazes com o rosto sorridente de Bec e a frase "Volte para Casa" escrita neles. Percebo uma jovem Lizzie na multidão, os olhos perdidos e a boca aberta, como se não pudesse acreditar. Um cara magrelo, um pouco mais velho, está com o braço ao redor dela, mas não consigo ver seu rosto. O pai de Bec está à frente, com um microfone.

— Por favor — consegue dizer ele, e então coloca a mão sobre o rosto e começa a chorar.

As pessoas colocaram uma grande quantidade de objetos e fotografias por sobre os degraus. Todas essas fotos que poderiam ser de mim. Sinto um aperto no peito. A câmera fecha em uma adolescente despejando um saco de doces na pilha. Na sombra, por trás dela, vejo o pai de Lizzie deixando um boné do McDonald's. A mãe de Bec caminha lentamente até o microfone. Ela parece muito diferente. Isso poderia ser trinta anos atrás, em vez de onze, ela envelheceu muito desde então. Ao chegar ao pódio, ela não está chorando e suas mãos não tremem.

— O que você está vendo? — pergunta Paul, sentando-se ao meu lado.

— Nada — digo, desligando rapidamente o telefone. — Apenas passando o tempo no YouTube.

Ele põe o braço ao redor de mim.

— Quer fazer alguma coisa hoje à noite? — pergunta ele. — Quem sabe, sair para jantar?

Ele acaricia meu cabelo, colocando-o atrás da orelha. Por um momento, pergunto-me se ele está me chamando para um encontro, o que é ridículo.

— Seria legal — digo.

— Não quero que você morra na clausura — diz ele.

O corpo dele está tão perto do meu que posso sentir o calor irradiando dele. Fecho os olhos por um segundo, sentindo seus dedos tocando meu cabelo. Cerro os punhos e o empurro. Não posso sentir isso.

— Ei, pare! Você está bagunçando meu cabelo! — forço-me a dizer.

— Não dá para ficar mais bagunçado! — diz ele, rindo. — Não sei como lhe dizer isso, irmãzinha, mas você precisa cortar o cabelo.

— Preciso nada! — digo, fingindo estar ofendida. Assim é melhor. Terei de ficar no seguro território da infantilidade e da zombaria até que consiga controlar meus sentimentos.

Solto um chiado quando um carro estaciona diante de casa e escuto um bater de portas.

— Quem será? — pergunto.

— Não sei. Vince?

— Não — digo.

Ele se levanta e estranhos flashes de luz atravessam seu rosto quando abre a porta de casa.

— Andrew? Paul? — diz uma voz.

Paul bate a porta com tanta força que eu quase dou um pulo.

— Sanguessugas de merda! — grita ele.

— Que foi? — pergunto. Ele parece tão raivoso, o rosto avermelhado.

— Parece que o jantar foi cancelado — diz ele e marcha escada acima.

Eu me levanto e espio através da cortina. Três homens estão diante da casa, um segurando um microfone e os outros dois com câmeras de vídeo sobre os ombros e câmeras fotográficas com enormes lentes de zoom ao redor do pescoço.

Acho que não fui tão convincente quanto pensava.

Quando o sol se põe, há oito vans à frente de casa. Sento com a família na sala de estar. Ninguém fala, mas o cômodo está cheio com o som da conversa empolgada do lado de fora. Frequentemente, há uma batida na porta ou na janela. Às vezes, eles gritam o nome de Rebecca. Desejo desesperadamente não ter enfrentado o jornalista, embora isso tivesse acontecido de qualquer maneira. Meu telefone toca. É Jack. *Você está bem? Passou uma história sobre você na tevê.*

Não pensava que poderia ser tão rápido. Ligo a televisão, trocando de canal até achar o programa. O apresentador aparece em meio à fala.

— ... onze anos atrás, quando voltava para casa de seu ponto de ônibus.

— O investigador sênior do departamento de pessoas perdidas, Vincent Andopolis, tinha pouco a dizer sobre o assunto.

Andopolis aparece na tela. Seu rosto está abatido e cansado, mas, mesmo assim, ele parece furioso.

— Isto é algo que eu não posso nem confirmar nem negar — diz ele para o mar de microfones que empurram contra seu rosto. — Em nome do departamento de polícia e da família Winter, solicito que sejam dados à investigação o espaço e o respeito necessários neste momento.

A tela volta a enquadrar o rosto arrogante do apresentador.

— No entanto, se Rebecca Winter esteve, de fato, viva durante todo este tempo, é preciso questionar a integridade da investigação do detetive Andopolis, bem como levantar a possibilidade de uma crassa negligência policial.

Uma nova imagem aparece na tela. Uma fotografia. É do dia em que cheguei em casa fumando. O repórter deve tê-la tirado enquanto eu tateava minhas chaves. A foto está sem definição e borrada, como se ele a tivesse tirado através do para-brisa do carro. Eu estou esmagada contra a porta de entrada, levemente virada, como se estivesse prestes a olhar por sobre o ombro. Pode-se ver apenas uma fração do meu rosto. Só o final de minha bochecha e o canto de meu olho. Deveria ser suficiente. Para alguém que realmente me conhecia, que poderia reconhecer o formato de meus ombros, minha maneira de me portar. Deveria ser suficiente para meu pai.

— Desligue isso — disse Andrew.

Quando a polícia chega na manhã seguinte, pergunto-me por um momento se estão vindo por mim. As luzes vermelhas e azuis preenchem a casa silenciosa. Mas eles nem mesmo entram. Escuto-os conversando com os jornalistas que estão acampados ali em frente.

— O que estão fazendo? — pergunto ao pai, que come o café da manhã ao meu lado na cozinha. Estou com muito medo para ir olhar pela janela e não posso deixá-los tirar outra foto minha.

— Eu os chamei cedo esta manhã, preciso ir trabalhar e as vans estão bloqueando a rua.

— Eles vão realmente embora só porque os policiais dizem? — Despejo meu cereal ao redor da tigela em círculos. Não me sinto com vontade de comer agora.

— Provavelmente não. Eles vão levantar uma barreira ao final da estrada — diz ele. — Foi exatamente o que fizeram antes. Por fim, foram embora, quando ficaram suficientemente entediados.

O cômodo volta a mergulhar no silêncio. E então, o pai se levanta, aperta a gravata e pega a maleta, antes de sair pela porta da rua. Escuto a barafunda de barulhos enquanto ele sai, perguntas sendo feitas umas sobre as outras, as câmeras batendo fotos.

Sento perto de Paul no sofá. Ele está vestindo apenas cuecas de algodão e uma camiseta apertada, e assiste a desenhos animados. Forço-me a olhar para a televisão, em vez de para seu incrível corpo. Um tigre no desenho veste um pulôver com capuz e anda em um bonde com sua família. Tento prestar atenção à história, mas, na verdade, estou encarando o pânico. Agora que a mídia, sem querer, pagou para ver meu blefe, ela levou adiante a ameaça que eu nunca tive intenção de utilizar, a única vantagem que eu ainda tinha com Andopolis havia evaporado. Ele ficaria realmente com raiva de mim e eu não tinha ideia de como isso afetaria seu próximo passo. Além disso, a casa estava agora rodeada de câmeras. Eu estava literalmente encurralada. Presa dentro de minha própria mentira, sem espaço para me mover. Tentei puxar o ar profundamente; o pânico não me ajudaria agora.

— Não pense muito — diz Paul, sorrindo. — Você está ficando com rugas.

Não prestara atenção ao fato de que ele me olhava.

— Cale a boca! — digo, feliz por uma distração.

— Desculpe, irmãzinha. Só estou tentando ajudá-la.

— Você devia tentar se ajudar — digo eu. — Posso ver uma bem horrorosa aparecendo bem aqui.

Dou-lhe um piparote bem entre os olhos. Ele me olha calmamente, então pula sobre mim e me prende ao sofá.

— Posso ver um monte bem aqui — diz ele e lambe minha testa.

— Eca! — grito. — Não acredito que você acabou de fazer isso!

— Acredite — diz ele e começa a fazer cócegas debaixo de meus braços.

— Pare com isso! — Eu solto urros de gargalhada, remexendo-me debaixo dele. Mas ele é forte e não consigo me mexer muito. Seu peso quente está sobre mim. Inalando seu cheiro suado de sono, empurro seu peito com minhas mãos e não consigo evitar perceber o músculo forte por baixo dele. Minha pele fica faiscante e sensível. Isso é errado. Tento me desvencilhar, mas ele apenas faz mais cócegas, a barriga apertada contra a minha.

Ele faz uma bola de cuspe sair da boca e a deixa flutuar sobre meu rosto.

— Você não ouse! — grito, mas ainda não consigo evitar gritinhos e risadinhas de uma criança. Meu corpo está querendo o dele. Ele engole o cuspe de volta e sorri para mim, e por um momento, quero beijá-lo desesperadamente. Quero desesperadamente pôr meu braço ao redor de seu pescoço e puxá-lo para mim. Quero sentir sua boca quente na minha, suas mãos me tocando.

— Apresse-se, Andrew — diz uma voz.

— Estou indo! — Ele se afasta de mim.

Olho em volta. Paul está descendo as escadas, totalmente vestido. Era com Andrew que eu estava brincando, não Paul. Seu cabelo estava despenteado, então não percebi. Como podia? Puxei-me para me sentar, sentindo que havia sido pega fazendo algo nojento. Andrew corre escada acima para se aprontar. Sinto-me enganada, de alguma forma, ainda que não houvesse maneira de que ele pudesse pensar que eu mal consegui distingui-los. A culpa roda em meu estômago.

Bec me odiaria se soubesse que eu estava desejando seus irmãos mais novos. Embora ela provavelmente já me odiaria a esta altura, independentemente de qualquer coisa. Além do mais, não posso evitar pensar em Jack.

* * *

Após algumas horas, começo a me sentir encurralada. Andopolis não aparece, e eu não posso sair. Andrew e Paul saíram para algum canto algumas horas atrás e não voltaram ainda. Vejo a programação do horário matutino da televisão e me deito no sofá, deixando a mãe me trazer pratos de comida. Mando mensagem para Jack, pedindo que venha para cá. Se tenho que ficar aqui, ao menos Jack seria uma distração. Ele poderia momentaneamente parar a sensação de que as paredes estão cada vez mais me espremendo. Ele me manda uma mensagem de volta: *Estou no trabalho. Queria não estar.* A frustração me toma. Estou prestes a atirar meu telefone longe quando ele toca, Jack de novo. *Não consigo parar de pensar em beijar você.*

Passo os canais até que *The Young and the Restless* surge na tela. Eu me inteiro da história de novo rapidamente. Logo que eu abandonei a universidade, o programa era o ápice do meu dia. Nunca perdia um episódio. Começara o primeiro semestre certa de que me tornaria alguém, mas não durou muito. Mesmo assim, vestia-me toda manhã e saía de casa um pouco antes de meu pai, a mochila cheia de livros escolares. Então, ia até a padaria na esquina e me sentava ao fundo, comendo tortas azedas de cereja com creme de ovos e folheando suas revistas sujas com dedos engordurados. Quando tinha certeza de que ele saíra para trabalhar, voltava para casa e me deitava no sofá até que voltasse para casa.

Quando eu estava na universidade, de repente era legal para mim não ter um trabalho e ainda viver em casa. Sabia que meu pai estava orgulhoso de mim. Ele me olhava como se realmente me amasse. Se contasse para ele que havia desistido, sabia que aquilo mudaria. Ele me perguntaria o que eu estava planejando fazer com minha vida e eu não teria uma resposta.

Por fim, chega o noticiário das 15h. A principal história: Rebecca Winter voltou? Eles apresentam a mesma fotografia borrada, dando zoom no lado do meu rosto. Desligo a tevê. Não consigo assistir.

— Espero que isso não a esteja chateando, querida — diz a mãe, perambulando pelo vão da porta.

— Eu estou bem — digo, levantando e tentando sorrir para ela.

No quarto de Bec, a parede de fotografias de Bec e seus amigos se expande a minha frente, como se ela não tivesse uma única preocupação no mundo. As palavras de Andopolis retornam até mim. O que ele dissera? Algo sobre olhar para uma foto.

Olhava em seus olhos e tentava entender os segredos que você deve ter escondidos.

Olho as fotos dela de perto. Bec está sentada na grama com um grupo de garotas, todas usando o mesmo uniforme horroroso do colégio. Uma foto dela e de Lizzie fazendo biquinhos para a câmera, ambas usando grande quantidade de maquiagem. Uma de Bec sorrindo docemente, o sol a iluminando por trás. Olho em seus olhos, os olhos que se parecem tanto com os meus. Ele está certo. Há uma tristeza ali, algo que não combina com o sorriso. Talvez ela tivesse segredos.

Abro o guarda-roupa, feliz por ter finalmente encontrado algo para fazer. Sei que os tiras devem ter provavelmente feito isso antes. Mas, de alguma maneira, sinto como se pudesse ser capaz de encontrar algo que eles não acharam. Eles deixaram passar aquele estranho feitiço de sessão espírita que estivera no bolso de Bec. Talvez houvesse mais que eles foram muito incompetentes para encontrar. É mais do que apenas isso, porém. Eu sinto como se ela houvesse deixado algo só para mim.

Olho nos bolsos de todas as suas roupas. Nada, apenas alguns lenços sujos. Acho uma bolsa pendurada do lado de dentro da porta. Tem sua carteira de estudante, maquiagem, um bilhete amassado para *Prenda-me se for capaz*. Eu tiro as fronhas, lembrando de esconder bilhetes de amor não enviados nelas quando tinha a idade de Bec. Nada, tiro o colchão, vendo se há alguma coisa caída entre ele e o estrado. Nada. Paro e fico olhando. Se este fosse meu quarto, onde eu esconderia alguma coisa?

Claro. Na cama. A armação é feita de brancos tubos de ferro, selados de cada lado com pinos pretos de plástico. Tiro um deles e olho dentro. Nada. Mas o outro esconde algo, bem no fundo. Algo circular e brilhante. Sento no carpete e enfio minha mão o máximo que posso. Percebo o que é antes de puxar para fora inteiramente. Uma garrafa de vodca. Está cheia pela metade. Abro a tampa e tomo um gole, e ela queima minha garganta.

O que Andopolis queria dizer quando falou de segredos? Quando falara sobre o assunto, eu estivera distraída, pensando que ele podia estar a minha caça. Mas agora que penso a esse respeito, ele dissera pensar que ela escondia algo antes mesmo de me encontrar. Não entendi: por que importava ela ter segredos se ela havia sido raptada da rua como ele dissera? Havia sido completamente aleatório. Ela era uma vítima do acaso. E por que ele me perguntou sobre o verão antes de ela desaparecer? Por que ele parecia pensar que eu estava protegendo alguém? Não fazia sentido. Olho para a foto de novo, a em que ela está sorrindo, mas seus olhos estão tristes. Ela sabia, de alguma maneira? Sabia que estava marcada pela tragédia? Levanto a garrafa para ela antes de tomar outro gole.

Minha boca está ressecada quando acordo, minha língua como uma esponja seca. O quarto está escuro, mas há uma borda branca ao redor da cortina fechada: está de manhã. O quarto roda quando tento abrir os olhos, e subitamente tenho certeza de que vou ficar enjoada. Viro-me para o canto da cama. Quando me movo, a coberta fica no lugar; há alguma coisa pesada a mantendo no lugar. Viro-me de costas e abro os olhos. A mãe está sentada na cama, olhando para mim.

— Eles me disseram que eu deveria empacotar as coisas do seu quarto. Usá-lo como depósito ou coisa do tipo. Mas não consegui. Sabia que você voltaria.

Ela acaricia meu tornozelo por sobre a coberta. Não sei o que dizer a ela. Faz muito tempo que não tenho uma mãe, portanto não tenho certeza se é normal elas observarem a gente dormir.

Parece estranho, porém.

— Os garotos vão voltar para Melbourne no domingo — diz ela, sorrindo. — Seremos só nos duas depois disso.

— Ótimo — coaxo. Domingo é o dia depois de amanhã. É estranho que ela fique contente com a partida dos filhos. Ela olha para mim cuidadosamente. Queria que ela fosse embora.

— Vince ligou — diz, por fim. — Ele queria que você soubesse que sente muito por ter faltado ontem. Houve algum tipo de emergência. Ele disse que virá em breve.

A vontade de vomitar diminuiu, mas minha cabeça está latejando.

— Vou deixar você se aprontar. — Ela se levanta e vai até a janela, onde abre parcialmente a cortina, deixando alguma luz entrar. — Eu vou ver se consigo encontrar aquela foto para você, a do desfile de moda.

— Você pode abrir a janela antes de ir? — Um ar fresco seria de grande ajuda agora. Mas é como se ela não tivesse me escutado, não responde ao sair e fechar a porta do quarto. O sol fere meus olhos por um segundo, mas ajuda a me sentir mais acordada.

Forço-me a me levantar e vou direto ao banheiro. De pé sob a água morna, preciso me segurar com os dois braços contra o vidro, sinto-me tonta. Foi tão idiota beber toda aquela vodca sozinha. Se os irmãos ou os pais tivessem vindo falar comigo, eu poderia ter me entregado tão facilmente. E agora Andopolis estava voltando. A investigação estava longe de acabada. Eu estava tão cansada dele e de sua culpa egoísta. E de bancar a vítima indefesa também; ele estava apenas se refestelando.

Enquanto a água quente percorria meu corpo, levando embora a nojenta sensação de tontura, tento elaborar um novo plano. Uma nova maneira de fazer Andopolis me deixar de lado para sempre. Homens como ele nunca viam mulheres jovens como pessoas, apenas como objetos que serviam a suas fantasias machistas. Bom, se o papel de vítima não estava funcionando, eu teria de me arriscar e ir ao outro extremo.

Quando saio do banho, dou outra olhada no guarda-roupa de Bec. Toda garota de dezesseis anos possuía uma roupa de vadia, e eu tinha certeza de que ela não era diferente.

Espio pela janela perto da porta da rua. A rua está vazia. Lá no final, posso ver brilhantes bloqueadores de tráfego de plástico amarelo em pé. Na cozinha, a mãe deixou dois pedaços de pão torrado com creme de amendoim esperando por mim em um prato sobre a mesa. Ela os cortou em triângulos, como se faz para criancinhas. Pergunto-me se ela vai começar a cortar as bordas fora também. Fico feliz com o café da manhã, porém. Engulo rápido, mal experimentando-o, esperando que o pão absorva algo do álcool. Escuto o som de pneus encostando na entrada. Andopolis já deve ter chegado. Pego o último triângulo e procuro a mãe para dar adeus. Não há resposta à porta do quarto, mas escuto movimento vindo da lavanderia. Entrando, vejo que a porta da garagem está meio aberta. Percebo que nunca entrei ali antes.

Abrindo a porta, sinto um pouco de frio; a temperatura é mais baixa aqui. Desço os três degraus estreitos até o chão de cimento da garagem. Cheira um pouco como mofo e podre. O cômodo está abarrotado de caixas e estantes de livros, velhas bicicletas de criança e um sujo lençol branco amarrotado em um canto. É estranho que ela tenha deixado tudo em tão péssimas condições. Ela parece estar constantemente limpando o resto da casa, mesmo quando já está imaculado. A luz é fraca, mas escuto rumorejo por trás de uma das estantes.

— Mãe?

Há um estrondo e ela surge por detrás dos livros, segurando um álbum de fotos.

— Volte para dentro! — diz ela, seca. — Há aranhas aqui.

Ela olha para mim estranhamente, como se tivesse medo de mim. Seus olhos vão de mim para a parede atrás de mim. Viro-me para ver o que ela está olhando, mas não há nada além de caixas.

— Tudo bem, só vim dar um tchau — digo defensivamente.

— Tchau — diz ela, desaparecendo de novo atrás da prateleira.

Entro no carro ao lado de Andopolis, degustando a maneira como seus olhos parecem prestes a saltar do rosto quando ele vê o que estou usando. Foi o melhor que pude encontrar no guarda-roupa de Bec: uma pequena saia de couro preto e uma pequenina camiseta preta. Estou morrendo de frio e louca para pôr o casaco ao meu redor. Mas o deixo aberto, permitindo aos olhos de Andopolis se banquetear com as pálidas pernas de sua pequena vítima.

— Por que você está me olhando desse jeito? — pergunto.

— Que jeito? — Ele se vira rapidamente, ligando o carro e se afastando da entrada de casa. — É melhor você cobrir o rosto quando passarmos — diz ele, limpando a garganta.

Inclinando-me para frente, coloco meus braços ao redor de meus joelhos e puxo o casaco sobre minha cabeça. Não quero que vejam nenhum pedaço meu. Assim que os sons deles desaparecem, sento-me com as costas eretas.

— Quando eles vão embora? — pergunto a Andopolis.

— Não vão ficar por muito tempo. Contanto que você não lhes dê nada para ver. — Os olhos dele recaem sobre minhas pernas de novo.

Ele dirige o resto do caminho em silêncio. Percebo suas mãos na direção. Suas unhas estão mordidas até o talo agora. Algumas até têm manchas de sangue coagulado do lado. Eu estou definitivamente enervando-o. A gente estaciona do lado de fora do McDonald's e observa os pobres funcionários virando hambúrgueres e limpando o chão. Bec devia odiar esse trabalho. Depois de um tempo, percebo que um dos trabalhadores é um tanto familiar. Aperto os olhos, tentando me lembrar onde o vi. Ele é mais velho que os demais; está encostado no balcão, rindo com uma das garotas. Então me vem. Ele estava em uma das fotos dos funcionários do McDonald's de 2003, Lucas.

— Nós não vamos entrar? — pergunto.

— É muito provável que você seja reconhecida — diz Andopolis, olhando-me de cima a baixo de novo. Ele provavelmente só não quer entrar ali comigo, com medo de que as pessoas me confundam com uma prostituta ou alguma coisa. Percebo a mão dele instintivamente indo até a boca; ele percebe e consegue evitar colocar uma unha entre os dentes. Mas eu sei que estou perto agora. Ele está quase se entregando. Quase consegui; quase ganhei.

— Mas você me levou no ônibus — digo.

— Sim, mas isso foi antes de você ir à imprensa.

— Eu não fui à imprensa.

— Sei.

Ficamos sentados em silêncio por um tempo.

— Você está realmente começando a me cansar. — Há uma súplica em sua voz quando ele continua. — Tudo o que quero é ajudá-la.

— Bom, talvez não queira sua ajuda. Talvez esteja bem do jeito que estou.

Andopolis bate com a mão na direção, fazendo com que me sobressalte.

— Mas que droga, Bec! Quem é? Quem você está protegendo?

— Ninguém!

Ele geme de frustração e liga a ignição, saindo de ré do estacionamento rápido demais.

— Como você pode pensar que eu estou protegendo alguém? — digo. — Você acha que eu não odeio a pessoa que roubou minha vida?

Fui eu que roubei a vida de Bec.

— Não, eu não acho que você a odeia.

— Odeio! Eu a odeio mais que tudo! Você age como se tudo isso fosse culpa minha, como se eu soubesse que seria sequestrada. Como eu poderia saber que isso aconteceria?

Percebo que, de fato, estou perguntando a ele.

— Se foi isso o que aconteceu — ele diz sob a respiração, dirigindo um pouco rápido demais.

— O que você quer dizer? — pergunto. Ele não diz nada.

É como se ele estivesse fazendo charadas. Como ele podia pensar que Bec não odiaria seu capturador? Por que ela não o odiaria?

— Você acha que eu não odeio o sequestrador. — Estou pensando em voz alta. — Você acha que eu gosto dele?

Ele não diz nada.

— Você acha que eu o amo? — As palavras soam como uma acusação, mas ele não pisca. É o que ele pensa.

E então, finalmente, entendo; todas as peças se encaixam. A maneira como ele olhou para mim como se eu estivesse mentindo quando nós estávamos de pé no lugar onde Bec foi pega. Foi ali que ele realmente começou a duvidar de mim.

— Você acha que foi alguém que me... conhecia — digo, quase dizendo a palavra em voz alta. Ele não diz nada, apenas continua dirigindo. Dá no mesmo que admitir.

— E o telefone? — pergunto. — Se sua teoria está certa, como eu cheguei lá?

— Foi plantado — diz ele. Definitivo, como se fosse um fato.

— Isso é uma loucura!

— O que é uma loucura é pensar que uma garota poderia ser abordada em uma área tão calma sem que ninguém, nem mesmo os insones do outro lado da rua, ouvisse alguma coisa — grunhe ele.

O silêncio se distende enquanto suas palavras permeiam o espaço entre nós. Ele está certo. Como não pude perceber antes? Depois de um tempo, percebo que estamos voltando pelo caminho por onde viemos.

— Você está me levando para casa?

— A não ser que você consiga se lembrar de algum outro lugar aonde foi naquele dia, chegamos ao fim.

Mas havia outro lugar. Jack dissera que Bec foi ver Lizzie, mas ela não estava em casa. Por algum motivo, Andopolis não sabia daquilo.

— Mesma hora amanhã? — pergunto quando ele encosta na entrada de casa.

— Eu tenho verdadeiras vítimas, que precisam e querem minha ajuda, com quem devo gastar meu tempo.

— Então é isso?

— É isso, Rebecca.

Sei que deveria ficar feliz. Finalmente tenho o que queria; Andopolis se cansou de mim. Mas não estou contente. Não é só o fato de que quem quer que tenha feito aquilo pode estar espiando minha vida agora, embora isso me aterrorizasse. Não, era o que ele havia falado sobre vítimas. Bec era uma vítima real e, por minha causa, a verdade jamais seria descoberta. Jamais haveria justiça para o que aconteceu com ela.

Não quero pensar mais sobre Bec. Subitamente, sinto como se ela estivesse me dominando. Como se a linha entre nós duas estivesse se obscurecendo. Que eu sou realmente Bec Winter, só que eu sou uma versão apagada, não tão brilhante e amada quanto a original.

Dentro de casa, a televisão trombeteia da sala de estar.

— ... desaparecida em 2003 em seu caminho para casa, vinda do trabalho. A polícia ainda vai fazer uma declaração formal sobre se Rebecca Winter foi, de fato, encontrada depois de uma década desaparecida.

— Ei, Bec — diz Andrew quando entro na sala de estar —, como foi com o Vince?

Ele e Paul estão sentados no sofá, olhando intensamente para a tela.

— Ótimo — digo. Não quero falar sobre o assunto. Não quero dizer a eles que, quem quer que seja responsável pelo sumiço da irmã deles, jamais será pego. Não quero lhes dizer que é tudo minha culpa. Que eu arruinei tanto a investigação que a pessoa responsável por levar a irmã deles jamais encontrará justiça. Só quero fugir desesperadamente de tudo. Sinto como se jamais tivesse respirado ar puro. Mas não posso sair sem um carro. Então, em vez de sair, subo a escada para o meu quarto, coloco um vestido bem mais modesto e ligo para Jack. Ele é a única pessoa que pode fazer me sentir melhor agora.

Deitamos na cama dele, a última luz do dia fazendo o quarto brilhar. Beijamo-nos apaixonada e suavemente. É como se pudesse durar para sempre.

— Não acredito que isso está acontecendo — diz ele, tocando meu cabelo cuidadosamente.

— Eu sei. — Estou tão apaixonada por ele.

— Se alguém me dissesse uma semana atrás que eu estaria beijando Bec Winter agora, eu diria que era loucura. Uma insanidade total.

Sorrio para ele, mas uma parte de mim está um pouco ofendida. Odeio ouvi-lo me chamar pelo nome dela. Gostaria de poder contar-lhe a verdade.

— Você parece triste — diz ele. — O que se passa nessa sua cabeça?

— Eu queria que nós fôssemos completamente honestos um com o outro — digo, e por um momento, sinto que posso dizer, posso contar a ele. Mas ele se afasta de mim e se vira sobre as costas.

— Você tem razão — diz Jack. — Desculpe. É assim tão óbvio que eu estava mentindo?

Percebo que ele deve estar falando sobre a nova missão com Kingsley, quando lhe perguntei se seria perigoso.

— Eu sou muito boa em ver através das pessoas — digo.

— Eu não. Sou péssimo nisso — diz ele. *Eu sei.* Quase digo.

— Não precisa me contar, se você não quiser — digo. Não quero mais falar naquilo. Só quero que ele me beije de novo. Deixar-me aproveitá-lo sem ter que pensar muito sobre o assunto.

— Não, você está certa. Eu acho que você pode ser alguém que entenda. — Ele se volta e olha atentamente para mim. — Você é a pessoa menos egoísta que eu já conheci.

Não sei o que dizer, então não digo nada.

— Foi permitido à Cruz Vermelha entrar nos centros de detenção. Eu venho esperando por isso há décadas: esse foi o motivo de ter conseguido um emprego com eles. Finalmente, eles me deram. Estou indo para Manus Island em duas semanas e vou levar uma câmera escondida.

Olho para ele chocada. Não era o que estava esperando que fosse dizer.

— Vou transmitir ao vivo para o blog — continua ele. — Acho que as pessoas têm o direito de saber o que está acontecendo.

— Mas se descobrirem, você vai se dar muito mal! Não deveria ser ele a pessoa indicada para fazer isso?

— Quem?

— Kingsley! — solto um meio grito. Não quero que Jack faça aquilo.

Ele olha para mim cuidadosamente, como se estivesse um pouco confuso. Quando fala, é lenta e uniformemente.

— Sabe, você talvez não seja tão boa em ver através das pessoas como pensava — diz ele. — Eu sou Kingsley.

— Merda — é tudo o que digo. Ele está muito envolvido; não há como possa convencê-lo a não fazer aquilo. Ele ri para mim.

— É uma reação muito boa. — Ele me fita, passando o polegar sobre minha sobrancelha gentilmente. — Sabe, foi você que me mudou. Eu era muito interessado em morte e dor. Eu adorava *heavy metal* e filmes de terror e tudo. E então, quando você desapareceu, eu vi as coisas de maneira diferente. Não conseguia digerir toda a violência e o terror. Era como se estivessem tomando conta do mundo. Queria fazer parte de algo positivo.

Faço minha mão escorregar ao redor de seu pescoço e o puxo para mim, beijando-o, fazendo-o parar de falar sobre Bec e o que aconteceu com ela. Beijo-o mais profundamente e baixo minha mão para abrir sua braguilha. Ele se afasta de mim.

— Qual o problema? — pergunto.

— Não sei. É isso o que você quer?

— É. É isso o que você quer?

— Acho que só pensei demais sobre isso — diz ele.

— Pare de pensar — digo, empurrando-o devagar para que fique de costas.

Fico sobre ele e me balanço gentilmente. Tento beijá-lo novamente, e dessa vez ele me beija também, com força. Sento de novo sobre ele e tiro meu vestido por sobre a cabeça.

— Foi assim que você imaginou? — pergunto.

— Sim — diz ele baixinho.

Tiro meu sutiã e baixo minha calcinha.

— Foi assim? — pergunto. Estou sentada sobre ele, completamente nua agora, e Jack está totalmente vestido. Ele me puxa para si. Suas mãos se movem por toda parte, sobre minhas costas, meus seios e, finalmente, no lugar onde as quero. Eu gemo então, abandonando o controle. Ele me vira, ficando por cima de mim, e rapidamente tira a roupa e põe um preservativo que tira da gaveta.

Jack me olha por um segundo, nua em sua cama.

— Você é tão linda — diz ele e cobre o espaço entre nós dois.

O sentimento é incrível. Ele se inclina e me beija, mexendo-se mais e mais rápido. Nossas barrigas suadas apertando-se. Ele passa os dedos por entre meu cabelo; eu agarro suas costas e o puxo mais para dentro.

— Eu a amo, Bec — sussurra ele. — Sempre amei.

Ele geme e desaba sobre mim.

Após um tempo, Jack adormece, abraçando-me apertadamente contra si, como se eu fosse especial e preciosa. Eu me sinto enojada, nauseada, embora não tenha certeza se é com ele ou comigo mesma. Eu fui tão estúpida ao pensar que isso começou quando nos encontramos na casa de Lizzie. É claro que dizia respeito a Bec. Tinha tudo a ver com Bec. Estou dolorosamente enciumada dela, o que faz com que me odeie. Pela primeira vez, desejo que tivesse corrido para o escuro aquela noite. Desejo que nunca tivesse vindo aqui e que ainda pudesse ser eu mesma.

Não posso mais ficar aqui. Empurro o braço dele para longe de mim e pego meu telefone na bolsa, perto da cama, e ligo para um táxi. Digo o endereço para a telefonista e ouço Jack se mexer atrás de mim; devo tê-lo acordado. A telefonista me diz que um carro está a caminho.

— Quem era? — pergunta Jack.

— Minha mãe — minto. — Ela está preocupada. Tenho que ir para casa.

Levanto-me e olho ao redor, procurando minhas roupas.

— Agora? — pergunta ele, e já posso escutar a dor em sua voz.

— É. Ela quer que volte para jantar. — Não consigo olhar para ele. Acho minha calcinha e rapidamente a coloco de volta. Não consigo encontrar meu sutiã. Olho por todo o chão.

— Tem alguma coisa errada?

— Não — digo, agachando-me sobre as mãos e os joelhos. Não está debaixo da cama.

— Tem certeza?

Acho-o embaixo da camisa. Ponho-o de volta rapidamente e faço o mesmo com o vestido também. Forço-me a olhar para Jack. Ele parece tão vulnerável, sentado na cama, nu, o lençol puxado até a cintura, seu peito magro exposto. Senti-me como todo babaca que saltou para fora de minha cama no minuto em que a transa havia acabado. Todo babaca que me chamou por apelidos e disse que me ligaria, mas nunca ligou.

— Está tudo bem. — E então, odiando-me por fazer aquilo, mas sem saber o que mais dizer: — Ligo para você mais tarde.

Sei que deveria tê-lo ao menos beijado antes de ir embora, mas não consegui fazer com que me aproximasse dele. Então apenas sorrio fracamente e meio que corro para a escada para esperar o táxi.

É quando estou esperando, já me sentindo culpada, o vento chicoteando meu cabelo, a última luz tornando tudo prateado, que recebo a mensagem. Meu telefone soa e eu penso que deve ser Jack, perguntando o que deu errado. Mas não é. É daquele número desconhecido.

Vá embora agora ou vai acontecer de novo.

14

Bec, 16 de janeiro de 2003

Lizzie tirou um lençol dobrado da bolsa e o deitou no chão para que se sentassem sobre ele. Estava quente na garagem, o ar-condicionado não ia tão longe, e o lugar fedia a mofo e ar estagnado. O aquecedor de água zumbia em um canto. Eles não precisavam mais sussurrar. Não se podia escutar nada dito dali de dentro.

— Ellen ainda vem, não vem? — perguntou Liz.

— Ela disse que passaria depois de fechar a loja. Matty não me respondeu, no entanto.

— Tudo bem — disse Liz. — A gente só precisa de quatro para fazer o feitiço.

— O feitiço? Puxa, você entrou numa de vodu agora — disse Bec.

— Vá à merda — disse ela, mas seus olhos cintilavam. Ela estava empolgada.

Eles se sentaram no lençol de pernas cruzadas. Bec percebeu como seu joelho estava perto do de Luke. Os pelos da perna dele estavam quase a tocando. Isso a deixou arrepiada. Ela se perguntou se ele notava. Talvez fosse tudo coisa da cabeça dela, no final das contas; ela acabara de se expor como uma garota tola com uma fixação tola. Ela se sentia tão idiota.

Eles observaram enquanto Lizzie retirava as coisas da caixa lentamente, um item por vez. Duas grossas velas de igreja. Um pequeno prato de metal com uma rosa gravada em sua base, um isqueiro, algumas sálvias ainda em seu pacote de supermercado e uma tesoura de prata. Por fim, ela revelou quatro cópias de um feitiço que ela imprimira da internet e passou a tesoura para Bec.

— Quê?

— A gente precisa de um cacho de cabelo.

— O quê?

— Ah, qual é, Bec, não seja uma medrosa de merda — disse Luke.

Ela costumava sorrir quando ele dizia algo como aquilo, mas daquela vez se sentiu ferida. Normalmente, teria cortado um pedaço de cabelo e rido disso como se não fosse nada demais. Mas, naquele momento, não queria. Sentia, de alguma maneira, como se tivesse que manter o que era dela. Como se tudo o que era dela estivesse escapando muito rapidamente. Porém, odiava a maneira como ambos a estavam olhando; então, pegou a tesoura e a levou a um pedaço de cabelo atrás da orelha e cortou. Uma pequena tira laranja caiu em sua palma, sem vida como um dourado morto. Ela a entregou a Liz, que a pegou entre o polegar e o indicador e cuidadosamente a colocou na tigela de metal.

Bec olhou o feitiço diante dela. Era ridículo. Metade das palavras estavam em latim e algumas até rimavam. Aquilo era tão idiota.

— Ellen vai odiar isso — disse ela.

— Por quê? — Lizzie parecia ofendida, o que fez Bec se sentir inesperadamente feliz.

— Porque é idiota. Você simplesmente imprimiu qualquer coisa velha da internet.

— Não, não! Eu pesquisei por séculos!

— Acalmem-se, senhoritas — disse Luke.

— Nós não estamos brigando — disse ela a ele.

— Com certeza me parece que sim.

Houve um momento de silêncio esquisito e Bec se sentiu estúpida e com raiva de novo.

Lizzie não olhava para ela. — Bom, a gente vai ver o que Ellen pensa quando ela chegar aqui.

Bem na hora, o telefone de Bec se acendeu. Ellen estava à porta de entrada. Ela se levantou em um salto, para deixá-la entrar, feliz por ter uma desculpa para sair dali, mesmo que por um instante. Ao caminhar para a porta da garagem, pisou em algo, e um pequeno tinido soou. Ela olhou para baixo. O pequeno sino de prata rolou de debaixo de seu pé. Ela o chutou, tirando-o do caminho, e continuou andando, afastando-o de sua cabeça.

Ellen olhou para ela com desconfiança quando Bec abriu a porta, mas Bec não se importava mais. Quando voltaram, Luke e Lizzie conversavam baixinho, seus rostos próximos, o sorriso dele amplo e verdadeiro.

— Então, o Matty vem? — perguntou Liz a Ellen quando a notou.

— Ele disse que tinha que ir ao aniversário de um amigo. — A mentira era tão óbvia que ninguém nem precisava dizer.

— Uhm, bom — disse Liz —, aqui está sua cópia do feitiço.

Ellen olhou para o papel e Bec sabia o que ela devia estar pensando. Ela não disse nada, no entanto, e Liz olhou para ela e levantou as sobrancelhas, como se estivesse certa. Bec se perguntou por que motivo Lizzie estava tomando a dianteira daquilo; a casa era dela e a assombração também.

— Como você sabe que isso não vai apenas fazer com que ele fique com raiva? — perguntou Bec.

Lizzie olhou para ela estranhamente. — O que você quer dizer?

— A gente não sabe por que ele está aqui ou o que quer. É violento, no entanto. A gente sabe disso pelo sangue.

— Concordo com você, Bec. Eu realmente não acredito nessas coisas, mas se há uma chance de ser verdade, então eu não sei se a gente devia estar brincando com isso — disse Ellen.

Bec levantou as sobrancelhas de volta para Liz.

— Mas não é de verdade — disse Liz.

— É, sim! — Bec podia sentir a dor mostrando sua cara.

— Você mesma disse, Bec. Você disse que o sangue veio de você. Pensei que a gente estava só brincando para fazer você se sentir melhor.

— Eu não disse isso! — Mas Bec se lembrou de que disse, antes da festa da noite anterior. Ela dissera para fazer Lizzie entrar em seu quarto, e a mentira surgiu em sua voz.

Um momento de silêncio, todos olhando para ela. Então Ellen se levantou.

— Não vá ainda! — disse Bec, a garganta apertando.

— Puta merda. Qual é o seu problema? Eu estava tão preocupada com você, Bec. Eu pensava que havia alguma coisa acontecendo aqui, algo terrível. Mas tudo o que você quer é atenção. Estamos no meio da porra da noite e eu não sou a merda de uma adolescente!

Uma marca vermelha surgiu no pescoço e nas bochechas de Ellen quando ela falou. Ela nunca levantou o tom de voz, mas suas palavras eram tão duras que pareciam um tapa no rosto. Ela girou sobre os saltos e caminhou diretamente para fora da garagem. Luke se levantou para segui-la.

— Vou me certificar de que ela está bem. — Ele não olhou para Bec ao sair.

O pedaço de seu cabelo voou para fora do prato quando a porta abriu e fechou. Ela supunha que Lizzie tencionava queimá-lo. Ela se inclinou e o apanhou, e ele pareceu tão macio e leve que ela ficou subitamente feliz por não ter que vê-lo ficar preto. Exaustão percorreu seu corpo.

— Desculpe, Bec. Não queria que as coisas saíssem desse jeito.

— Se você for agora, você ainda os alcança.

— Pensei que ia dormir aqui.

Bec olhou para o cacho de cabelo em sua mão.

— Não — disse ela calmamente.

— Qual é o seu problema? Você está agindo como uma louca!

A mão de Bec se fechou ao redor do cabelo. Quando ergueu a cabeça, seus olhos estavam pegando fogo, mas ela não ergueu a voz.

— Não estou louca. Só estou cansada de ter uma imbecil como melhor amiga.

— Bec! — Lizzie parecia ter levado um tapa.

Bec quase sorriu. — Desculpe, mas é verdade. Você é uma completa idiota. Seu irmão é um fracassado e seu pai um pervertido.

— Ele não é, não.

Lizzie não parecia mais ofendida; ela estava olhando para Bec como se a odiasse.

— Retire o que disse — pressionou Lizzie, a voz fria.

Bec não conseguia olhar para Lizzie. Se o fizesse, teria de dizer que sentia muito, porque já sentia. Se pedisse desculpas naquele momento, Lizzie ficaria, e Bec só queria ficar sozinha agora. Talvez para sempre. Então, ela apenas escutou. Escutou enquanto Liz colocou tudo de volta na caixa, o cicio de sua saia ao se levantar, o sussurro de seus passos através da lavanderia e o calmo som surdo da porta da rua quando ela a fechou suavemente.

Pela manhã, o travesseiro de Bec estava molhado. Manchas de umidade no algodão branco como neve. Ela não conseguia se lembrar de seus sonhos, mas eles devem tê-la feito chorar. Talvez não tivessem sido sonhos, mas eventos da noite passada reencenados até mais não poder. Ela jamais brigara com Lizzie antes, nunca em quase cinco anos de amizade. Olhando para o telefone, ela esperava ver mensagens de desculpas da amiga, talvez uma de Luke perguntando como estava. Mas a tela estava em branco. Todos pensavam que ela era uma mentirosa.

Saindo dos lençóis antes que o pensamento doloroso pudesse tomar conta, ela deixou a cama e o quarto. Era o dia do Big Splash e não havia como escapar. Passando pela porta do quarto dos gêmeos, ela olhou para dentro. Eles estavam de pé perto da cama de Paul, olhando para a mochila dele.

— Não esqueçam do protetor solar — disse ela.

Eles se sobressaltaram ao som da voz de Bec e se viraram rapidamente, bloqueando o que estava atrás deles.

— Você é uma resmungona — disse Andrew.

— Bom, você não quer ficar com mais sardas, quer?

Eles reviraram os olhos para ela. Bec olhou com suspeita para eles por um momento e então continuou andando para o banheiro. Talvez aquilo fosse algo bom para fazer hoje. Só ficar com os garotos no sol e tomar sustos nos escorregas de água.

Ela tomou banho, vestiu o biquíni, passou uma camada de protetor solar, jogou um vestido por sobre o top e enrolou uma toalha para colocar na bolsa. Sentia-se bem em fazer algo, ainda que seu corpo parecesse oco. Os garotos a esperavam na cozinha.

— Vou só tomar um café e a gente pode ir, certo?

Eles sorriram um para o outro, claramente empolgados. Pondo a chaleira no fogo, ela percebeu como estava feliz por levá-los para passear. Logo eles seriam adolescentes e não precisariam mais dela. Poderiam até mesmo não gostar dela. Eles federiam e teriam vozes grossas e talvez até namoradas. A ideia parecia ridícula. Sentando-se com o café, ela tentou imaginá-los sem as bochechas gordinhas e a gordurinha de bebês. Não conseguia.

— Esperem — disse ela, percebendo. — Vocês dois esqueceram suas toalhas.

Eles se entreolharam e Paul bateu na cabeça com uma exasperação exagerada.

— Que grande bobalhão! — disse ele, e os dois caíram na gargalhada.

— Vão buscá-las, então! — disse ela.

Eles se levantaram de um pulo, mas pouco antes de ele correr para fora do cômodo, ela percebeu os olhos de Paul recaírem sobre sua mochila quando ele se levantou. Como se estivesse pensando em levá-la com ele. Havia alguma coisa ali que ele não queria que ela visse.

Uma parte dela não queria olhar. Apenas queria que o dia fosse perfeito. Mas ela tinha que fazer aquilo.

No primeiro bolso, apenas seu tocador de CD portátil, sua desmazelada carteira de surfista de velcro e chaves de casa. Ela fechou de novo, sentindo-se levemente culpada, então abriu o outro. Artigos para fazer pegadinha. Seu corpo ficou gelado. Ela já podia imaginar, ver a água da piscina ficando cor-de-rosa. Seu estômago deu um nó.

Não se preocupou em fechar a mochila de novo, ela se levantou e caminhou diretamente para fora da casa, batendo a porta. Parte dela sabia que era seu dever como irmã mais velha ficar e conversar com eles sobre o que havia ali. Fazê-los entender que ações tinham consequências. Explicar a eles o que significava machucar alguém, que não era um jogo, que não era engraçado. Mas aquilo era demais para ela. Era aquela casa. Aquela casa fazia tudo dentro dela feio e deformado. Ela precisava pôr o máximo de distância possível entre ela e a casa. Aquele deveria ser seu dia sagrado de inocência e diversão.

Bec caminhou e caminhou, sem ter certeza de aonde estava indo. A toalha saía de sua bolsa em um ângulo esquisito, batendo contra suas costas a cada passo. Suas bochechas estavam quentes e molhadas, se de lágrimas ou suor, ela não tinha certeza.

Ela estava quase lá antes de perceber que seus pés a estavam levando até a casa de Luke. Alguma parte inconsciente de seu cérebro sabia que Bec precisava contar a ele que ela não era uma mentirosa. Parte dela queria lhe contar tudo. Abrir aquela parte da mente dela que doía ao toque e deixar todo o veneno escorrer.

Da estrada, havia apenas uma ampla entrada e alguns eucaliptos bloqueando a vista do prédio. Uma vez que você andasse alguns passos pela entrada, contornaria a esquina do baixo apartamento de tijolos aparentes marrons. Não muito notável, de forma alguma, mas saber que era onde Luke morava lhe dava um tipo de mística de tirar o fôlego. Poderia ser Notre Dame ou Taj Mahal. Parecia ter quatro andares, com duas varandas econômicas de cimento saindo de cada um deles. Mas ela sabia que ele morava no térreo. Ele lhe havia contado certa vez sobre como seus amigos costumavam bater em sua janela para acordá-lo. Matty dera a todos uma carona certa noite e eles o deixaram em casa; ela decorara o endereço instantaneamente.

Parecia sereno, com a sombra das árvores, o zumbido das cigarras e a acidez do cheiro de eucalipto nas narinas. Seria um bom lugar para morar. Ela foi até a porta e bateu, coração disparado. Esperou alguns instantes, encostando-se como uma boneca de pano nas caixas de correio. Olhando ao redor, percebeu as campainhas e se sentiu envergonhada, ainda que não houvesse ninguém por perto. Que idiota bater na porta de um apartamento. As campainhas tinham apenas números, porém, não nomes. A escolha parecia ser entre se sentar em frente como um perseguidor ou apertar os botões um de cada vez, até que acertasse. Mas aquilo poderia gerar problemas entre ele e os outros locatários.

Não havia outro lugar aonde ir. Ela não podia ir para casa; não podia ir para a casa de Lizzie. Empurrando as unhas nas palmas, tentou se forçar a não chorar. A única coisa pior do que ele encontrá-la sentada nos degraus de sua porta seria se ele a encontrasse nos degraus de sua porta chorando como uma louca.

Enfiando-se sob os galhos mais baixos, ela rastejou ao redor do edifício. Se pudesse descobrir em qual apartamento ele estava, tudo ficaria bem. Ela espiou através da primeira janela. O quarto estava escuro. Levou algum tempo para seus olhos se adaptarem. Ela arfou e baixou a cabeça de novo. Dentro, havia um homem de meia-idade, com uma grande barriga bulbosa, dormindo nu na cama. Uma risada histérica quase escapou de seus lábios, mas ela respirou fundo algumas vezes e atravessou as folhas mortas até a próxima janela.

Havia três apartamentos no térreo, no máximo, então ela cruzou os dedos para que não houvesse mais nenhum homem nojento e se empertigou para olhar lá para dentro. Não havia ninguém ali. Só uma cama desfeita diante de um velho computador de mesa, com uma parede que dividia o cômodo da cozinha e uma porta aberta onde o carpete se transformava em ladrilhos brancos partidos. O banheiro, ela adivinhou. E, no chão, havia uma camisa amarfanhada do McDonald's. A janela através da qual ela olhava estava totalmente aberta. Ele não estava em casa, no entanto. Sem realmente pensar naquilo, ela se dependurou no parapeito da janela e pulou para a cama dele.

De pé, no meio do quarto dele, Bec não podia acreditar no que havia acabado de fazer. Mas ela não foi embora. Não, em vez disso, deitou-se na cama e respirou profundamente o cheiro dele. Esticando-se na cama, ela sentiu o calor de seu travesseiro, o algodão macio de seus lençóis, imaginando-o chegando em casa do trabalho e entrando debaixo deles. Ficando de pé, ela foi até o banheiro, olhou para sua escova de dentes, estudou o barbeador, o enxaguante bucal que devia usar todo dia. Abrindo os armários da cozinha, inspecionou a massa seca, os condimentos, o pote semivazio de Nutella. Percebendo os pratos sujos na pia, ela pensou em lavá-los para ele.

Tudo isso era loucura, no entanto. Sua mente pareceu clarear e ela percebeu o que estava fazendo. Ela precisava sair dali. Agora. Mas, quando ela foi para o quarto para começar a escalar a janela de volta, ouviu um barulho que fez seu coração parar de bater; uma chave entrando na fechadura.

Naquela fração de segundo, sua mente ficou clara como cristal. Inquirindo a distância, ela sabia que não seria capaz de sair pela janela a tempo. Deitando-se sobre o carpete, rolou para debaixo da cama, puxando sua bolsa e toalha de praia com ela, assim que a porta se abriu.

Ele permaneceu no vão da porta de short e camiseta, um café em uma mão e o que restava de um croissant na outra. Quando se virou para fechar a porta, ela viu a linha de suor entre suas espáduas. Ela tentou não respirar, embora sentisse que estivesse prestes a começar a hiperventilar. O barulho da porta se fechando pareceu muito alto no silêncio do quarto. Ela o ouviu mastigando o que restava do croissant, amassando o saco de papel e o atirando na cesta de lixo. Ele atravessou o quarto e o colchão guinchou acima dela. Bec podia ouvi-lo engolindo o café e os suaves bipes de seu telefone enquanto escrevia uma mensagem de texto. Então, quando estava quase tarde demais, ela percebeu que ele poderia estar escrevendo uma mensagem para ela. Ai, Deus. Ela enfiou a mão trêmula dentro da bolsa e retirou o telefone. Ele se acendeu. Ela rapidamente apertou o botão para abrir a mensagem, quase derrubando-o no processo, antes que o barulho de alerta disparasse. *Desculpe por ontem à noite ter sido tão ruim,* dizia a mensagem. *Espero que esteja bem.*

Ela engoliu em seco. Aquilo estava perto demais. As mãos dela tremiam. O carpete estava começando a fazer seu pescoço coçar e fedia a velha fumaça de cigarro e umidade. O colchão de molas estava a apenas polegadas de seu nariz, e se ela esticasse os dedos, poderia tocar as costas dos tornozelos de Luke. Podia ver cada pelo marrom bem de perto, ver cada folículo de onde se projetava.

Após alguns minutos de mais ansiedade e envios de mensagens, nenhuma delas encaminhadas para o telefone de Bec, o colchão guinchou de novo. Luke deu um passo adiante, deixou cair o short e a cueca, e então ela viu a camiseta cair sobre o carpete também. Antes que ele entrasse pela porta do banheiro, ela passou os olhos nele do pescoço para baixo: traseiro pálido, espinhas nas costas e pelo negro encaracolado quase que completamente escondendo seu pênis flácido. A porta do banheiro se fechou, os canos rangeram e a água começou a cair.

Ela tinha apenas alguns minutos, no máximo.

Saindo de debaixo da cama, ficou de pé, pronta para pular para fora do quarto enquanto ainda podia. Então, o telefone dele recebeu uma mensagem. Estava em sua cama e ela podia ver de onde estava de quem era a mensagem: Lizzie. Ainda que seu coração estivesse a mil, ela não conseguiu evitar pegá-lo. *Eu estou bem, obrigada por pensar em mim.*

Ela abriu a pasta de mensagens enviadas. Ele enviara a Lizzie exatamente o mesmo número de mensagens que enviara a ela. Na lista, havia quase que inteiramente nomes de mulheres, na maioria dela, de Lizzie e de Ellen. Ela abriu algumas ao acaso: *Sempre tenho uma noite maravilhosa com você. Estou pensando em você hoje.* Eram coisas, todas elas, que ele havia escrito para Bec, mas que enviara para muitas outras pessoas também.

A água parou. Jogando o telefone de volta na cama, ela se lançou para fora da janela. Em um movimento rápido, ela caiu na claridade da manhã de verão. Abaixou-se e se arrastou de volta pela janela do gordo dorminhoco, por debaixo do galho baixo e seguiu pelo concreto incandescente da entrada. Então começou a correr, sem olhar para trás.

15

2014

Noite passada, tive o sonho de novo. Mas foi diferente dessa vez. Observo Bec descer sua rua e um carro encosta, mas ela não tem medo. Ela diz "oi" para o motorista. Ela sorri ao entrar. Primeiro, o motorista é Lizzie, depois é o pai de Lizzie. Então o motorista se transforma na mãe de Bec, os olhos acesos como nunca vi antes, os dentes ligeiramente pontudos quando ela sorri um amplo sorriso de palhaço. O carro arranca e eu escuto Bec chorando, sabendo que vai morrer.

Dou um gole vagaroso em meu café. Entretanto, a cafeína não ajuda. Não há como o jornalista ter mandado aquela mensagem. Ele não mandou a primeira também. Eu fora muito tola em pensar daquele jeito.

Alguém está atrás de mim. Alguém quer fazer comigo o que fez com Bec. Preciso ir. Deveria ter ido embora na noite passada. Mas as ruas ainda estão bloqueadas, os repórteres esperando que eu me revele. Se caminhar por ali, meu rosto estará na capa de todos os jornais do país. Não é apenas isso: bem dentro de mim, sei que não posso apenas partir. Deixar que quem quer que tenha levado Bec continue andando por aí, usando a máscara de uma pessoa normal. Que não tenha consequências por tê-la feito desaparecer desta vida.

Sei que devo ir embora, salvar-me. Mas não vou. Apenas fico sentada aqui, bebendo café. Sentindo-me encurralada.

Meu telefone toca e eu quase salto para fora de minha pele. É Lizzie.

— Ei, sou eu — diz ela. — Escute. Jack me disse o que você falou. Eu quero consertar as coisas. Você quer sair para dar uma volta de carro? Talvez tomar um café?

— Tudo bem — digo. Mesmo sabendo que deveria dizer não. Sei que deveria apenas ir embora e nunca olhar para trás. — Mas a rua está bloqueada. Você vai ter que pedir ao policial que está de guarda para ligar para casa.

— Tudo bem. Vejo você em breve.

Olho através da janela da frente, sentindo-me agitada de repente. Quero desesperadamente contar a alguém. Preciso contar a alguém. Na verdade, a pessoa a quem deveria estar ligando é Andopolis. Mas, se eu contar a ele sobre as mensagens, terei também que contar a verdade sobre mim. Não quero ir para a cadeia. Falsidade ideológica mais fraude no cartão de crédito definitivamente significavam tempo na prisão. Mas, pior, eu teria de voltar. Teria de encarar minha madrasta. Talvez a cadeia fosse melhor do que aquilo.

Lizzie encosta em um Volkswagen roxo. Eu corro para fora da casa e entro no carro, puxando o casaco sobre meu rosto de novo. Enquanto ela dirige lentamente através da horda de jornalistas, seus gritos se tornam mais e mais altos.

— Rebecca? Bec? É você?

— Onde você esteve, Bec?

Escuto mãos batendo nas janelas, cliques de obturadores, arrastados de pés sobre o cimento. Meu coração começa a acelerar, como se eles estivessem por toda parte. Aperto minha cabeça contra os joelhos.

— Vão embora! — grita Liz, apertando a buzina. Ela aumenta o giro do motor, e como a multidão silencia por um momento, Liz dispara.

— Ah, eu queria que você não tivesse perdido essa. Os rostos deles... Era como se eles pensassem que eu fosse realmente atropelá-los! — Ela ri.

Tirando o casaco lentamente, olho pela janela. Estamos na estrada principal agora. Um momento de silêncio embaraçoso.

— Então, você e Jack, hein? — diz ela, quebrando-o.

— Não sei — digo. Não quero falar sobre ele. Ele já me mandou um monte de mensagens esta manhã, mas não respondi. Sabia que era cruel, mas não tinha ideia do que dizer.

— Não se faça de tímida comigo — diz ela. — Ele sempre teve uma queda monumental por você, sabe.

— Sei — digo.

— Vadia — diz ela, sorrindo para mim. Não sorrio de volta.

— Vamos para aquele café em Yarralumla Woods. Posso pegar algo para viagem, aí a gente se senta no parque e ninguém vai nos chatear — diz ela, tentando arejar o ar, suponho. — Você já esteve lá desde que voltou?

Quando entrei no carro, eu estava tão disposta a contar tudo a ela. Agora, parece impossível.

— Não.

— Legal. Sabe, aquele lugar deu muita sorte. Ele mal foi tocado pelos incêndios.

— Isso é bom — digo, mal escutando. — Eles causaram muito dano?

— Eles riscaram do mapa alguns subúrbios, Bec — diz ela, olhando para mim. — Foi aterrorizante. Pessoas morreram. Jack e eu sentamos no nosso telhado, observando-os se aproximarem mais e mais, até que tivemos que evacuar.

— Parece terrível.

— E foi.

Silêncio de novo.

— Como está sua mãe?

— Bem, eu acho.

— Ela parecia um tanto estranha quando fui a sua casa no outro dia.

Tentei me lembrar o que a mãe estivera fazendo naquele dia, quando Lizzie ficara de pé no vão da porta, chorando. Ela parecera a mesma de sempre.

— Estranha como?

— Eu não tenho contato com ela há muito tempo, mas me lembro de ela ser bem severa. Mas ela parecia estar dormindo em pé naquele dia. Quase não a reconheci.

Severa era provavelmente a última palavra que eu usaria para descrever a mãe. Não conseguia imaginá-la como sendo nada nem perto daquilo. Exceto por aquele momento na garagem, ontem, quando ela basicamente me dera ordens para sair.

— Eu tinha um pouco de medo dela. Eu tinha tanta certeza de que ela pensava que eu era uma loura burra, que você deveria ter alguém superior como melhor amiga.

Eu tiro o casaco e me recosto. Talvez esse café não seja má ideia. Ao menos será uma distração do pensamento sobre a mensagem de ontem e do terrível olhar ferido no rosto de Jack quando fui embora.

— Acho que é o fato de perder um filho. Deve afetar as pessoas de formas diferentes — está dizendo Liz.

Ela olha para mim, então fita meu vestido, um olhar divertido em seu rosto. Era um dos vestidos ligeiramente mais adultos no guarda-roupa de Bec, feito de um material de guingão marrom.

— Você se lembra de quando pegamos esse vestido? Foi no Bus Depot Markets.

— Sim — digo, e ela ainda me encara, como se esperasse que eu dissesse mais. — Foi um dia divertido.

Lizzie não diz nada e eu percebo que ela está encostando o carro. Estamos perto de um enorme lago; não há café aqui por perto.

— Você está bem? — pergunto.

Ela desliga o carro, mas não diz nada. Apenas olha sem foco para frente, para o amplo lago azul e os cisnes negros que o sobrevoam. As nuvens lá em cima são levemente cinza, como se fosse chover mais tarde.

— Você sabe que sua voz não soa nada como a de Bec — diz ela, de repente.

Meu coração para.

— Eu acho que a maioria das pessoas deve ter esquecido como ela soava depois de tanto tempo, mas eu não.

— Eu não entendo — digo, desejando desesperadamente ter feito um esforço a mais.

— Você se parece muito com ela, ponto para você. Mas você não age nada como ela, de jeito nenhum.

— Lizzie — digo, tentando salvar a situação —, sou eu. Eu sou Bec.

Ela se vira para mim, os olhos chamejando.

— Não minta mais para mim, porra. Não sei quem você é, mas você não é Bec.

Não digo nada. Não consigo. Sinto-me profundamente envergonhada.

— Você sabe o que aconteceu com ela?

Não tem por que negar agora. Ela sabe.

— Não. Eu nunca a conheci — digo.

Lágrimas começam a rolar pelo rosto de Lizzie.

— Por que você fez isso? Você voltou e eu pensei que ela estava bem. Agora é como se ela fosse embora de novo.

— Desculpe — sussurro.

Ficamos sentadas em silêncio. Fitando o lago. Meu corpo está frio.

— Por favor, não diga a ninguém, Liz. Por favor. Eu não aguentaria fazer isso com a família dela.

— Como se você se preocupasse, porra!

— Eu me preocupo. — E realmente me preocupava. — Por favor, Liz. Eu vou embora. Vou dizer a eles que quero começar do zero e vou ligar com o intervalo de semanas. Você nunca terá que me ver de novo.

— Saia da porra do meu carro. — Ela me odeia.

— Alguém está me ameaçando. Eu estou com medo.

— Ah, claro.

— Eu preciso da sua ajuda. — Ela não diz nada, então eu continuo, minhas palavras se embaralhando. — Eu acho que a pessoa que levou Bec ainda está por aí. Eu acho que era alguém que ela conhecia...

— Chega de mentira! — grita ela.

— Não é mentira, eu juro.

Ela não acredita em mim, e quem poderia culpá-la, na verdade? Não há como fazê-la ajudar-me.

— Por favor — digo —, só me dê um tempo até amanhã. Preciso saber quem é.

— Não sei. Vou pensar no assunto. Mas saia agora. Estou achando que vou bater em você.

Eu desafivelo o cinto de segurança e salto para fora do carro. Olho de volta para ela. Seus olhos estão vazios, mas sua boca está arqueada com a força de uma dor impensável.

Sinto minha cabeça quente e pesada e uma pressão forte contra o peito. Encosto em uma árvore, forçando-me a respirar profundamente. Atrás de mim, escuto o carro de Lizzie se afastar.

A maldade do que venho fazendo me atinge em cheio. Aquilo era imperdoável; era a pior coisa que alguém podia fazer a outro ser humano. Eu realmente teria que ir embora. Mas eu não queria. Se eu partisse e todos ainda pensassem que eu era Bec, que ela estava segura, vivendo uma nova vida em algum lugar, seria o fim de tudo. Seria definitivo e quem quer que fosse responsável pelo que aconteceu com ela jamais seria punido.

Olho para o lago; sua superfície reflete perfeitamente o céu. O corpo de Becky pode estar ali, flutuando em um saco de lixo, sob o peso de pedras. Ela pode estar em qualquer canto. A única pessoa que sabia onde ela estava agora era o assassino. A pessoa que me mandara a mensagem. Mas aquilo me dava uma vantagem, porque ela era a única pessoa que sabia em primeira mão que eu não era quem dizia ser.

Penso no tempo desde que eu cheguei. Deve haver algo, algum tipo de sinal de que a pessoa estava mentindo.

O mapa em meu telefone me guia e eu começo a caminhar para casa. Está ficando frio. Sinto-me vulnerável caminhando nesta paisagem monótona, a única figura entre os esparsos troncos brancos de eucalipto, brilhando na luz que escasseia.

Sempre fui boa em fingir. Em encenar papéis. Percebo que é o que tenho feito aqui. Tentando ser Bec. Sendo uma turista na vida de outra pessoa. Uma parasita. Exatamente como a pessoa que sequestrou Bec. Estou sempre usando uma máscara, encenando um personagem. Talvez porque tenho medo do que vou encontrar debaixo da máscara, algo horroroso talvez ou, pior, simplesmente nada.

O impulso para deixar a vida de Bec é forte agora. Alguém está me perseguindo. Posso ser morta. Mas não posso fugir. Preciso ficar. Devo isso a Bec. Apenas um dia a mais. Mesmo que isso signifique ser pega.

Chego a casa pouco antes de começar a chover. A bateria de meu celular descarregou e eu vagueei pelas ruas no escuro até que algo familiar surgiu. Quando me aproximei da rua, pude ver a iluminação da área separada para os jornalistas. Eles haviam acendido luzes.

Eles não tinham planos de sair dali tão cedo. Mantendo-me na sombra, observei-os entorpecida por alguns instantes. Eles fumavam cigarros, esfregando as mãos para se aquecerem. Rindo em pequenos grupos.

Nem por um momento pensei em me virar e não voltar para casa. Tinha tomado minha decisão. Em vez disso, rodeei o bloco até a rua no outro lado do beco sem saída. Podia ver o segundo andar de nossa casa por sobre o pequeno chalé da frente. Escondi-me pelo lado, mantendo-me abaixada sob janelas acesas e então pulei a cerca dos fundos para o nosso quintal. Corri para frente da casa e agora, quando as primeiras gotas de água começam a cair, eu me preparo. Liz pode já ter ligado para eles. Abro a porta com dedos congelados.

— Oi, Becky — diz Paul. Ele está sentado na sala de estar com seu iPad no colo e os pés para cima. — Andrew e eu estávamos começando a ficar preocupados achando que você tivesse esquecido que a gente vai embora amanhã.

— Ou que você preferisse passar a noite com seu novo namorado! — grita Andrew da cozinha.

Lizzie não ligara. De alguma maneira, seu coração a fizera me dar mais um último dia.

— Claro que não me esqueci — digo, e o alívio é inacreditável. Sento perto de Paul no sofá. O calor dele perto de mim é calmante. Sinto-me segura de novo, apenas por um momento.

— Ótimo — diz ele, colocando um braço ao meu redor. Observo enquanto ele passa seus e-mails.

Isso faz com que pense no pai de Jack, na maneira estranha como ele olhou para mim, tirando os olhos do iPad. Ele não pareceu surpreso ao me ver naquele dia, não como todo mundo. Um tremor percorre meu corpo. Paul esfrega meu braço, como se pensasse que eu ainda tremesse de frio.

A maneira como ele me olhou foi toda errada. Era porque ele sabia? Sabia que eu não era Bec porque ele é que a matara. Ele mentira para a polícia; eu já sabia disso. Ele deve ter tido um motivo para fazer isso. A imagem dele deixando o boné na vigília vem a minha mente. Como deixei passar esse detalhe? Ele não deveria ter o boné do McDonald's de Bec; certamente, ela deveria estar usando-o em sua caminhada para casa naquela noite.

O que quer que seja que os pais estejam cozinhando cheira extremamente bem. Eu me levanto e vou até a cozinha para olhar. A mãe está mexendo algo na panela e o pai está cortando verduras. Andrew está sentado à mesa, tocando no telefone.

— Você quer ralar o queijo? — pergunta o pai, empurrando o ralador na minha direção.

— Claro — digo.

Esta é a última noite. Nenhum deles sabe que eu partirei amanhã, junto com os gêmeos. Tento afastar o sentimento de perda e apenas apreciar estes preciosos últimos momentos com eles.

— Então, o que você pretende fazer amanhã? — pergunta Andrew. — Ver o Vince de novo?

— Talvez — minto. — Talvez vá ver a Lizzie.

Mas não era Lizzie que eu iria ver. Era seu pai.

16

Bec, 17 de janeiro de 2003

Quando se está absolutamente exausto e entorpecido e detestando o mundo, não há nada como ter a casa só para você.

Os gêmeos não estavam falando com ela e haviam saído com suas bicicletas sabe Deus para onde, e seus pais estavam no trabalho.

Bec ainda estava de pijama e não tinha intenção de trocá-lo até que tivesse realmente que fazê-lo. Pela primeira vez, sua casa parecia um lugar seguro contra o tornado em que sua vida havia se transformado. Aqui, ela estava a salvo de sua briga com Lizzie, a salvo de ter que olhar Luke nos olhos, a salvo da decepção de Ellen. Deitada no sofá de couro preto da sala de estar, ela fitava o teto e tentava esvaziar a mente. Em vez de pensar, ela se concentrava na maneira como sentia o couro sob seus pés nus, o chiado que fazia se ela os esfregasse sobre ele. Ela tentou imaginar que essa casa fresca e silenciosa era seu mundo. Que o calor e a luminosidade do lado de fora não existiam.

Ela tinha três horas antes de ir ao trabalho. Graças a Deus, não teria que trabalhar nem com Lizzie nem com Luke. Lentamente, saiu do sofá. Pegando a caneca de café, levou-a à cozinha e a lavou, observando a espuma do sabão escorrer de sua superfície e gorgolejar através do ralo. Ela a enxugou suavemente e a colocou de volta no armário, como se nunca a houvesse usado na vida. Temeu que, se ligasse a televisão, desfaria o feitiço. Sem nada mais para fazer, ela voltou para o quarto.

Ontem, ela não quisera voltar para casa, com medo de confrontar os irmãos. Então passara o dia vagando pela cidade, sozinha, suando com sua roupa de banho. Por fim, cansou de carregar a toalha de praia e a jogou numa lixeira.

Ela ficara com tanta raiva que, quando o rosto de Luke surgiu em sua mente, ela cerrou os punhos e teve um poderoso impulso de bater em alguma coisa. Ela nunca, nunca mesmo sentira aquilo antes. A fumegante combinação de raiva e vergonha se remexeu em seu estômago o dia inteiro; ela estava enojada daquilo.

Hoje se sentia um pouco melhor. No entanto, se sentir assim nada podia contar como sentir-se melhor. Sentando em sua cama, ela esperou os minutos passarem. Apreciando essas últimas horas em que estava sozinha antes de ter que ir trabalhar e tentar, de alguma maneira, estampar um sorriso no rosto. Ficar sozinha aqui parecia tão certo, tão fácil. Mas ela sabia que não pareceria bom, não pareceria bonito. Ela se viu de fora de si por um momento: as costas recurvadas, os olhos vazios, cabelo oleoso, caindo sem vida ao redor do rosto. Seu intestino se retorceu com a familiaridade da imagem: quando Max voltou do hospital, ele estava exatamente desse jeito.

Ela se lembrou do olhar magoado nos olhos de Lizzie quando lhe disse para ir embora, mas então também se lembrou de Lizzie a rodando e rindo, e uma caindo sobre a outra, na festa, na outra noite. Ela se lembrou de ir ao festival das flores juntas todo ano, de tomar café da manhã no Gus's às 15h e se sentir como uma adulta, de andar de pedalinho e de Lizzie gritar quando ela as levava para debaixo do grande chafariz. Sem Lizzie, sua vida seria mais obscura. No final das contas, Luke não significava nada. Ela nem ao menos o conhecia. Ele se transformara em um espelho, refletindo os próprios desejos dele de volta para ela. Lizzie era diferente. Lizzie era geniosa e opiniática, e irritante, e era o outro pedaço do coração de Bec. Ela enfrentaria as piores coisas do mundo se tivesse Lizzie para rir e sacanear com ela. Não era a Luke que ela deveria contar tudo; era a Lizzie. Sem ao menos pensar no que fazia, sua mão deu um bote no celular. Ela ligou e esperou. Caiu na caixa postal. Mas ela tinha tempo. Se saísse agora, ela podia passar na casa de Lizzie antes do trabalho. Ela teria apenas meia hora para defender seu caso, para pedir perdão, mas teria que ser suficiente.

Ela tinha acabado de sair pela porta quando teve aquela sensação de novo, aquela terrível sensação de estar sendo observada. Bec continuou caminhando, determinada a não olhar por sobre o ombro.

Quando ela chegou à casa de Lizzie, já estava se sentindo aliviada. Só a monótona caminhada subindo a rua dela desde o ponto de ônibus já foi reconfortante. O cachorro que sempre latia quando se passava pelo seu portão, o fertilizante no jardim da esquina que sempre fedia. As coisas já estavam voltando ao normal. Ela bateu suavemente na porta e esperou. Por um momento, ela pensou que, talvez, tivesse batido muito suavemente e estava prestes a tentar de novo, quando ouviu passos descendo lentamente a escada. A porta se abriu. Não foi o rosto de Lizzie que encarou Bec, mas o do pai dela.

— Oi, Bec.

— Oi. Lizzie está?

— Eu não sou o suficiente? — disse ele, sorrindo.

Ela forçou um riso, sem saber direito o que dizer.

— Ela saiu com Jack. Você quer entrar e esperar?

— Tudo bem.

Ele deu um passo para trás e Bec atravessou a porta, tocando em seu corpo ao passar. Ela podia sentir o cheiro de sua loção pós-barba. Bec hesitou por um instante ao pé da escada, sem saber se ia esperar na sala de estar ou subir para o quarto de Lizzie. Parecia estranho ficar sozinha com o pai de Lizzie, mas, pensando bem, se ela fosse se sentar no quarto de Lizzie sozinha, pareceria uma perseguidora. Ela se sentou no sofá. O pai de Lizzie se sentou no outro lado. As portas de correr estavam abertas e o sol refletia a superfície ondulada da piscina. O cheiro químico do cloro entrava no cômodo. Fechando os olhos por um segundo, ela se lembrou da sensação de não sentir peso ao boiar.

— Vocês brigaram?

— O quê?

— Você e Lizzie. Ela tem estado silenciosa estes últimos dias.

— Silenciosa. Eu não consigo imaginá-la de boca fechada nem por um segundo.

Ele riu, mas seus olhos estavam sérios. Eles não saíam de sobre o rosto de Bec. Havia Lizzie contado a ele o que ela lhe dissera?

Ele suspirou. — Ser jovem de novo. Essas discussões que parecem o fim do mundo e então, uma semana depois, você nem consegue se lembrar sobre o que foram.

Ela forçou uma risada de novo, embora aquilo a irritasse. Ela odiava quando adultos tornavam sua vida trivial daquela maneira, mas ela não se sentia com vontade de brigar hoje, então não discutiu.

— Quanto tempo você acha que ela demora?

— Não sei. Por que a pressa?

— Tenho que trabalhar — disse Bec, tirando o boné do McDonald's da bolsa e o mostrando a ele.

— Ah, sim, trabalhando para os caras. Sabe, eu trabalhei para o Hungry Jack's.

— Sério? — Ela não dava a mínima.

— É. Foi nos anos 1970 e eu passei um verão virando hambúrgueres. Eu tinha cabelo longo, abaixo dos ombros.

— Eca! Você devia parecer horrível.

— As garotas na época não achavam. Eu tinha uma namorada, antes da mãe de Lizzie. Ela era uma verdadeira hippie. Linda.

Bec nunca ouvira alguém mencionar a mãe de Lizzie na casa antes. Nunca.

— Ela tinha as unhas das mãos longas. O verão inteiro eu sempre tinha cortes por todas as minhas costas. Ela me cortava toda vez que a gente fazia sexo.

Bec não tinha ideia do que dizer com relação àquilo. Por que ele estava lhe contando aquela história? A imagem dele fazendo sexo a deixava enjoada.

— Lembra do verão passado, quando você veio e Lizzie não estava?

Não. Ela não queria tocar no assunto. Por um momento, Bec poderia ter vomitado, bem ali no carpete creme dele. Olhando para o relógio, ela fingiu estar chocada.

— Ah, não. Vou chegar atrasada!

Ela normalmente se sentia tão à vontade na casa de Lizzie, mas agora Bec não podia evitar se levantar de um pulo e quase correr até a porta.

— Você quer que eu diga a Lizzie que você veio? Ou esse pode ser nosso segredinho? — Ele piscou para ela.

— Tanto faz — disse ela, sem entender direito que diabos ele estava falando.

Ele deu um passo à frente dela e, por um momento, ela sentiu que ele iria ficar entre Bec e a porta. Mas ele se inclinou para frente e a abriu para ela. Bec se espremeu para passar por ele, odiando a sensação de calor quando seu braço escorregou pela barriga dele. Foi só quando ele fechou a porta que ela percebeu como seu coração batia rápido.

17

2014

O som da porta da rua fechando com estridor chega até meu quarto. Os gêmeos devem estar colocando as coisas no carro. Eles devem partir em breve. Eu também. Tenho certeza de que posso fazer isso funcionar. Vou até a casa do pai de Lizzie e Jack. Apenas para conversar, apenas para ter certeza. Então posso ir embora, ligar para Andopolis quando estiver longe daqui. Dizer a ele o que descobri. Uma parte de mim se sente péssima; já causei muito dano à família de Jack. Não faço isso por mim, no entanto. Faço por Bec.

Ainda chove lá fora. Posso escutar o batucar no telhado. Este é meu último dia neste quarto. Tive sorte por Liz não ter ligado para casa ainda, mas eu estava trabalhando com um tempo que não me pertence. Não havia dúvida em minha mente de que ela ligaria em algum momento.

Quando desço, os pais estão alvoroçados, preparando-se para levar os garotos ao aeroporto. Depois de ver o pai de Jack, eu vou embora. Nunca poderei voltar. Talvez vá para Melbourne dessa vez.

— Pensei que o voo de vocês não sairia até o meio-dia, não é? — pergunto. São apenas 9h. Pensara que teria algumas horas a mais.

— E é — diz Paul —, e agora que eles fizeram a nova rodovia, é uma viagem de 15 minutos apenas.

— Mamãe finge que gosta de chegar cego, mas eu acho que ela só quer se livrar da gente — acrescenta Andrew.

— Você quer Bec toda para você, não é? — pergunta Paul para a mãe, brincando, enquanto ela caminha para o carro. Ela não diz nada como resposta; ela parece um pouco estranha, na verdade. Eu acho que está triste por estar se despedindo dos filhos.

— Você parece um tanto pálida — diz Andrew, olhando para mim cuidadosamente. — Você não precisa acompanhar a gente se não quiser.

Eu estava quase desejando que eles insistissem para que eu fosse, qualquer coisa por um pouco mais de tempo.

— Estou com uma dor de cabeça daquelas — digo.

— Tudo bem — diz Andrew, puxando-me para me dar um abraço apertado.

— A gente liga hoje à noite — diz Paul, bagunçando meu cabelo.

— Tudo bem — digo. Não estarei aqui à noite.

— Você precisa de analgésicos? — pergunta a mãe, voltando para dentro. Eu a abraço, inalando seu doce cheiro pela última vez. Por um brevíssimo tempo, ela realmente foi minha mãe. É tão difícil dizer adeus.

— Eu estou bem — digo, sem olhar para ela.

Fico de pé na soleira da entrada enquanto eles arrancam, envolvendo-me com minha roupa de dormir. Dou tchau e sorrio até que eles dobram a esquina e então entro na casa e fecho a porta. Tenho meia hora, se tanto, para fazer a mala.

Voltando para cima, coloco o telefone para carregar. Deixei-o intencionalmente desligado quando a bateria caiu, sabendo que Jack provavelmente ligaria e não tendo ideia de como eu iria explicar tudo isso a ele. Tomo um banho rápido, tentando resolver se deixo um bilhete. Tenho que deixar, não posso simplesmente partir, mas não tenho ideia do que escrever. Tento lembrar a mim mesma que eles nunca foram minha família, para começo de conversa. Mesmo assim, a tristeza é arrebatadora.

Quando vou ao telefone, espero ver ao menos uma ligação perdida de Jack. Mas não há nenhuma. Só uma mensagem de texto, de Lizzie. Abro-a rapidamente.

Desculpe. Eu tinha que contar a eles.

O texto está datado de ontem, às 5h15.

18

Bec, 17 de janeiro de 2003

Bec chegou 15 minutos mais cedo no trabalho. Ela andara lentamente e tentara ligar para Lizzie de novo. Sem resposta. Estava começando a ficar frustrante. Elas não tinham tido uma discussão com gritos nem nada parecido. Lizzie estava passando do ponto.

Havia uma fila imensa dentro do McDonald's, mas ela se sentou nos fundos do estacionamento, resolvendo esperar até o último momento para entrar. Estava muito quente, e procurando em sua bolsa, ela reparou que devia ter deixado o boné na casa de Lizzie. Ótimo: além de tudo, queimadura de sol. Mesmo assim, ela não entrou. O turno de Luke acabava quando começava o dela e ela não queria vê-lo hoje. Não queria vê-lo nunca mais.

Quando os 15 minutos se passaram e ela abriu as portas, Bec estava coberta de suor, e o ar congelante do ar-condicionado fez um tremor descer por sua espinha abaixo. Ellen parecia cansada como de hábito, seu cabelo todo bagunçado ao redor do ponto em que se partia e a ruga entre suas sobrancelhas mais profunda que nunca. Normalmente, Bec era muito educada e respeitosa com Ellen, mas agora ela parecia muito patética. Ela quase revirou os olhos quando Ellen a cumprimentou com um curto balançar de cabeça. Obviamente, ela ainda estava com raiva de Bec, ainda pensava que ela era uma garotinha dramática. Mas Bec percebeu subitamente que não se preocupava nem um pouco com o que Ellen pensava dela. Aquela mulher estava na casa dos vinte anos, trabalhava no McDonald's e saía com adolescentes. O que sempre parecera uma segunda família, mais verdadeira, agora apenas parecia que era ela preenchendo algum vazio com decepções e mentiras. Com pessoas patéticas que haviam desistido de suas vidas.

Ela começou a servir seu primeiro cliente imediatamente. Pôde ver Luke saindo do banheiro com sua mochila e precisava de uma desculpa para não falar com ele. Não havia maneira de ela conseguir agir normalmente. Enquanto enchia um copo grande de limonada para o cliente, ela viu Luke se despedir de Ellen na cozinha; sorrindo seu sorriso fácil que ela pensava ser só para ela e lançando um braço ao redor de Ellen sem esforço. A raiva latejou dentro dela de novo, mas agora Bec não tinha certeza se estava direcionada a ele ou a ela mesma por ser tão estúpida, por ter caído tão facilmente na lábia dele. Um frio gotejamento de limonada escorreu por sua manga ao esbarrar do copo. Ela atirou fora o excesso rapidamente e balançou o líquido do braço, sabendo que ficaria pegajoso pelo resto da noite.

Gradualmente, o ofuscante sol baixou. A lua mudou de uma suave impressão digital no céu para um perfeito círculo de prata. Por sorte, o fluxo contínuo de clientes continuou, então ela não tinha que falar com Ellen ou Matty, exceto por ordens gritadas.

Bec sabia que o turno de Ellen terminaria logo e então ficariam apenas ela e Matty limpando juntos. Aquilo não seria tão ruim. Ela poderia passar pelo teste. Os clientes estavam mudando de suadas famílias queimadas de sol para grupos de bêbados jovens gritando. Ninguém que ela conhecesse, graças a Deus. Ela não achava que poderia ao menos forçar um sorriso agora. Mas algo com relação à repetição era apaziguante. Ajudava-a a parar de pensar. Eram apenas palavras e movimento, sem espaço para preocupações e a tristeza visceral que havia começado a assustá-la. Era só "Posso ajudá-lo?" de novo, e de novo, e de novo.

— Posso ajudá-lo? — perguntou ela, depois que um grupo de homens em camisas polo saiu, descobrindo a circunferência do imenso homem suado atrás deles.

Olhando para o rosto do homem gordo, ela esperou pelo inevitável imenso pedido por fritas e hambúrgueres. Ela sempre tentava o melhor para evitar mostrar preconceito quando pessoas obesas apareciam, mas dessa vez não se importou. Olhou o homem de cima a baixo lentamente.

— Posso ajudá-lo? — disse de novo, mais alto agora, como se o homem fosse surdo, mas ele a encarou, ainda a três passos de distância do balcão. Seus olhos pareciam sombrios e desfocados e ela percebeu que havia algo errado apenas um segundo antes de ele cair no chão.

— Ellen — ela gritou.

Bec olhou e Ellen já estava com o telefone na mão. Bec escutou enquanto ela lia o endereço para a telefonista, depois observou quando caminhou até o homem e se ajoelhou.

— Você está bem? Pode me ouvir, senhor? — perguntou Ellen. O rosto do homem gordo estava ficando azul. Ellen olhou para ela diretamente.

— Bec! — disse ela, como se estivesse com raiva.

— O quê? O que posso fazer?

— Continue atendendo — disse ela.

Não demorou muito para os paramédicos chegarem. Bec pensara que a ambulância do lado de fora deteria as pessoas, mas não. As pessoas simplesmente passavam por cima do corpo bojudo do homem e se aproximavam e faziam o pedido a ela, depois levavam seu hambúrguer até uma mesa para observarem a cena, como se estivesse acontecendo em uma televisão na parede.

Mais tarde, foi trabalho dela enxugar a urina do homem. Ele se mijara em algum momento e a poça brilhou no meio da loja. *Isso é a pior coisa do mundo,* ela pensou. Pior do que quando ela tivera de limpar atrás da fritadeira, e o óleo se solidificara em montanhas gordurosas apinhadas de moscas mortas. Pior que tudo.

Quando todos foram embora, ela e Matty fizeram a limpeza em silêncio. Ele nem ao menos tentou conversar com ela. Normalmente, ela se preocuparia se ele estava com raiva dela, mas naquele momento, Bec não se importava. Ela odiava este lugar agora. Parecia com sua casa de verdade. Um lugar frio.

19

2014

Com quem você falou? Ninguém disse nada!

Lizzie não responde. Enquanto espero, entra em perfeito foco em minha mente. A coisa que vinha me incomodando na casa de Lizzie, a lembrança semiformada que minha mente sabia ser importante. Algo que nunca se encaixara direito.

Os pais nunca perguntaram. De um jeito ou de outro, todo mundo insinuara a pergunta ou a perguntara diretamente. Mas nenhum dos pais a fizera. Desde quando eu falei pela primeira vez com a mãe na delegacia até agora; eles nunca perguntaram onde eu estive. Meu corpo é tomado pelo frio. Visto a roupa de dormir de novo por cima da toalha e sobre minha pele molhada e ponho o telefone em meu bolso.

A porta da garagem range ao abrir. Fico na posição em que estivera na noite de anteontem, então olho por sobre o ombro. A mãe olhara para as duas grandes caixas de papelão, cuidadosamente fechadas com fita adesiva.

Eu retiro a fita adesiva da primeira caixa. Ela faz um som seco de rasgão. Hesito por um segundo, minhas mãos trêmulas, então abro a aba. O interior está cheio de livros. Retiro os livros, esperando, na expectativa de encontrar cabelo ou ossos humanos. Mas não há nada. A poeira sobe até meu nariz e eu espirro, assustando-me com o alto som que preenche o cômodo.

Retiro a fita adesiva da segunda caixa. Mas não consigo olhar. Sei o que posso encontrar. Não quero ver o rosto dela. Mas preciso abrir. Lentamente, abro as abas. Mais livros. Tiro-os desajeitadamente, mas é óbvio que são a única coisa que há aqui dentro. Coloco-os de volta, meu coração voltando a bater mais devagar.

Estava errada.

Graças a Deus, estava errada.

Poderia quase rir. Minha cabeça roda. Tudo isso é uma loucura. Nada faz sentido. Preciso sair daqui. A escada range sob meus pés nus quando dou passos na direção da porta da lavanderia. Paro, imóvel, olhando para meus dedos dos pés sujos. Há dois degraus ainda para chegar à lavanderia.

Empurrando as caixas de papelão para o lado, fito a pequena porta que leva para debaixo da casa. Não vou me deixar hesitar desta vez. Inclino-me e a abro. Imediatamente, preciso cobrir minha boca. O cheiro é horrendo. Começo a ter ânsia de vômito. Mas não posso parar. Forço-me a olhar para o negrume fedorento. Lá está ela. Rebecca Winter. Dobrada como uma bola, como um bebê dormindo. Ossos marrons, alguns restos de carne ainda colados, a parte de trás de seu crânio afundada.

20

Bec, 17 de janeiro de 2003

Bec subiu o monte lentamente após deixar o ônibus. Ela não estava com pressa; já sabia que não haveria nenhum conforto esperando por ela. Suor escorria pelo seu pescoço. Ela o enxugou, sua pele parecendo gordurosa. A gordura e o óleo da cozinha sempre se grudavam às fissuras de seu rosto depois do trabalho, a fenda entre seu nariz e bochecha; atrás da orelha, sob a covinha de sua mandíbula. Ela parou de se enxugar. Em vez disso, deixou que escorresse de seus poros e expelisse a grossa gordura das vacas mortas com seu próprio óleo vivo. O calor parecia sufocar. O ar mesmo cheirava a queimado e pinicava sua garganta.

Quando Bec terminou o trabalho, ela olhara para o telefone, esperando, por um momento, que houvesse ligações perdidas de Liz. Mas a tela estava vazia. Ela não queria imaginar o futuro, pensar em passar o verão sem Liz; em voltar para a escola e não ser mais amiga dela. Mais que qualquer outra coisa, ela queria poder fazer a última semana de sua vida voltar atrás. Queria nunca ter dito aquelas coisas horríveis a Lizzie; queria que elas nunca tivessem planejado fazer o estúpido exorcismo. Se ela tivesse feito o que sempre fazia e esquecesse tudo sobre a presença em seu quarto, sobre as coisas estranhas que aconteciam em sua casa, tudo estaria normal agora. Ninguém estaria chateado com ela e ela não estaria com raiva de todo mundo e qualquer coisa.

Ao dobrar a esquina, ela podia ver sua casa no topo da montanha. Por um momento, ela sentiu como se sua garganta fosse se fechar. Parando por um instante, ela desviou os olhos da casa e respirou lentamente. Inspirou pelo nariz, expirou pela boca, até que a garganta se distendeu novamente. Seu telefone tocou e uma corrente de alegria e alívio perpassou seu corpo. Ela o sacou do bolso, as mãos tremendo ligeiramente em sua pressa. Mas era Luke.

Espero que você esteja bem, ainda estou pensando em você.

Antes que pudesse processar a mensagem, Bec havia lançado o telefone para longe, sem conseguir represar a raiva ardente desta vez. Ela correu monte acima. Não queria ter aquela violência e aquele ódio dentro dela. Gostaria de poder purgá-los de alguma maneira. Abrindo a porta da rua tão silenciosamente quanto possível, correu escada acima, tirou a roupa no escuro e se deitou na cama. Fechou os olhos com força e desejou que, de alguma maneira, aquele sentimento de nulificação que ela sentira pela manhã pudesse voltar e substituir a raiva que estava tomando conta de seu corpo.

21

2014

Fico diante dos ossos, sabendo que preciso me afastar, sabendo que preciso correr. Mas não consigo me fazer fechar a pequena porta, trancá-la no negrume fedorento. Minha cabeça está girando e minha visão pulsa. Posso cheirá-la, cheirar o que resta de seu cabelo e de sua carne pútridos. Eu me curvo, certa de que vou vomitar. Nada sai.

A porta da garagem vibra de leve, o som amplificado no silêncio quando o carro sobe a rua. O chiar de borracha quando seus pneus dobram e estacionam diante de casa. Por um segundo nauseante, penso que a porta pode se abrir, que eles poderão me ver de pé ali, meio vestida, sobre o esqueleto de sua filha. Mas o carro para e a ignição é desligada, e eu ouço as portas se abrirem. Tenho alguns poucos segundos.

A portinhola se fecha com um clique e eu empurro as caixas de papelão de novo para a frente dela. Eles devem estar a caminho da porta de entrada agora. O tinir de metal no metal quando a chave vira na fechadura. Corro de volta para a lavanderia, fechando a porta da garagem, um instante antes de a porta da rua se abrir. Ai, Deus. Eles vão me ver saindo de lá. Vão saber que eu vi. Permaneço sem me mexer na lavanderia, tentando não fazer barulho.

— Bec?

O ladrilho está frio sob meus pés descalços. A secadora gira silenciosamente. Contanto que eles não pensem que eu vi, ainda tenho algum tempo, se eu puder apenas sair de casa.

— Becky?

Posso ouvir os pés da mãe se arrastando sobre o carpete. Ela está quase na lavanderia, prestes a subir para meu quarto, mas vai me ver ao passar.

— Como é que foi? — chamo, apertando botões na máquina de lavar aleatoriamente.

— O que você está fazendo aqui, querida? — pergunta a mãe. Seu rosto parece diferente quando ela fica de pé no vão da porta. Seus olhos parecem brilhantes e sua pele estranhamente encerada, mas ela sorri. Ela parece feliz.

— Não consigo decifrar como fazer isso funcionar. Quero colocar umas roupas para lavar.

— Eu faço isso, querida. Você deve se deitar, se sua cabeça está doendo — diz ela.

— Eu sei. Só quero ajudar — digo, forçando-me a falar tão normalmente quanto posso, ainda que meus membros estejam tremendo, desesperados para correr. Apenas ouvir o medo em minha voz pode ser suficiente. Eles não podem saber.

— Isso é legal da sua parte, Bec. Mas onde estão suas roupas?

— Eu as deixei lá em cima.

— Bom, vá buscá-las.

Eu me forço a virar devagar, a andar e não correr. Ela liga a máquina, a água jorrando no receptáculo vazio.

— Bec? — Meus ombros ficam tensos.

— Sim.

— Seu robe está imundo.

Eu olho para baixo, para ele. A barra está preta de sujeira de me ajoelhar na garagem.

— Deve ter sido de quando fui lá fora para me despedir de vocês — digo fracamente. Ela sabe que não fui lá fora.

— Bom, passe para cá, então.

— Posso trazer quando trouxer o resto. — Minha voz soa estranha, mais alta e forçada, mas não consigo evitar.

— Antes que manche — diz ela, o braço estendido.

Ela não está pedindo. Eu tiro a roupa, sentindo-me terrivelmente exposta só de toalha. Ela a pega. E, ao fazê-lo, meu telefone começa a tocar. O bolso do robe se acende. Ela não para, no entanto; ela não me devolve.

— O que você está fazendo? Meu celular! — grito, mas ela o joga dentro da máquina. Eu arremeto, mergulhando meus braços até os cotovelos dentro da água que jorra quente. O toque diminui ao submergir, trinando quando o puxo do bolso encharcado do robe. Ele para de tocar; a tela está preta.

A mãe pega detergente e amaciante de roupa do armário, ignorando-me. Ela fez de propósito. Não havia como ela não o ter escutado tocando. Talvez ela até o tenha visto em meu bolso, e por isso tenha insistido em pegar meu robe. Eu fujo dela, subo a escada, braços ao redor da pequena toalha que me cobre.

Fecho a porta do meu quarto e enfio uma cadeira debaixo da maçaneta, então ponho alguma das roupas novas; elas coçam e cheiram a plástico, mas é bem melhor do que ficar nua. Sento na cama. Isso está realmente acontecendo. Meu corpo começa a tremer.

Eles a mataram. Um deles matou Bec e a empurrou para dentro do buraco escuro. Minha respiração começa a ficar entrecortada. Eles sabiam. Todo esse tempo, um deles sabia. Pelo menos. Eles estavam apenas ganhando tempo, esperando que Andopolis perdesse interesse, esperando que Paul e Andrew fossem embora. Eu me curvo em uma bola, tentando estrangular o som de minha respiração curta. Não posso entrar em pânico. Preciso sair daqui. Mas tudo em que consigo pensar é no esqueleto dela debaixo da casa, em forma de bola, como uma pequena garota assustada. Esteve aqui esse tempo todo, escondida no escuro.

A janela. Eu me levanto. Os repórteres estão muito distantes para ouvir qualquer coisa, mas posso vê-los daqui. Homens em miniatura com câmeras em miniatura. Se eu pudesse vê-los, talvez eles pudessem me ver. Eu me aperto contra a janela, agitando os braços amplamente. Um cara joga fora o cigarro. O restante nem se mexe. Poderia tentar gritar para eles, mas os pais podem ouvir antes que eles. Poderia pular. São dois andares, então posso quebrar algo, mas tenho certeza de que eles me notariam se eu estivesse caindo pelo ar. Não tenho outra escolha. Tento abrir a janela, mas ela não se mexe. Pondo toda força que tenho, puxo até que meus músculos parecem se rasgar, mas ela não se mexe. A pintura a fechou. Passo minhas unhas por baixo e puxo, gritando silenciosamente quando elas quebram sob o peso. Não funciona; as pontas de meus dedos estão latejando e ensanguentadas. Começo a chorar sem fôlego. Não consigo abrir. A única maneira de sair é pela porta da rua e eu não quero descer até lá. Sinto-me como Rapunzel, trancada no topo da torre. Sem saída. Poderia tentar quebrar a janela, mas o vidro é espesso e eles quase que certamente ouviriam antes que tivesse chance de escapar. Então saberiam. Eu seria empacotada junto a Bec, gêmeas apodrecendo juntas.

Não. Contanto que eles não achem que eu tenha algo contra eles, talvez eu ainda possa apenas ir embora. Talvez eu possa atravessar a porta de saída como fiz tantas vezes. Enxugando meu rosto molhado, eu me forço a respirar. Sou uma grande atriz. Posso fazer isso.

A casa está silenciosa quando deixo a cama de Bec. O único som é o apagado zunir da máquina de lavar. Seguro uma pilha de roupas sujas, caso necessário. Meu coração bate forte quando desço silenciosamente a escada. A porta de saída fica mais perto. Cinco passos adiante, três. Então chego ao pé da escada. A porta a apenas alguns passos de distância.

— Bec? — Viro-me para ver a mãe de pé na sala de estar. Ela está segurando uma tesoura de cozinha. O pai está sentado no sofá, observando-me.

— Sim?

— Aonde você vai?

— Preciso ver Andopolis — minto. — Ele chegará a qualquer minuto.

— Você vai levar suas roupas sujas para ele? — pergunta o pai. Eu não sei o que dizer.

— Deixe-o entrar em casa, uma vez na vida. Se você está com dor de cabeça, pode estar ficando doente. Não deve ficar esperando do lado de fora, no frio — diz ela, como se nada estivesse errado. Como se não estivesse segurando uma tesoura afiada de prata à frente dela.

Olho da porta para eles. Eu devo ser capaz de atravessar a porta antes que ela enfie a tesoura em minhas costas. O pai se levanta, dando um passo entre mim e a porta. Ele pega a roupa suja de minha mão.

— Faça como sua mãe diz — fala ele.

— Eu estava me perguntando se você me deixaria dar um jeito em seu cabelo — diz ela, olhando para minhas pontas duplas. Engulo em seco.

— Tudo bem.

Ela me senta na cozinha e põe uma toalha ao redor de meus ombros. O pai fica de pé atrás de nós, observando.

— Seu cabelo foi sempre tão bonito. Não posso acreditar que você o deixou ficar tão ruim assim — diz ela, suavemente penteando-o. As cerdas arranham meu escalpo.

— Não vai demorar, não se preocupe. Vince pode entrar e ter uma conversa comigo e seu pai. Eu gostaria de saber como as coisas estão indo.

Eu tento me virar para ver se o pai ainda está no cômodo conosco. Ela joga minha cabeça de volta, então eu olho para frente.

— A gente não quer que fique torto.

A tesoura é fria contra a minha nuca; escuto a precisão dela enquanto retalha meu cabelo. Aperto minhas mãos firmemente sob a toalha.

— Assim vai ficar tão melhor.

— Obrigada. — Minha voz soa estranha e alta de novo; posso ouvir meu próprio medo nela. Mas ela não parece escutar.

— Bonito e bacana como costumava ser. — Posso sentir o hálito dela sobre minha pele nua quando ela fala.

Um estranho barulho vem de algum lugar da casa. Uma espécie de choro estrangulado.

— O que foi isso?

— O que, querida?

— Esse barulho.

— Não ouvi nada.

— Onde está o papai?

— Provavelmente tirando um cochilo.

Escuto o barulho de novo. Um som doloroso.

— Levante o queixo — diz a mãe, torcendo meu rosto para cima, de forma que fico olhando para ela. Ela passa a tesoura perto de minha orelha.

— Eu deveria ver se Andopolis já chegou — digo, olhando diretamente nos olhos dela. Como nunca percebi como seus olhos parecem estranhos, empapuçados, brilhantes e nunca centrados em você?

— Quase terminando — diz ela.

Uma pancada alta que ecoa. Eu me sobressalto na cadeira.

— Cuidado, querida. Eu não quero estragar o corte.

— O que foi isso?

Ela não responde. A tesoura continua a cortar, de novo e de novo. Eu posso sentir as lágrimas começando a cair e não posso detê-las. Aquilo soou como um tiro. Eu preciso sair. Mas, com um corte, ela poderia abrir minha garganta.

— Por favor, mãe.

— Um segundo, Becky — diz ela.

Eu choro silenciosamente, tentando ouvir o pai, mas escutando apenas o silêncio. Então ela retira a toalha.

— Vá dar uma olhada no espelho — diz ela. — Acho que você vai gostar.

Eu me viro rapidamente, meio que correndo para a porta da rua. Ela está me deixando ir. Eu posso ir. Giro a maçaneta, mas ela não se mexe. A porta está destrancada, mas não se abre. Jogo meu corpo contra ela, desesperadamente tentando forçá-la a se abrir.

— Cuidado, Bec. Você vai quebrá-la — diz a mãe, passando por mim com uma pá de lixo e uma escovinha.

Percebo que há algo enganchado debaixo da porta de um dos lados. Jogo-me contra ela de novo, meu ombro trincando dolorosamente, mas ela não se mexe.

Com o canto dos olhos, eu vejo o rosto de Bec. Sua boca contorcida de dor, os olhos cheios de medo. Eu giro o corpo. É o espelho do corredor, estou vendo meu próprio reflexo. Meu cabelo foi cortado no mesmo estilo chanel moderno de Bec. Estou vendo o que ela viu logo antes de morrer. Finalmente sei o que aconteceu com ela e agora estamos compartilhando o mesmo destino.

Então sinto cheiro de fumaça.

22

Bec, 18 de janeiro de 2003

Bec queria começar o dia direito. Ela preparou seus cereais lentamente, cortando uma maçã em pedaços para misturar com eles. Uma coisa que ela desejava fazer toda manhã, mas nunca se importava. Um café da manhã apropriado era importante. Era o que sua mãe sempre dizia. Ela comeu lentamente. Não havia pressa, afinal de contas. Não era como se tivesse amigos para visitar. Bec resolveu lavar os pratos também, talvez para postergar a decisão sobre como passar o dia. Ela limpou sua tigela e a caneca de café cuidadosamente, enxugando-os e os pondo de volta no armário, como sua mãe sempre fazia.

Era impressionante quanta diferença dormir podia fazer. Noite passada, Bec tivera uma avassaladora sensação de ruína iminente. Mas hoje, aquilo parecia tão tolo. Tão dramático. Ela se lembrou de que se sentira assim no passado e nada de ruim acontecera.

Bec tinha um sentimento profundo dentro de si de que tudo ficaria bem. Todos os sentimentos negros da noite passada haviam se dissipado e ela não se sentia mais tão desamparada. Hoje ela mudaria as coisas. Ligaria para Ellen e diria que não queria mais fechar a loja. Então mandaria uma mensagem para Lizzie e lhe diria que ela poderia ter tanto espaço quanto quisesse e que sentia muito. Aquilo não consertaria tudo, mas ter um plano a fazia se sentir muito melhor. Tudo podia ser posto de volta no lugar; ela tinha certeza disso. Contanto que conseguisse achar seu telefone, claro. Bec não acreditava que tinha tido raiva suficiente dentro dela na noite passada para jogá-lo daquele jeito. Ela quase riu, imaginando como a cena deveria ter sido, mas também estava um pouco orgulhosa de como deve ter parecido durona.

Depois do banho, ela pôs um vestido de algodão limpo. Ela não passaria o dia inteiro se lamentando, resolveu. Ela sairia, iria a algum canto. Talvez entrar em contato com alguém da escola que ela não via há algum tempo. Afinal de contas, estava ficando ridículo ter apenas uma melhor amiga. Havia milhares de pessoas na escola que ela sabia que queriam sair mais com ela, mas ela sempre estivera tão contente com sua vida da maneira como era que as afastara. Hoje não. Bec passara um longo tempo diante do espelho, certificando-se de que seu cabelo estava perfeitamente liso e tentando fazer a maquiagem ficar a melhor de todos os tempos. Havia algo sobre parecer bonita que fazia com que ela sentisse que tudo estava muito mais sob controle.

Bec se levantou, virou-se, contou até três e então girou de novo e se examinou. No milissegundo antes que seus olhos se ajustassem à familiaridade de seu próprio rosto, ela viu uma bela mulher, jovem e despreocupada. Ótimo. Agora ela teria de ir cavoucar o jardim de alguém, procurando por seu celular.

Alguma coisa passou à frente de sua porta, algo que não deveria fazer parte da imagem. Era Paul, e ele estava segurando uma faca de cozinha. Ele não olhou para o quarto dela, mas continuou andando; ela podia ouvir seus passos leves descendo a escada e a porta da garagem abrir e fechar.

Bec começou a guardar sua maquiagem lentamente. Rímel, blush, base — tudo de volta à caixa onde os mantinha. Sua mão estava firme. Olhando para si mesma no espelho de novo, seus olhos não se ajustaram. Ela não reconheceu o círculo branco refletido no espelho. Suas unhas empurraram contra a carne de suas mãos e, de alguma forma, ela precisou parar de pensar sobre aquilo. Pequenos crescentes foram deixados cravados sobre sua palma.

Sem se resolver, ela deixou o quarto e ficou sobre o topo da escada. Um passo para baixo e depois outro.

Ao fazê-lo, o bloqueio em sua mente que a impedia de pensar sobre o segredo desapareceu.

Ela tentou expulsá-las, mas era tarde demais. O bloqueio havia desaparecido e todas as coisas sobre as quais ela não queria pensar estavam diante dela.

Eles haviam dito que eram os únicos que eram verdadeiros. Ela se lembrava de ficar de pé no quarto deles, meio virada para a porta. Eles cheiravam a hora do banho e pele de crianças limpas. A última luz do longo dia de verão bloqueada pela cortina fechada.

— Isso significa que você me odeia?

— Sim.

A mente dela se voltou para a coleção de insetos mortos que ela encontrara no guarda-roupa deles, o estranho olhar sem emoção que eles às vezes tinham em seus olhos e que ela aprendeu a ignorar, a massa de penas que às vezes ela encontrava no jardim e tão frequentemente um pássaro mutilado. Ela torcera para que fosse um gato que os tivesse pegado. Mas isso foi antes. Ela podia ignorar isso então, facilmente. Isso foi antes de ela saber.

Naquele dia. Verão passado. Era para ela servir de babá para eles. Ela não queria pensar no assunto, mas começou a rodar em sua cabeça sem que ela pudesse parar. Toda vez que ela estava feliz, eles diziam que ela estava feia, e toda vez que ela estava com raiva e contemplativa, eles faziam piadas e lhe davam abraços suaves. Se Lizzie estivesse lá, teria sido diferente. Se ela tivesse seu emprego no McDonald's, talvez não tivesse acontecido. A mãe dela lhe dera dez dólares por dia para tomar conta deles. Quando ela concordara, não sabia como seria. Às vezes, ela saía correndo de casa. Sentava-se durante uma hora nos degraus das lojas locais, lentamente devorando um doce em forma de sucuri assassina e observando as famílias irem e virem, o rabo do doce ficando menor e menor enquanto ela o chupava, transformando-o em açúcar líquido.

Bec escutara o cortador de grama ao subir o monte, mas não percebera realmente. Era apenas como qualquer outro som de verão que não tinha nenhum significado: o gorjeio de um pega-rabuda, o zunido de uma cigarra. Então ela percebeu que o barulho vinha de seu próprio jardim. Ela disparou em uma corrida, sem saber o que esperar, mas sabendo que seria algo ruim. Crianças pequenas não cortam a grama.

Ela tentou parar a lembrança ali. Tentou se forçar a pensar em alguma outra coisa, a pensar em como ela parecia aos olhos dos outros, de pé na escada daquele jeito. Se seu vestido estava bonito, se estava muito curto. Mas ela não conseguia se livrar dos pensamentos. Não conseguia se imaginar aqui e agora. Só conseguia se ver lá, correndo pelo lado da casa. De pé, arfando no quintal.

Ela levou um tempo para perceber o que estava acontecendo. O cortador de grama estava ligado e os garotos estavam dando risadinhas como loucos, mas estavam de costas para ela e ela não conseguia entender por quê. Então ela escutou o uivo do gato mais alto que o motor.

Molly estava enterrada no chão até o pescoço e os garotos estavam indo em sua direção. Os olhos dela estavam arregalados e suas orelhas estavam grudadas atrás da cabeça. Ela estava lutando, tentando se livrar. Mas era tarde demais, já era tarde demais. Bec só teve tempo suficiente para desviar o olhar antes de o cortador passar por cima de Molly. A máquina engasgou por um momento, depois voltou ao normal. Seus irmãos se voltaram quando ela começou a gritar. Tinha havido tanto sangue. Ela correra para a casa de Lizzie, esquecendo que ela não estava lá.

O pai e o irmão de Lizzie haviam sorrido para ela como se quisessem dizer alguma coisa.

Não foi algo que sua mente pudesse processar. Bec percebeu rapidamente que era melhor não pensar sobre aquilo de jeito nenhum. Paul e Andrew foram sempre doces com ela depois do que aconteceu e ela descobriu que não podia evitar amá-los. Aquela monstruosidade não pertencia a sua vida.

Ela permaneceu ao pé da escada, seu corpo frio e paralisado. Ela podia simplesmente voltar para o quarto, pegar sua bolsa, sapatos e sair. Insetos, pássaros, gatos, cachorros. À medida que os gêmeos ficavam maiores, também ficavam suas presas.

A porta da lavanderia se abriu silenciosamente. A luz estava acesa, mas ela estava vazia. Bec deu um passo para dentro, meio que pensando que eles poderiam estar se escondendo em algum canto, quando a porta se fechou. Ela se virou bem quando Paul saltou do armário, um tijolo erguido sobre sua cabeça. Seu braço lançado para frente e ligado ao tijolo, fazendo um barulho surdo.

A visão dela se tornou branca por um momento e uma lancinante dor quente percorreu seu braço.

— Você não a pegou!

Bec bateu no chão, caindo com a força do impacto.

— Só porque você bateu a porta.

— Você devia ter me deixado fazer. Eu a peguei tão bem da última vez.

— É, mas era minha vez. É melhor desse jeito, seja como for.

A visão dela estava manchada e fora de foco; ela se sentia como se estivesse doente.

Alguma coisa puxou seu pulso. Era Andrew, amarrando sua velha corda de pular ao redor do pulso dela. A corda estava marcada com manchas vermelhas.

A memória embotada do maltese terrier que eles estavam torturando no sótão no começo da semana voltou a ela com tanta força que quase empurrou todo o ar para fora de seus pulmões. As imagens eram nebulosas, borradas e se atropelavam. Mas ela se lembrava do sangue jorrando do peito aberto dele. Lembrava de Paul arrastando o coitado quase morto pelo chão com a corda de pular. O som que ele fazia era como o de um grito humano.

Ela se levantou, empurrando Andrew para longe dela. Adrenalina bombeava através dela agora; não sentia mais dor no braço.

— Vocês têm me seguido, não têm?

Eles apenas a fitaram com seus idênticos olhos azuis.

— A gente queria saber aonde você ia.

— E foram vocês que bateram em minha cabeça naquele dia?

— Você esqueceu de levar a gente para a piscina.

Ela vira as bicicletas deles jogadas em uma pilha na entrada de casa quando caminhou do carro para dentro de casa. Até notara que uma das rodas estava girando lentamente. Talvez soubesse então.

— É por isso que vocês estão fazendo isso comigo agora? Porque não levei vocês ao Big Splash?

A imagem da supercola e das navalhas que ela vira na mochila de Paul ainda estavam frescas. Ela imaginou pernas molhadas e escorregadias indo em alta velocidade, descendo os escorregas de água diretamente para as navalhas. Era algo que ela não podia ignorar.

— Nós só estamos cansados de você. A gente acha que você vai dedurar a gente...

— E a gente nunca tentou com uma pessoa antes.

Então ela viu o brilho. A faca estava no bolso de Paul.

— Vocês estão fodidos! Vocês dois estão tão fodidos!

Os rostos deles se abriram ao escutar aquilo e ambos começaram a dar risadinhas da maneira que ela sempre amara.

— Você é má, Becky. Você não deve usar essa palavra.

Alguma coisa dentro dela se partiu. Ela empurrou Paul, usando toda a sua força. Ele soltou um ganido quando seu lado bateu no chão. Ela pegou a faca do bolso dele e a segurou sobre a cabeça. Andrew a agarrou, unhando seus braços e costas, tentando subir pelo seu corpo. Bec o empurrou, fazendo-o voar através do cômodo. Um momento de choque e silêncio e então Andrew fungou, lágrimas enchendo seus olhos.

— Você me machucou, Becky.

A cabeça dela era uma confusão só. Toda parte dela queria ir até ele, certificar-se de que ele estava bem.

Paul olhou para Andrew e Bec viu algo se passar entre eles.

— A gente sente muito também — disse Paul, seus olhos se enchendo de lágrimas também. — A gente só estava brincando. A gente ama você.

Eles se levantaram e vieram até ela, colocando os braços ao redor dela gentilmente. Ela ainda mantinha a faca levantada.

— A gente só quer que você passe mais tempo com a gente, certo? — Paul levantou a cabeça para olhar para ela.

— Certo — disse ela. Sua voz estava rouca.

Mais tarde, quando ela entra na cozinha, o céu virou vermelho.

23

2014

A casa está calma. Não há som vindo do quarto dos pais. Escuto a mãe entretendo-se suavemente na cozinha. O ácido cheiro de fumaça ainda permanece no ar, ainda que não consiga dizer de onde vem. É fraco, para começo de conversa, como um jantar que queimou. Mas agora posso sentir meus olhos arderem com a névoa rarefeita.

Eu sou Bec. Estou vivendo seus momentos finais.

Sento no sofá, esperando. Esperando morrer como ela. Faz sentido dessa maneira, percebo. Eu estava vivendo sua vida, então devo morrer sua morte. Não há como escapar. Passo minhas mãos pelo vestido de algodão, acalmando-me, esperando que algo aconteça. Pergunto-me o que Bec pensou antes de morrer. Lembrou-se dos irmãos ou pensou na carreira que nunca teria, no marido que nunca encontraria? Teria tido raiva dos pais por essa última traição ou, quando chegou a hora, ainda os amava? Aceitou que era esse seu destino?

Continuo passando minhas mãos nas laterais do vestido. Minha mãe esfregava minhas costas desse jeito quando eu chorava. Pensava que não tinha lembranças dela, mas essa voltou com toda força. Eu esfrego meus joelhos também. Eles saltam do algodão cinza, rijos e cobertos de arrepios. Não tive tempo de pôr meias. Uma fina cicatriz branca corre pela curva do meu joelho. Toco-a com a ponta do meu dedo e uma súbita risadinha histérica me escapa. Quando tinha oito anos, tentava fazer uma manobra na rampa de skate com minha bicicleta. Minha mãe tinha acabado de morrer e eu me sentia irresponsável e desesperada para provar alguma coisa; ainda me lembro dos risos dos adolescentes, do mundo girando de cabeça para baixo e da percepção de que eu ia me machucar no momento antes do impacto. O cheiro de concreto quente e aço.

E, com isso, tudo entra em acurado foco.

Não sou Bec. Eu tinha minha própria vida antes disso, minha própria identidade, e poderia tê-la de volta.

Preciso ligar pedindo ajuda. É um risco. Se eles me escutarem, então é o fim, mas tenho que tentar. Preciso ao menos tentar sobreviver a isso. Respiro profundamente e caminho devagar para a cozinha. A mãe está à pia. Ela tirou toda louça do armário e a está lavando à mão de novo, esfregando a limpíssima porcelana.

Eu me movo lenta e calmamente, pegando o telefone sem fio de seu lugar no banco. O fone solta um bipe ao ser tirado da base. Eu aperto as sobrancelhas.

— Você gostou? — pergunta a mãe.

— De quê?

— Do corte?

— Ah. Sim, gostei.

— Ótimo. Fico feliz. Eu acho que seus irmãos preferem desse jeito.

— Eles voltaram para casa. Lembra?

— Eles vão ficar felizes de ver que eu deixei você mais bonita.

— Eu acho.

Ela ainda não se virou para olhar para mim. Ela continua lavando os pratos, metodicamente limpando cada um.

— Boa ideia ligar para Vince, querida — disse ela. — Descubra o que o está impedindo de vir.

Aquilo era uma ameaça? Ela estava tentando me dizer que estava sabendo de tudo, tentando desmascarar meu blefe? Saio da cozinha.

Ainda assim ela não vira a cabeça, não diminui ou acelera os movimentos.

Ligo para a polícia e seguro o telefone colado à orelha, pronta a sussurrar. Mas não há sinal de toque. O outro telefone deve estar fora do gancho. O que fica no quarto dos pais. Não me deixo hesitar; não me deixo imaginar o pai sentado na cama, esperando por mim.

A porta está aberta uma polegada, mas posso ver lá dentro. Levanto a mão para empurrá-la por inteiro, mas não consigo fazer isso. Estou com tanto medo. Meu coração está disparado e meu corpo inteiro treme. A maçaneta é fria debaixo de meus dedos. Preciso fazer isso.

Minha boca se abre para gritar quando vejo a imagem se abrir diante de mim. Mas nenhum som sai. Os lençóis brancos estão vermelhos. Encharcados de sangue endurecido. O pai está deitado na piscina vermelha. Sei que é o pai apenas por suas roupas. Ele está empoleirado na cama, suas mãos ao redor de uma espingarda de cano serrado. Seus rosto e cérebro estão por sobre toda a parede branca atrás dele. A seu lado, está uma garrafa vazia de uísque. No travesseiro perto dele, está uma nota rudemente escrita.

Sinto muito, não podia continuar fingindo.

Deitado no chão está o telefone, derrubado do gancho. Eu percebo um ensanguentado pedaço de crânio sobre o carpete creme, perto de meus pés. A mãe vai odiar aquilo; vai definitivamente deixar uma mancha.

Minha visão começa a ficar fraca. Meus músculos formigam e eu percebo que estou escorregando parede abaixo até o chão, mas não posso evitar. Apenas me deixo cair. Escuto o barulho surdo e suave quando minha cabeça bate nas tábuas do assoalho, mas não sinto. Vejo minha madrasta a minha frente, da maneira como estava na noite em que parti. Seu rosto marcado pela raiva, suor escorrendo de sua têmpora pelo esforço que fazia. Cuspe saía de sua boca quando ela gritava.

Ela queria que eu fosse para a cadeia. Ela estava feliz porque eu não faria parte de sua nova família feliz. Eu não tivera a intenção de empurrá-la. Mas, de repente, ela estava aos meus pés. A máquina de lavar fora aberta e ela caíra de lado, a barriga protuberante se cortando no canto. Fez um barulho terrivelmente alto. Ela rolou até ficar de costas. Vermelho brotou na virilha de sua calça bege de grávida.

Eu me concentro em respirar. Inspiro, expiro. *Apenas se mantenha respirando e tudo ficará bem*. Minha visão começa a ficar mais clara. Minha cabeça começa a ficar fria no lugar em que toca o chão. Posso sentir o limão do produto de limpeza na madeira e a fumaça; o cheiro da fumaça está mais forte agora. Um fino vapor se levanta das tábuas diante de mim.

Eu me forço a me levantar, afastando a imagem do que acabei de ver de minha cabeça. Apenas me concentro em respirar. Inspiro, expiro. A fumaça vem da lavanderia. Pressiono meu peso contra a parede e cambaleio na direção da porta. Sigo na direção do som da máquina de lavar, girando minha roupa de dormir em círculos. Não consigo ver nada ali no começo. Então, dedos finos de fumaça atravessam o espaço debaixo da porta que leva à garagem.

Através do silêncio, escuto a voz da mãe. Ela fala e depois para, e então continua. Como se houvesse alguém mais ali, mas não escuto outra voz. Mordo meu lábio o mais forte que posso. A dor segura a minha náusea. Olho para meus pés enquanto caminho na direção do pai. Não olho para o rosto dele; não me deixo hesitar. Tiro a arma de suas mãos. O sangue dele é quente ao contato de minha mão. Um soluço sai de minha boca antes que possa impedi-lo, mas forço os sentimentos a se recolherem e olho para a arma. Nunca toquei em uma antes. O cano dela foi cortado de maneira dentada; ele mesmo deve ter feito o serviço. Eu o imagino por um momento, serrando a espingarda em seu paletó de trabalho cinza.

Caminho na direção da cozinha, escutando. Respirando suavemente.

— Está tudo bem, querida. Não se preocupe.

Então uma pausa.

— Sim. Vou só ficar aqui.

Uma pausa. Quase escuto alguma coisa nela, algo tão baixo que mal dá para ouvir.

— Sim. Claro.

Eu me aproximo mais. Ouço algo mais. Outra voz. A voz de um homem, falando em um sussurro suave e profundo.

Meu passo range. A voz para. Dou mais um passo para a cozinha. A mãe está de pé ali, sozinha, a mão na pia.

— Mãe?

Ela se vira e sorri. Ela nem mesmo olha para a arma debaixo de meu braço.

— Sim, querida?

— Quem mais está aqui?

— Quando?

— Agora mesmo. Ouvi outra voz. Há outra pessoa aqui.

— Não seja boba, querida. Eles estão sempre aqui.

— Quem?

— Seus irmãos.

Algo duro bate nas costas de minha cabeça. Cega de dor, eu sou derrubada e vou ao chão.

— Ei, era minha vez!

— Eu queria compensar pela última vez.

— É, você só levou dez anos.

A voz dos irmãos bafeja ao meu redor. Não consigo distingui-las. Eles soam do mesmo jeito, como uma pessoa falando por ambos. Quando tento abrir os olhos, eles já estão abertos. Mas não consigo ver. Há apenas formas vagas se movendo na branquidão.

— Cale a boca!

— Não, cale a boca você!

— Não discutam, meninos. — A voz da mãe é calma.

— Onde está o papai?

— Ele está dormindo.

— Bêbado de novo, é?

Mais pés se mexendo. Minha garganta está queimando, mas não consigo tossir. Sinto a arma sendo chutada debaixo de meu braço.

— Becky, Becky, como você pegou isso?

— Nós não estamos reclamando, Becky. Estamos impressionados. A pequena Becky desaparece como uma garota e volta como uma heroína de filme.

Ambos riem. Então um deles se aproxima, seu calor bem contra mim.

— Ah, senti tanta falta de Molly — diz um dos gêmeos, Andrew, eu acho, em uma voz afetada de menina. Ele está perto agora, bem próximo de mim. — Por que você tinha que nos ameaçar, Bec?

— Você contou alguma coisa a Vince?

— Se contou, a gente vai matar você!

— A gente não vai matá-la de todo jeito?

— Cale a boca! Ela não precisa saber disso.

Sinto um pé debaixo de minha cabeça, empurrando meu queixo para cima.

— Então, o que você contou para ele?

Não consigo falar. Eu quero, mas não consigo.

— Conte para nós! — Outra dor larga e profunda quando um sapato chuta meu lado.

— Ai, por favor, meninos. Por favor, deixem-na em paz! — diz a mãe.

Silêncio.

— O que a gente lhe disse, mãe?

Silêncio.

— Qual é a regra?

— Não replicar — diz ela.

— Isso mesmo. — Posso vê-lo rir sarcasticamente.

— Agora, o que você diz se alguém perguntar?

— Os garotos não tiveram nada a ver com isso. — A voz dela é mais profunda, cheia de dor quando ela repete: — Eles já entraram em seus voos. Deve ter sido minha filha. Ela é perturbada.

— Ótimo, mamãe.

— Vamos sair daqui. — Um deles está tossindo.

— Você fica aqui — diz o outro para mim, um sorriso de desdém em sua voz. Então escuto a porta dos fundos destravar e abrir, e o som deles pulando a cerca. E depois o silêncio. Grosso, profundo silêncio. O branco aumenta e posso sentir que estou sucumbindo de novo.

Quando o branco começa a diminuir, não luto contra a escuridão. Mergulho nela e no esquecimento.

24

2014

Estou na neve com meu pai. Estamos sentados num teleférico, voando sobre o branco. Estou com medo. Ele põe um braço macio ao meu redor e eu me aconchego em sua parca. Se estou com ele, estarei segura. Logo estaremos de volta em nosso chalé, bebendo chocolate quente. Meus olhos e nariz ardem, mas não do frio congelante. Não. Eles queimam. O branco se move e mexe ao meu redor; flutuantes nuvens de neve. Há uma sombra se movendo no branco. Algo frio toca meu rosto. A cadeira do teleférico me empurra para frente e eu escorrego pelo branco.

Minha garganta e nariz estão cheios de fumaça ardente. Eu tusso, tentando tirar a cinza de dentro de mim. A tosse se transforma em uma seca tentativa de vômito.

— Nem mesmo pense em vomitar.

Olho ao redor. Estou no banco de trás de um carro em movimento. Tento erguer a cabeça para ver quem está dirigindo, mas ela lateja violentamente.

— Está se sentindo bem? — A voz é de Lizzie.

— Não. O que aconteceu? — grunho, fazendo surgir outro acesso de tosse.

Ela espera que eu pare antes de responder.

— Eu percebi que alguma coisa estava errada quando você me enviou a mensagem. Eu liguei, mas seu telefone estava desligado e eu queria saber o que estava acontecendo. Eu e Jack fomos até sua casa, mas ficamos presos no portão, discutindo com o policial. Ele não queria nos deixar passar. Então Jack saiu e começou a gritar muito, dizendo que o policial não era seu chefe. Ele o estava apenas distraindo, fingindo ser algum demente. Teria sido engraçado, se eu não estivesse com tanto medo. — Ela ri, uma risada vazia e monótona. — Seja como for, enquanto eles tentavam descobrir o que ele estava tentando fazer, eu passei diretamente pela barreira. Tinha fumaça saindo da casa. O idiota estava tão concentrado em manter as pessoas afastadas que nem mesmo percebeu.

— A mãe? — sussurro.

— Eu tentei. — Lizzie faz uma pausa. — Foi a coisa mais pavorosa que eu já vi. Ela não se mexia. Ela apenas ficou lá, lavando os pratos, com o cômodo cheio de fumaça. Mas os jornalistas e Jack entraram enquanto eu puxava você para fora. Tenho certeza de que a salvaram.

— Jack?

— Você quer mesmo saber?

Não quero. Quero perguntar a ela aonde estamos indo, mas dói demais falar. Então apenas me deito, imóvel, observando o teto do carro enquanto nos movemos. Após alguns instantes, ela para em uma vaga de estacionamento e desliga o carro. Ela se vira para olhar para mim.

— Bom, o negócio é o seguinte. Nós estamos no hospital Goulburn. É longe o suficiente de Camberra para que reconheçam você. Quero que você lhes dê seu nome verdadeiro, e quando você voltar para o lugar de onde veio, quero que ligue para os policiais e conte a eles tudo o que se passou hoje. Tudo bem?

Balanço a cabeça afirmativamente.

— Ótimo. Agora saia do meu carro. Não vou carregar você de novo. Você é mais pesada do que parece.

Eu saio devagar, cada movimento rasgando dor através de meu corpo quebrado. Abro a porta do carro, perguntando-me por um momento se devo dizer a ela que achei o corpo de Bec. Nossos olhos se encontram e eu posso ver a dor já borbulhando por trás da resolução de aço dela.

25

Bec, 18 de janeiro de 2003

O mundo não fazia sentido. O céu estava ficando vermelho e estava escurecendo na cozinha, ainda que fosse pouco mais de meio-dia. Seus irmãos tinham tentado matá-la.

Bec se sentou à mesa da cozinha e colocou a faca a sua frente cuidadosamente. De fato, ela a devia colocar de volta na gaveta, mas não queria deixá-la longe dos olhos. Ela tivera uma visão dela entrando em seu flanco enquanto dormia. Imaginou como seria sentir o metal frio cortando através de sua pele e músculo.

Calmamente, ela caminhou escada acima de volta para o quarto. Pôde ouvir o sussurrar no quarto dos garotos parar abruptamente quando atingiu o topo da escada.

No fundo de seu guarda-roupa, havia uma mochila de ginástica que roubara da Myer no ano passado. Foi quando ela ainda sentia atração por roubar lojas. Ela sabia que nunca usaria aquilo, mas só queria ver se podia sair da loja com algo tão notório e se safar. No final das contas, conseguiu.

Bec fez uma pausa por um momento, tentando se lembrar se já a havia mostrado para sua mãe. Tinha quase certeza de que não. Não seria dada como perdida.

Ela havia feito metade das malas quando seu braço começou a doer. A doer muito profundamente. Havia uma gaze no local onde o tijolo a acertara e ela torcera para que fosse isso, mas o duro pulsar parecia ficar mais e mais forte. Tateando, ela pressionou o dedo sobre a pele. A dor foi aguda; fez com que lágrimas acorressem a seus olhos na hora. Rapidamente, ela piscou os olhos para afastá-las.

Bec escolheu coisas que sua mãe não perceberia que haviam desaparecido. Um grosso casaco no fundo de seu guarda-roupa que ela nunca de fato usara. Sempre parecera tão prático. Jeans do ano passado. Algumas camisetas velhas. Após um momento de hesitação, pegou as roupas do McDonald's do chão e as colocou na mochila, e fez a cama.

Teria de deixar a maquiagem para trás. Seria óbvio demais. As fotografias teriam de ficar onde estavam, nas paredes, também. Ela pegou uma, porém; tinha que pegar uma. Uma foto dela e Lizzie, sorrindo; bochechas coladas.

Seu reflexo a assustou. A maquiagem manchada ao redor dos olhos, ambos os joelhos marcados por cicatrizes. Sujeira em seu rosto e arranhões em seus braços das unhas de Andrew. Ela usou removedores de maquiagem para se limpar o melhor possível, com muito medo de tomar banho. Então abriu as costas da boneca e começou a tirar o dinheiro, enfiando-o em um bolso da mochila. Parte dela devia saber que isso iria acontecer; ela estivera se preparando havia um longo tempo.

Seu coração não bateu acelerado quando ela saiu pela porta de casa e desceu o monte. Ela nem mesmo olhou para trás. O céu ficara de um vermelho escuro e o ar fazia seus olhos lacrimejarem. A neblina vermelha cobria até o sol, de maneira que ele brilhava de um purpúreo vibrante.

Por um momento, ela pensou em Lizzie, e a primeira dor de verdade a atingiu. Ela tentou afastá-la. Precisava fazê-lo. Ela sabia que sempre os amaria incondicionalmente. Se ela ficasse, um dia eles a pegariam. Quando estivesse dormindo, ou talvez esperassem até crescerem o suficiente e serem mais fortes que ela. Ela podia contar a seus pais, mas em seu coração ela sabia que não havia nada que eles pudessem fazer. Na verdade, se ela pensasse bem a respeito, eles provavelmente já sabiam. Se ela se retirasse, o problema estaria resolvido. Eles não teriam que escolher. Era melhor assim.

À medida que ela caminhava na direção da cidade, as ruas ficavam mais e mais escuras. Os sinais brilhavam laranja. O calor era sufocante, seu corpo estava grudento de suor e sua pele ardia. Ela se perguntava se conseguiria ao menos chegar à rodoviária, se eles a deixariam entrar em um ônibus para Sidney. Talvez Matty estivesse certo sobre o dia do Juízo Final. Cinza negra começara a cair do céu ao redor dela como neve. Mas ela continuou seguindo. Continuou caminhando cegamente, sabendo que jamais retornaria.

26

2015

Eu parei de fumar.

Há um ano, mas mesmo agora, andar através de uma nuvem de fumaça de nicotina produzida por outra pessoa é o suficiente para me fazer engasgar.

Quando cheguei ao hospital, eles me proibiram de falar e amarraram uma máscara de oxigênio em meu rosto. A única coisa que consegui dizer foi meu nome. Meu nome de verdade. Então enfiaram um tubo pela minha garganta para puxar a sujeira negra de meus pulmões.

O doutor disse que eu tinha sorte. A inalação de fumaça poderia ter facilmente me matado se eu tivesse permanecido naquela casa apenas alguns minutos mais. Eu estremeço, ainda que esteja quente como o inferno hoje. Ainda que seja muito difícil evitar, tento não pensar naquela casa.

Baixando a cabeça e desviando em meio à multidão do horário de pico, faço meu caminho até a estação de trem. São 8h, o sol brilha e me dirijo à plataforma interestadual. Vai demorar um longo tempo para que chegue aonde quero ir. Mas isso não me incomoda. A jornada vai valer muito a pena. Há alguém que preciso ver.

Eu odeio a estação central de Perth. Ela parece que, ou está lotada de homens de terno empurrando e sacudindo, ou está deserta, exceto por alguns esquisitões olhando para você das sombras. Não há meio--termo. Além disso, parece sempre cheirar levemente a urina estagnada. No verão era pior, porque o concreto absorvia o sol e então cheirava como urina estagnada quente. Aperto meu nariz enquanto espero na fila para comprar meu bilhete, com esperança de que o cheiro não grude em mim. Estou vestindo minha melhor roupa, e até tentei fazer o cabelo. Ainda que não fossem as circunstâncias ideais, estava trêmula de empolgação. Olhei ao redor, sorrindo para as pessoas, coisa que eu nunca, jamais fiz. Então percebi a banca de revista dentro da estação. A empolgação morreu em um instante. A manchete do jornal de hoje estampava: os "Irmãos Winter: Inocentes".

Eu já esperava por aquilo, mas não importava. Ainda assim doía. No leito do hospital, deitada por dias em completo silêncio, eu disse a mim mesma que iria limpar a confusão que eu mesmo criara. Pensei muito sobre Bec. Sofri por ela, e prometi que consertaria o que havia quebrado. Jurei a ela que não deixaria seus irmãos se livrarem por a terem matado.

Quando enfim os doutores me disseram que eu podia falar, fui até o telefone público do lobby, minha mão cheia de moedas de prata. Comecei pelo telefonema mais difícil: minha madrasta. Disse a ela o quanto sentia. Ela passou o telefone para meu pai sem dizer uma palavra. Ele começara a se preocupar comigo, afinal de contas. Quando lhe disse que me entregaria por conta da fraude dos cartões de crédito, ele me comprou uma passagem de avião para casa, para Perth. Não pedi para me mudar de volta, para morar com ele. Eu sabia que nunca poderíamos voltar a ser como antes. Não depois do que eu fizera. Ele disse que pagaria um bom advogado para mim. Olhando para trás, não foi amor o que o motivou a fazer aquilo. Foi a necessidade de evitar a vergonha de ter a única filha indo para a cadeia.

Eu não teria me importado. Eu faria serviço comunitário. Pediria desculpas a todos de quem roubei. Passaria um tempo na cadeia, se fosse preciso. Só ouvir as pessoas me chamarem pelo meu nome verdadeiro já valeria a pena.

Depois de desligar, respirei fundo. Não podia esperar mais. Enfiei as moedas, uma a uma, no telefone público. Lentamente, digitei o número e escutei tocar.

— Andopolis falando.

— Oi.

— Bec! Onde você está?

— Ela está embaixo da casa.

Contei tudo a ele. Todos os detalhes do que acontecera naquele dia horrível. Então desliguei antes que ele pudesse dizer uma palavra, minha garganta doendo por falar de novo. Era hora de eu ir para casa, de ser eu mesma de novo. O único traço de Bec deixado em minha vida era a profunda cicatriz em meu antebraço.

Até em Perth, a história chegou aos jornais: "Vítima de sequestro põe fogo na própria casa". Eu engolira minha raiva, e esperara desesperadamente que Andopolis estivesse fazendo seu trabalho para consertar as coisas. Por meses, a história estava no noticiário. Para minha sorte, eles não incluíram nada sobre como a nova Bec não era realmente Bec. Andopolis deve ter permanecido de boca fechada quanto àquilo. Eu acho que aquilo não o fazia parecer bem. A mãe estava bem também, no final das contas, fisicamente, pelo menos. Os bombeiros a retiraram da casa em chamas, chutando e gritando, querendo ficar.

Vira o noticiário com a mão sobre a boca quando o apresentador declarou secamente que haviam recuperado um corpo em decomposição na garagem enegrecida. Um saco com um corpo foi colocado cuidadosamente na traseira de uma ambulância.

— Exames de laboratório confirmaram que o corpo pertence a Maxwell Brennan, 41 anos, que morava na casa ao lado da dos Winter, antes de desaparecer em 2004.

Não era Bec. Senti vontade de pular para cima e para baixo. Depois de tudo aquilo, talvez fosse possível que ela ainda estivesse viva.

Os gêmeos tinham um grande álibi para o incêndio. A imprensa tinha fotos dos pais deixando a casa com eles no banco traseiro e voltando sem eles. Eles devem ter se escondido sob uma coberta ou coisa do tipo. A companhia aérea tinha registros deles fazendo check-in da bagagem no exato momento em que o terminal abriu, e eles subiram no avião, três horas depois. Apesar do fato de haver um espaço de duas horas, acho que Andopolis pensou que não teria evidência suficiente para uma condenação.

Mas então, para minha surpresa, alguns dias depois, os gêmeos foram presos. Observei Andopolis os levando para a delegacia, camisetas cobrindo suas cabeças. Ele estava tentando parecer sério, mas os cantos de seus lábios repuxavam com um sorriso sarcástico. No final das contas, apesar de todo esse tempo, o corpo de Max estava coberto com o DNA deles.

Quando os tiras começaram a investigar, ligaram os gêmeos a uma série de assassinatos na clínica de repouso em que Andrew fazia trabalho voluntário em Melbourne. Holden Valley. Os assassinatos eram horrendos, pavorosos. Tanto assim que, no começo, pensaram que algum tipo de animal havia entrado no local. A história do interrogatório iminente estava constantemente no jornal. Não poderia evitá-la se tentasse. Jornais eram grande parte do lixo que eu pegava nas laterais da rodovia como parte do meu serviço comunitário.

Durante essas longas horas ao lado da estrada, eu pensava quase que constantemente em Jack. Liguei para ele. Ele não respondeu. Mandei mensagem. Sem resposta. Seguia o blog de Kingsley obsessivamente. Então o blog desapareceu da web e foi o rosto de Jack que vi no jornal. Só uma pequena foto, bem no final. Eles encontraram a câmera que ele estava tentando escamotear para dentro do centro de detenção e o prenderam. Ao contrário do caso de Andrew e Paul, o de Jack foi rápido. Ele pegou seis meses.

Eu estava dando duro para ser uma boa pessoa. Ainda assim, não podia evitar ver a oportunidade que o encarceramento dele fornecia. Sabia exatamente onde ele estava. Hoje eu estava indo vê-lo e ele teria de escutar. Ele era literalmente uma audiência cativa.

— Senhorita?

A fila desapareceu da minha frente e a mulher da bilheteria está me olhando impacientemente. Tento um fraco sorriso e vou pagar o bilhete. Parte de mim não quer ler o jornal, sei o que vai dizer. Paul e Andrew compartilham DNA idêntico, então não se pode provar que foi um deles e não o outro que assassinou Max. Claro, a mídia já os condenou. Talvez isso seja suficiente.

Vou até a banca de revista. Há uma mulher de cabelo escuro olhando para o jornal também, costas viradas para mim. Não a teria notado, não fosse pelo fato de ela estar muito imóvel. Os engravatados da hora de pico esbarram nela, estalando a língua, irritados. Lentamente, ela vira, como se de alguma maneira sentisse meus olhos em sua nuca, e eu olho diretamente para o rosto que conheço tão bem quanto o meu próprio. Ela pintara o cabelo e as sobrancelhas de marrom, mas um tom de cobre brilha na raiz. Suas roupas são perfeitamente cortadas e têm estilo, como se trabalhasse com moda. Mesmo depois de doze anos, é inegavelmente Bec Winter.

Lágrimas caem por suas bochechas quando seus olhos fitam os meus. Rapidamente, sua tristeza se transforma em pânico. Meu rosto está demonstrando a expressão a que tanto me acostumei; olhos esbugalhados, chocada com o reconhecimento. Como se tivesse visto um fantasma. Tento empurrar as pessoas para me aproximar dela.

— Espere! — grito, mas ela já está correndo.

As pessoas me encaram enquanto a persigo na direção de uma plataforma. Mas há trens saindo; há pessoas por toda parte. Mantenho meus olhos firmes nas costas da cabeça dela.

— Licença! — Uma mulher bate com o carrinho de bebê na minha canela.

— Ei! — grito para ela. Que tipo de idiota traz um bebê para a estação no horário de pico? Olho ao redor, ignorando os comentários irritáveis da mulher, tentando desesperadamente encontrar Bec de novo. Mas é tarde demais.

Ela desapareceu no meio da multidão.

Agradecimentos

A minha agente, MacKenzie Fraser-Bub, que tirou este trabalho da pilha de lodo. Ela é uma mulher tão extraordinária, e eu me sinto tão sortuda por tê-la ao meu lado. Minha editora, Kerri Buckey, com quem desenvolvi uma grande conexão através de Track Changes, antes mesmo de conhecê-la pessoalmente, e o incrível time da MIRA, que foi extraordinário a cada passo do caminho. A Nicole Brebner e Jon Cassir, que acreditaram ambos nesta história.

Claro, a história deste romance começou bem antes disso tudo. Aos meus amigos na Kino, que sempre me inspiraram e deram apoio, comendo pipoca e fazendo sorvete. Para meu fantástico grupo de escritores, que me manteve no caminho durante o, às vezes, doloroso processo de escrever. A Ian Pringle, por ainda me ensinar, embora não seja sua estudante há bastante tempo, Graeme Simsion, por seu maravilhoso conselho, e a Jenny Laylor, pela expertise legal. A sargento Kylie Whiting da NSW Missing Persons Unit e Ken Wooden, coordenadora da Policing Practices Unit na UWS, obrigada por suas respostas pacientes a minhas perguntas detalhistas.

Sou sortuda o suficiente por ter tantos queridos e apoiadores amigos. Minhas meninas Phoebe Baker, Lara Gissing e Lou James, por tornarem tudo mais divertido. Ao fantástico roteirista Joe Osbourne, que compartilha meu gosto por coisas esquisitas. Aos trabalhadores da palavra David Travers, Martina Hoffman e Rebecca

Carter Stokes, por lerem rascunhos deste livro e não terem medo de me dizer quando estavam ruins. A Allegra Mee, que não se importou com que eu trouxesse à tona muitas de nossas lembranças de adolescente. A Adam Long, que sempre escuta.

E, claro, desde o começo disso tudo, a minha família. Amy Snoekstra, minha irmã, que vivia insistindo para que eu escrevesse um romance até que eu pensasse que a ideia era minha. A meus incríveis pais inteligentes, Ruurd e Liz, que me encorajaram a fazer o que me deixaria feliz, e a meus hilários e gentis sogros, David e Tess.

Por fim, a Ryan, o amor da minha vida.

PUBLISHER
Omar de Souza

EDITORA
Clarissa Melo

ESTAGIÁRIO
Bruno Leite

PRODUÇÃO EDITORIAL
Isis Batista Pinto

TRADUÇÃO
Marconi Leal

COPIDESQUE
Giuliano Francesco Piacesi da Rocha

REVISÃO
Lara Gouvêa
Geisa Oliveira

DIAGRAMAÇÃO
Abreu's System

CAPA
Rafael Brum

Este livro foi impresso em São Bernardo do Campo - SP, em 2017,
pela Gráfica Santa Marta, para a HarperCollins Brasil.
A fonte usada no miolo é Minion Pro, corpo 12/15,5.
O papel do miolo é Chambril Avena 80g/m², e o da capa é cartão 250g/m².